わたしが惹《ひ》かれるのは——

しろねこ堂

「スーパーアイスクリーム！」

「なに？」

「バンド名？」

キャラクターデザインの一部を特別紹介！

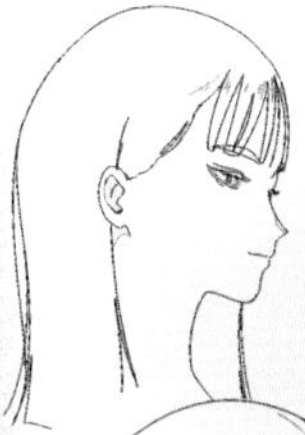

▲左から ルイの母、影平ルイ、日暮トツ子、作永きみ、きみの祖母、シスター日吉子、しほ、さく、スミカ

Characters

決定稿
対比0
ルイ 173cm
きみ 162cm
トツ子
157cm

See you...

小説 きみの色

著 佐野 晶
原作 「きみの色」製作委員会

宝島社
文庫

宝島社

小説 きみの色

プロローグ

坂の上にある虹光《こうこう》女子高等学校の聖堂に朝陽が射《さ》しこんでいた。

正面の祭壇《さいだん》の上にあるステンドグラスがその陽差しを染めて、聖堂の床を鮮やかに彩《いろど》っている。

まだ夏のような強烈な陽光ではなかったが、くっきりと床を照らす様々な色の光は冬のそれより力強い。

聖堂は東向きに祭壇があり、そこにステンドグラスは配される。東西南北すべてにステンドグラスがあるのだが、朝の光が祭壇上のステンドグラスをもっとも美しく透過していく設計になっている。

美しい朝の聖堂の信徒席には一人の女生徒しかいない。制服に身を包んで、三つ編みにしたおさげの頭を前に垂れて、手を膝の上で組み、祈りを捧《ささ》げている。

「神さま、変えることのできないものについて、それを受け入れるだけの心の平穏をお与え下さい……」

女生徒は十字を切ると、手を合わせて「アーメン」と唱えた。

女生徒の名は日暮登津子《ひぐらしとつこ》。〝登津子〟という名が珍しく響きが面白い、と幼いころからいつも下の名前で呼ばれている。だがその響きと漢字の印象が〝なんか違う〟と、メールでも手紙でもSNSでもいつも〝トッ子〟と表記されてきた。高校三年生になった今でも〝トッ子〟だ。恐らく漢字で認識している同級生は少ない。とはいえ学校では目立たない存在なので〝トッ子〟の名を知る同級生自体が少ない。それでも高校に入学して以来、ずっと学校の敷地内にある寮で生活をしているので、寮の仲間は在宅通学の生徒たちよりいくらかは〝濃い〟知り合いだ。だが全寮制ではなく、学年で五〇人ほどの生徒が入寮しているに過ぎない。だから、やはりトッ子の存在を知る人は少ない。

トッ子の家は県外なので入寮していたが、寮に入ることも含めてトッ子が選んだ高校だった。

カトリック系の女学校だが、実際にキリスト教の信者は学生の一割ほどしかいない。その一割もほとんど家族が代々信徒であるという生徒が多い。

トッ子の両親はほぼ信仰を意識していない。新年に神社に初詣《はつもうで》にでかけ、盆には寺の墓地に墓参りをし、結婚式はホテルに付属していたキリスト教の教会であげたし、クリスマスには自宅でご馳走《ちそう》を食べ、大晦日《おおみそか》には近所の寺の除夜の鐘を聞いて一年を振り返る。無宗教に近いだろう。

そうやって育ったトッ子だが、キリスト教に惹かれた。思えば街で目にする修道女たちの楚々《そそ》としながらも美しくストイックな姿に惹《ひ》かれていたような気もしたが、トッ子自身もきっかけがわからないうちに引きこまれ、夢中でキリスト教を学んだ。中学に入ると近所の教会のミサに通うようになり、入門講座を受講後に、中学二年生の五月に洗礼を受けてキリスト教徒になっている。だから高校進学に際して大きな決め手になったのは歴史あるカトリックの女学校であることだった。毎日、好きなときに聖堂で祈りを捧げられることに大きな喜びを感じたのだ。高校に入ってすぐに修道女となって生涯を捧げることを心に決めていた。だが宗教の授業を担当しているシスター樹里《じゅり》に「修道会に入れるのは一八歳になってから。卒業まで信仰を大切にして、それから進路を決めなさい」と諭されたのだ。

トツ子は毎朝唱えている〝ニーバーの祈り〟のような内省的な祈りの言葉が好きだった。病や貧困、戦争などの切実な苦悩からの救いを求めているわけではない。そんな人たちの気持ちを思うと、「好きだから」と修道女を志望している自分が軽薄なような気がした。しかし、信仰のために生きようというトツ子の情熱が揺らぐことはなかった。

寮の朝食の前に、聖堂で一人静かに祈りを捧げている時間がトツ子には最高の時間だった。心の中にときおり表れる小さなざわつくような気持ちが、祈りを口にすることで少しだけ静かになるような気がする。

それは気のせいかもしれないが、凄《すご》いことだ、とトツ子はいつも感じ入ってしまう。

祈り終えてもトツ子は席に座ったまま、ステンドグラスが床に投げかける光彩を見つめていた。鮮やかな色合いの一輪の花のような光彩が床にくっきりとある。

美しかった。やがてそれはトツ子の幼い頃の記憶を呼び覚ます。いつものことだ。美しく楽しく、やがて残酷な記憶。

トツ子は幼稚園のときにバレエ教室に入った。

トツ子は三歳になる頃からバレエに夢中だった。毎日、バレエ教室の前で踊る人たちを飽きることなく見ていた。自宅の一階がバレエ教室だったのだ。教室を開いているのはトツ子の叔母《おば》だ。

踊る人々に見入るトツ子の目には、うっとりとした輝きがあった。

二歳半から教室に入ることが可能だったが、運動神経が良いとは言えなかったトツ子は四歳になるまで待たされた。

待たされている間にも、トツ子はバレエ教室を見学することをやめなかった。毎日毎日、踊る人たちを飽くことなく眺めて、それを家に帰ってから真似《まね》た。まるで空を舞っているかのように優雅な動きをイメージしながら……。

教室に入って最初に教えられたのはレヴェランスだ。

バレエ特有の〝お辞儀〟だ。

家でも何度でも練習していた。

上品な身のこなしでゆっくりと足を引いて、頭を下げる。

イメージしている通りに身体《からだ》を動かすことに、トツ子は幼いながらも陶酔に似た感覚を覚えていた。

楽しかった。

だがしばらくするとあることに気づかされた。バーを使ってのレッスンをしながら、トッ子ははじめて周囲の動きを意識した。

なにか違和感を覚えた。だがそれがなんなのか幼いトッ子には具体的にはわからなかった。

とはいえその違和感はトッ子の喜びに小さく影を落とした。

その影が次第に色濃くなっていったのは、小学生に上がる頃だった。

抱いていた違和感の原因は〝自分だけ違っている〟からだ、と気づいてしまった。

トッ子の踊りがみんなと少しズレているのだ。一生懸命にみんなに合わせようと意識しているうちは、どうにか動きを合わせられた。だが身体を動かしているうちに踊る楽しさに夢中になって、先生の声も伴奏も聞こえなくなってしまう。そして一人だけ違ったテンポで踊っているのだ。

先生の声が自分に向けて、テンポを合わせるように注意していることに気づく。その瞬間にトッ子は踊りの陶酔から現実に引き戻される。

次第にトッ子は踊りに〝酔う〟ことをしなくなった。自分の世界に没することなく、周囲との調和を意識するようになっていった。

たとえば床に足先で半円を描く〝ロンドジャンプ〟。いつもトッ子の前で踊る〝さとみちゃん〟は滑《なめ》らかに足を滑《すべ》らせて爪先で床に綺麗《きれい》な円を描く。しかし、トッ子は軸足がブレてしまって、滑らかな円が描けていない。軸足をしっかりしようとすればするほどに、動きがぎこちなくなっていく。

それを認識せざるを得なかった。自分に向けられる視線が怖くなった。


その頃、トッ子はもう一つの違和感を覚えていた。

図工の時間に〝おともだちをえがこう〟という課題が与えられた。それははじめてクレヨンを使っての〝お絵描き〟だった。

バレエ教室で一緒の友達をトッ子は選んだ。チュチュを着て、同じ〝お団子〟に髪をまとめた三人がバーの前に立っている姿を描いた。絵はあまり上手《じょうず》ではなかったが、クレヨンを使って丁寧に描いた。

りんちゃんは淡い朱色《しゅいろ》、すずちゃんはオレンジ、たかちゃんは青。クレヨンを何度も塗り重《かさ》ねて、ともだちの色と姿を画用紙に忠実に描いた。

トッ子が色を塗り重ねているところを見た隣の席のともちゃんが「その人たち、そういう色してるの？」と不思議そうな顔で聞いてきた。トッ子はともちゃんに笑顔で答えた。

「うん、そうだよ」

その数日後に、その絵が教室の後ろに貼りだされた。

〝疎外感〟という言葉をトッ子は知らなかったが、バレエ教室で味わったのと似た気持ちになった。

壁に貼りだされたトッ子以外のクラスメイトたちの絵は、ほとんど全員が顔を同じような色に塗っていた。まったく着色せずに画用紙の白のままの子もいたが、顔ばかりでなく全身を覆うように、赤や青やオレンジで塗っている子はトッ子以外には一人もいなかった。

それでも見えるものは見えるのだ。人それぞれが違った〝色〟をまとっている。幼いなりにトッ子はその〝色〟を誰かに知ってほしかった。その〝色〟がなんなのか教えてほしかった。

だが写真には〝色〟が写らない。

きっと父と母なら「ああ、そんなことなら、こういうことだよ」と笑いながら教えてくれるとトッ子は思った。

「あたし、ピンク色になりたい」

唐突なトッ子の言葉に、父と母は食卓の向こうで、夕食を食べる手を止めて固まってしまった。

少し前に学校から家に電話があって、母に眼科に連れて行かれた。そこで目の検査をしたことをトッ子は思いだした。

カラフルな色に埋めつくされたページの中に数字や絵が隠されている本を見せられた。トッ子はすべての数字と絵を答えることができた。

「先生が問題ないって」と眼科の帰り道に母が嬉《うれ》しそうに笑っていた。

トッ子の特殊な肌の色で描かれた絵を見た教師が、色弱などの色覚異常を心配して親に連絡してきたようだった。

「ピンク色になりたい」という唐突な言葉で、父と母はトッ子の目の病気を再び心配して固まってしまったようだった。

父と母のおびえたような顔に、トッ子は急に不安になった。

やがて父が笑った。少し無理をしているのがトッ子にもわかった。隣の母は固まったままだ。

「ピンクって、服とかのこと？」

トッ子は返事ができなくなった。

母が「目とか頭とかが痛かったりしない？」と強張《こわば》った顔でトッ子に尋ねてきた。

トッ子はますます怖くなって「ううん」とだけ答えた。

それから父と母に視力について次々と質問されたが、トッ子は「大丈夫」としか答えられなくなった。

以降、トッ子は家で〝色〟のことは話さなくなった。すると父と母もいつもの様子に戻った。

やはり同じ時期に起きたことだった。

給食を終えて、昼休みになっても校庭には出ずに、トッ子はなっちゃんとおしゃべりに夢中だった。

なっちゃんはとてもマンガが好きで、トッ子にも好きなマンガを貸してくれたのだ。そのマンガは少し怖いのに、すごく面白くてトッ子は夢中で感想を語っていた。なっちゃんも「そうそう」と嬉しそうに聞いてくれる。

教室にはトッ子となっちゃんの二人だけだった。校庭からはにぎやかに遊ぶ声がかすかに聞こえてくる。校庭で遊ぶのがもったいないと思ってしまって、トッ子はなっちゃんと教室でマンガの話を続けた。

話題が途切れたときに、トッ子はふと思っていたことを口にしてしまった。

「なっちゃん、みかんの色してる」

それまでニコニコしながら話していたなっちゃんの顔から笑みが消えた。

なっちゃんの〝色〟はひときわ鮮やかだったのだ。〝色〟がその子のなにを反映しているのかがトッ子にはわからなかったが、なっちゃんのみかん色は綺麗なので、褒めたつもりだった。

なっちゃんは「あ、トイレ行ってくる」と教室を出てしまった。

だがなかなか戻ってこない。トッ子はトイレまで迎えに行ったが、そこになっちゃんの姿はなかった。

教室に戻ってしばらく待ってみたが、なっちゃんは教室に戻ってこなかった。

トツ子は一人教室でなっちゃんを心配して待っていた。

昼休みが終わると、なっちゃんは校庭で遊んでいた女の子たちと教室に戻ってきた。

トツ子はなっちゃんに声をかけようと席を立って近づこうとしたが、なっちゃんはトツ子の顔を一切見ようとしなかった。気づいていないはずはない。

トツ子は〝なっちゃん〟という商品名で売られているオレンジジュースの存在を知らなかった。そしてなっちゃんは男子にそのことをからかわれて泣かされたことも知らなかった。

だがわかったことがあった。

トツ子は悲しい気持ちのまま立ち尽《つ》くして〝色〟は決して口にしてはいけないのだ、と心に刻《きざ》んだ。


生き物が〝色〟を認識する感覚は進化の結果として獲得されてきた……とトツ子は図書館にあった子ども向けの科学書で知った。知ったことは知ったが、意味があまりわからなかった。

だがそれに続けて書かれていたことはトツ子の興味をひいた。

物は光を浴びると、光の色を吸収して反射する。その反射した光が目に届いて、その奥にある〃網膜《もうまく》〃がキャッチして、脳に色などの情報を届ける。それでテーブルの上にあるのは赤いリンゴだと人間はわかるというのだ。光がなければ、この世の中は真っ黒でしかない。

トツ子が幼いころのこと。ふと目覚《めざ》めると常夜灯が消えていることに気づいた。部屋の中は真っ黒けだ。恐くなって手で探ったが、右隣に寝ているはずの母を捜《さが》し当てることができず、かすかな母の体温を感じるだけだった。左に寝ているはずの父も体温だけ残してその姿を探れなかった。

二人ともいなくなってしまったのだ、とトツ子は心細くなりひどく悲しくなってフトンの中で泣きだしてしまった。だがしばらくすると、物音がした。家の中を歩き回る音だ。父と母だ、と思ったが、泥棒が入りこんで、父と母が縛られている姿が頭に浮かんでしまったトツ子は泣くことも忘れて恐怖に震えた。

だが、その直後に真っ暗でなにも見えない部屋の中に父と母が現れた。真っ暗なはずだったが、すぐに両親だ、とトツ子にはわかった。母のオレンジを中心とした赤味がかった〃色〃と父の水色とグレーが混ざった淡い〃色〃が暗闇の中に浮かんでこちらに向かってきたからだ。

突然の停電で買ってあったはずの懐中電灯が見つからずに捜し回っていた、と後で父と母からトツ子は教えられた。

両親の〃色〃が闇の中に現れた瞬間の安堵《あんど》と温《ぬく》もりをトツ子は忘れられなかった。

以来〝色〟は〝見える〟というより〝感じるもの〟とトッ子は認識するようになった。〝色〟の他にも普通の色も認識できるのだ。夏休みが終わって真っ黒に日焼けした同級生にびっくりしたりすることもある。〝色〟を感知する〝場所〟がトッ子の身体のどこかに備わっているのだろう、と思うようになった。

そう納得しながらも、トッ子は色が絶対的なものではないということに安堵を感じていた。光の量や光が当たる角度などで色は微妙に変化する。同じリンゴを見ていても見る場所が違えば色も変わって見えるということだ。

本にはさらに興味深いことが記されていた。

色は光の波のようなもので、波の長さが色を表すのだという。小さな魚が大きな魚に食べられないように、群れて泳いでいるとき、その魚がいわゆる銀色のうろこをもった青魚だったとしても、群れていると、さまざまな角度から光を浴びることで、たくさんの色に変化して見える。そして彼らを狙う大きな魚は、群れている小魚たちを大きな魚と勘違いして彼らを簡単には襲えなくなるという。

それは学校の教科書にあった『スイミー』という物語にそっくりだった。

スイミーという名の小さな魚は、赤い魚の群れに入ろうとしたが、ただ一匹だけ黒い身体をしていたために、群れで作った〝大きな魚〟の〝目〟になることで、群れの中に溶けこんだのだ。

その話を思いだしながら、トッ子はまた不安になった。

スイミーのようにトッ子は自分が一人だけ違う、と感じてしまった。

トッ子が人を見るとき、その人の全身を〝色〟が包んでいるように見える。それは人それぞれが違った〝色〟で、さまざまな〝色〟を複数まとっている人もたくさんいる。

でもその〝色〟を〝普通の人〟は見ていないということを意識させられた。

赤いリンゴもピンクの花もステンドグラスが床に映しだす色とりどりの光も、きっと〝普通の人〟と同じようにトッ子にも見えている。だけど、人を見ると、その人の〝色〟が見えてしまう。

それは宗教芸術に見られるような〝後光《ごこう》〟や〝光背《こうはい》〟〝光輪《こうりん》〟〝オーラ〟などではない。特別な人ではなく全部の人がそれぞれの〝色〟をまとっているからだ。

たとえば蝶々《ちょうちょう》や蜜蜂が、人間には見えない花の蜜がある場所を見分けることができるように、イルカが人間には聞くことのできない音を聞くことができるように、トッ子にはなぜか人の〝色〟が見えてしまう。

蝶々たちのように〝色〟が見えることは生きていくために重要な〝能力〟だが、トッ子にとってそれは〝能力〟ではない。見えている〝色〟の話をすることは人を困惑させたり、怒らせたりする、と嫌でも知るようになった。だがそれも黙ってさえいれば、その〝色〟はなにもトッ子に害を及ぼさない。

しかし〝色〟はトッ子の密《ひそ》かな喜びでもあった。

トッ子が心惹かれる〝色〟があったのだ。それは老若男女に関連がない。クリアに澄《す》んだ。"色" に目を奪われる。とりわけ "青" に惹かれた。"青" にもさまざまある。水色、藍色、空色、群青、浅葱、アクアマリン、ターコイズ、サファイア……。

その "色" をまとった人に出会うと、とても心が騒いでしまう。

トツ子が心を動かされる "青色" を目にすると、どうしようもなく惹かれてしまう。

トツ子が通っていたバレエ教室の高校生のお姉さんに小学生のトツ子は心を奪われた。

青い "色" をまといながら舞い踊るお姉さんに目が釘付けになった。ターンすると同時にその青が飛び散ったりする。そして、散った青がまるでお姉さんを慕っているかのように追いかけるのだ。

綺麗だった。

本で調べると、お姉さんの青はシアンという色に近かった。緑がかった明るい青。その青も透き通っていて水色に近い。

お姉さんはソロでコンクールに出場して何度も入賞している教室のエリートで、一緒にレッスンをする時間はなかったが、お姉さんがレッスンをする月曜日の午後五時のクラスをトツ子は必ず見学した。

お姉さんの姿はバレエが上達せずに挫けかけていたトツ子の気持ちを奮い立たせた。

お姉さんのように踊りたい！

頭の中に刻みつけたお姉さんのダンスをトレースしながら、自分で踊ってみる。青をお姉さんのように従えて優雅に華麗に舞う姿がイメージされて、陶酔が訪れる。それはトツ子のイメージの中で最高のダンスだった。

だがやはりそれはあくまでもトッ子のイメージでしかなかった。身体が不安定に揺れて、軸足はブレていてターンが乱れた。それでもトッ子は楽しかった。

お姉さんはバレエ作品の古典的名作『ジゼル』のヴァリエーションを練習していた。その中で見せる前方に小さくジャンプするバロネ・サンプル・ドゥヴァンと呼ばれる動きが美しかった。いつもこの箇所で青の光が飛び散る。

トッ子は真似た。だが頭の中でイメージすることもできなかった。着地がうまくいかずに足がぐらつき、ときに転倒してしまうのだった。

それでもトッ子は諦めなかった。いつか美しくお姉さんのようにバロネ・サンプル・ドゥヴァンを決めるために。

小学三年生になると、教室ではトゥシューズを履くことを許可される。トッ子がトゥシューズを許可されたのは、教室の中で最後だ。トッ子だけが小学四年生になってから許可されたのだ。

教室の中でトッ子は浮いた存在になっていた。トッ子はただ困惑していた。こんなに踊りたいのに、なぜみんなと同じように踊れないのか、と。

買ったばかりのトゥシューズをトッ子は一度も履くことはなかった。

トッ子は教室に行かなくなった。

トッ子は鏡の中の自分の顔を見つめることが増えた。取り立てて特徴のない丸顔。目、鼻もなんとなく丸い。とはいえそれが目立つというわけでもない。

鏡の中の自分の顔に〝色〟はない。鏡を通すと〝色〟が見えなくなるのだ。

だが鏡に映さずに手足を見ても、トッ子の〝色〟は見えない。自分の色だけが見えないのだ。それがどうしてなのか、トッ子が知るよしもなかった。

もし、トッ子と同じように人の〝色〟が見える人がいたとしたら、自分はどんな〝色〟を身にまとっているのだろう、とトッ子は考えていた。

その〝色〟は人を魅了したりするだろうか。それとも顔かたちと同じく平凡なのだろうか。

聖堂のステンドグラスの美しい光彩を見つめながら、トッ子は口の中で小さくもう一度ニーバーの祈りをつぶやいた。

「……変えることのできないものについて、それを受け入れるだけの心の平穏をお与え下さい……」

1

聖堂でトッ子は朝の鐘を聞いてしまった。その鐘を合図に寮生たちは、寮の食堂へと向かうのだ。

食欲旺盛《おうせい》な寮生たちは朝食の鐘を待ち構えているから、トッ子が部屋に戻るのを待っていてくれない。

そもそもトッ子がお祈りに没頭して時間に遅れることは日常茶飯事なので、同部屋の三人もトッ子を待つことなくさっさと食堂に向かってしまう。

食堂に向かう途中、トッ子は寮の部屋をのぞいてみた。やはり三人の姿はない。

寮は四人部屋だ。年季の入った木製の二段ベッドが二つ並んで置かれている。部屋の右にあるベッドの下段がトッ子の寝場所だ。新学年のたびに繰り広げられるベッドの獲得ジャンケン大会に敗北した結果だ。やはり上段の方が人気だ。

トッ子のベッドの手すり部分に彫刻刀らしきもので彫りつけた文字があった。トッ子が彫ったのではない。彫られた文字も周囲の板とあまり変わらないほどに色あせて見えるので、かなり前の住人が刻んだ文字なのだろう。

〝GOD almighty〟とあり、十字架も彫られている。〝全能なる神〟という意味だ。

どんな気持ちで〝先輩〟はこの言葉を刻んだのだろう、と見るたびにトッ子は思った。誰かへのメッセージなのか、自分自身の決意の言葉なのか。

窓際には四人が並んで座れる長机と椅子がある。一応学習机とされていて、四人の机の〝領分〟が決まっているが、試験前以外には勉強には使わず、オヤツを食べるときにズラリと四人が横に並んでむしゃむしゃとお菓子を頬張《ほおば》る場所になる。これを寮では〝カフェスタイル〟と称していた。

そことは別に部屋の中央には小さなスペースがあり、そこに四人で集まってゲームをしたりすることもあった。

ガランとした部屋を後にして、トッ子は食堂に向かった。


トッ子は混み合う朝の食堂が少し苦手だった。

食堂はかなり広いが、一度に一〇〇名以上の生徒たちが集まって食事をする朝は、混雑する。

食堂に足を踏み入れた瞬間にトッ子は圧倒される。

生徒たちの〝色〟が食堂にひしめいているのだ。それだけならばいいのだが、その中で人を探すとなるとトッ子には難しくなる。

同部屋の三人の〝色〟はもちろん覚えている。だが〝色〟があふれ返っていると、トッ子は混乱してしまう。

トッ子は深呼吸して、朝食が並んでいるカウンターに向かった。食堂はカフェテリア形式で、トレイを手にして好きな朝食を選ぶことができる。トッ子の朝食は決まって焼きたてのロールパンだった。

それにリンゴとミルクを加える。いつもだいたい同じ朝食メニューになってしまう。トレイを手にして満席に近い食堂にトッ子は向き直った。

朝から元気にしゃべり笑う声が食堂を満たしている。

トッ子は目を凝らして、同部屋の三人の姿——というより〝色〟を探した。

いつも決まったテーブルに座ることはほぼ不可能だ。食堂に辿《たど》り着いた順番に席は埋まっていく。

それでも壁や窓の際《きわ》にある席が人気で、トッ子は壁際の席に目をやった。

するとそこに目指す三人が座って食事をしている姿があった。

三人もトッ子に気づいて手を振ってくれる。

三人の顔と〝色〟を目にすると、いつもトッ子はほっとした。

こうやって遅れてくるトッ子のために席を確保してくれているのだ。

トッ子の丸顔が輝いた。

食事を終えてから、寮に戻って歯を磨いたり、髪を整えたり、中には校則で禁じられているメイクをする子もいる。部屋に洗面台があるのだが、一つしかないために、廊下に設置された共同の洗面台が混雑する。さらに共同のトイレは列を作ることもあるほどだ。

早々に朝食を済ませて、いち早く食堂から部屋に戻ればいいのだが、トッ子も同じ部屋の三人も、比較的のんびりした性格で、黙々と食事を済ませるということにはならなくて、おしゃべりしながら、ゆっくりと朝食を摂《と》っている。

トッ子の前に座っているサクは、私物のピーナツバターの大瓶からたっぷりとすくいとってパンに塗り付けて頬張っている。なんとも幸せそうな笑みだ。おおらかでふくよかなサクの笑みは、みんなを幸せにしてくれる。

サクの隣で炊きたてご飯と納豆に味噌汁《みそしる》だけの朝食を食べているのはシホだ。毎朝このメニューは変わらない。シホはおっとりとしたお嬢様タイプだ。納豆をご飯にかけずに、ご飯と納豆をおちょぼ口に少しずつ運んでじれったいほどにゆっくり咀嚼《そしゃく》している。サクと対照的にシホは小柄で痩せている。

トッ子の隣に座っているのがスミカだ。感情をあまり表面に出さないので、最初はとっつきづらいタイプだと思われるが、実は思いやりが深い。ついついなにかに集中するあまりに失敗するトッ子をなにかと気づかってくれる〝お姉さんタイプ〟がスミカだった。

トッ子の学校での〝友達〟はこの三人だけだった。もちろん同じクラスになった子たちと話をしたりするが、一年生からずっと同部屋で過ごしてきた三人との結びつきは特別に強い。

当初はまるで生活環境が違うところから集まった四人だったから、喧嘩《けんか》に近いことが起きかけたことがあったが、今はトラブルはほぼない。

トツ子には最高に居心地のいい三人の友達だった。

三人の〝色〟はまったく違う。サクは濃い緑と朱が混在している落ち着いた〝色〟。シホは淡いオレンジや桃の〝色〟が重なって複雑な色をしている。そしてスミカは明るい茶と深みのある焦げ茶だ。

トツ子は三人が集まっているときの〝色〟が好きだ。温かくて優しい。三人と一緒にいるとまるで森の中にいるような気分でリラックスできる。木と花と葉に包まれているようで心地よい。心密かに彼女たちをトツ子は〝森の三姉妹〟と呼んでいる。

〝色〟は変化することはない。大きく感情が動いたりしても、その人が持つ〝色〟に動揺が表れたりしないのだ。

それは一年生の夏休みが終わって寮にみんなが戻ってすぐのできごとだった。スミカが静かにキレた。

「ちょっとサク、洗面台を見て」と部屋の洗面台でハミガキを済まして、自分のベッドに戻って着替えようとしていたサクを呼び止めたのだ。スミカの声は静かだったが、怒気を孕《はら》んでいた。何事か、とトツ子は髪をブラッシングしながら、スミカを見やった。

スミカの穏やかな〝色〟はいつもと変わりない。だがいつも冷静なスミカの顔にいらだちが浮かんでいた。

サクはのんびりした口調で「なに〜」などと応じたが、スミカの顔を見てサクの顔にも緊張が走った。サクの〝色〟にも変化はなかった。だが不穏だった。

　スミカが「いつもハミガキ粉が飛び散ってるの。汚したら掃除するか、汚さないようにハミガキしてよ」と訴えたとき、サクの目に怒りが宿ったのを見た。それまで聞いたことのないような強い調子でサクが反論した。

「ここでハミガキしてるのって私だけじゃないでしょ！　みんなで汚してるってことよ！　スミカだって汚してるかもしれないじゃない。なんで私だけのせいになるの？」

サクが怒りをあらわにする姿をこのとき、トッ子ははじめて目にした。それはかなりの迫力だった。

　そこでついにトッ子とシホが止めに入ったのだ。

　喧嘩にまでは発展しなかった。とはいえ、しばらくはスミカとサクの間にぎこちなさが残った。夏休みで自宅に戻ってのんびりと過ごしていた時間が、二人のいらだちの背景にあったと思われた。

　これが一番の揉《も》め事で、以降も小さないさかいはいくらかあったが、その度に少しずつ譲り合って助け合うようになっていった。〝共同生活〟に慣れていったのだ。

　そして今は誰もが心地よい暮らしぶりになっている。

虹光女子高校――「こうこうじょしこうこう」と言葉にすると非常にわかりづらいばかりか、滑稽にも聞こえてしまうので、地元では虹女《こうじょ》と略されて呼ばれている。虹女は昭和の初期にカトリックの司教によって設立された歴史ある学校だった。戦火にあうことがなかったので、改修と増築によって設立時のたたずまいを残した美しい校舎と校庭が維持されている。歴史的建造物として県に指定されているために、耐震工事が必要とされた際にも外見を損なわない特殊な工事が施された。

虹女は街が一望できる丘の上にあるので、寮生以外の生徒たちは、最寄りのどんな交通手段を使ったとしても、最後は必ず急な坂を上がらなければならない。おまけに古くからある狭い坂道ばかりでバスはもちろん、タクシーも通れない。一本だけ広くて新しい道ができたが、バス路線はなく、歩くとかなりの遠回りになるので、生徒たちは誰も使わないのだ。

だから暑い時期になると、朝から全身汗まみれになることになる。さらに間もなく訪れる梅雨時《つゆ》には観光資源にもなっている美しい石畳が危険なのだ。石畳が雨で濡《ぬ》れると革靴が滑って転ぶ生徒が多数出る。

その日は全身が汗まみれになるほどの気温ではなかったが、まだ春であるにもかかわらずハンカチで額の汗をぬぐいながら「暑い暑い」と嘆く生徒が多かった。

校門を過ぎるとすぐに池がある。完全な円形の池の真ん中に小さな噴水があり、透き通った水を噴き上げている。設立当時から変わらない学校のシンボル的な存在だ。

その池を渡る風が心地よく、坂道を上がってきた生徒たちはようやく一息つくのだった。

坂道の苦行がない寮生たちだったが、寮から校舎まで歩いて五〇歩、わずかに一分の登校時間という環境に慣れきっており、いつも寮を出るのがギリギリになる。その上に、忘れ物があってもすぐに取りに戻れるという慢心から、忘れ物も多い。

通学生たちの登校が一通り終わった頃に、寮生たちが校舎に駆《か》けこんでくる。トッ子と同部屋の三人も例外ではなかった。

だから校庭にある手入れの行き届いた季節ごとの花々に目をむける者はいない。ひたすら駆け抜けていく。

昇降口で上履きに履き替えていると、チャイムが鳴った。始業の合図だ。

学校の規則ではチャイムが鳴り終えるまでに着席していなければ遅刻扱いとなる。

寮生たちは目の色を変えて、意匠《いしょう》の凝《こ》らされた階段の手すりに手をかけて、美しい模様の浮かんだ階段の踏《ふ》み石を駆け上がっていく。

「ウチ、次に遅刻したら奉仕活動なんよ」と階段を上がりながらサクがぼやいた。

奉仕活動は一種の罰だ。遅刻が続いたり、校則違反をしたりすると、近隣一帯の道路の清掃や校庭の草むしりなどを課せられるのだ。

「ありゃー」と後ろから駆けながらトッ子が応じた。

いつもトッ子たちと同じ時間に寮を出てもサクだけが遅刻になることが多かった。寮に忘れ物をして引き返すことが度々あるのだ。

チャイムの音の微妙な変化を、階段を駆ける生徒たちは敏感に察した。遅刻認定される時間が迫っている。

誰かが「きゃ〜」とふざけた声で悲鳴をあげて、遅刻予備軍は階段を上がる速度を上げた。

「階段を走ってはいけませんよ」と静かにたしなめる声が階段の下から聞こえた。

静かだが、凛《りん》としてよく通る声だ。

だが生徒たちは「おはようございまーす」などと口々に挨拶しつつも、走り抜けていく。

「走らないことです」と声の主がなおも声をかけるが、生徒たちはお構いなしで走り続ける。

トッ子は足を止めて、声のする方に目をやった。

そこにはシスター日吉子《ひよこ》が立っていた。澄んだ〝色〟をまとった日吉子の姿にトッ子は立ち止まって見とれてしまった。レモンや陽光を思わせるような淡い黄色なのだ。

「静かに。落ち着いて」とシスター日吉子は声をかけ続けるが、生徒たちは遅刻すまいと、階段を駆け上がっていく。

「トン子！」

シホはいつのまにかトツ子のことを時折〝トン子〟と呼ぶようになった。特に理由も言わなかったし、トツ子も尋ねようとしなかった。

我に返ったトツ子は「はいよ！」とシホを追って走りだした。

なんとかチャイムが鳴り終わる前に着席できたものの、トツ子は息が上がっていた。「間に合った～」とトツ子が背もたれに寄り掛かると、隣の席のサクがぜぇぜぇと苦しそうな息をしながらも「セーフ」と言って笑った。

運動が苦手なシホは机に突っ伏して荒い息をしている。辛《つら》そうだ。その一方で、シホの隣の席のスミカは涼しい顔で手鏡を見ながら、走って乱れた髪を直している。

トツ子の脳裏にシスター日吉子の美しい黄色が蘇《よみがえ》った。

トツ子はこれまでに三人の心惹かれる〝色〟に出会っていた。一人はバレエ教室のお姉さん。〝色〟とのダンスを思いだすだけで、心が震える。だが同時に〝影〟がトツ子の胸に重くのしかかってくる。どうやっても思い通りに動かない身体。それなのに踊ることで訪れる高揚感と陶酔。このちぐはぐな気持ちが同時に湧き上がってトツ子はいつも苦しくなってしまう。

そして二人目は、中学三年生のときに、学校見学会で訪れた虹女で、校庭を歩くシスター日吉子の〝色〟と出会ったのだ。背筋を伸ばして静かに歩を進める日吉子の周囲を包む澄んだ〝色〟はこのうえなく端整《たんせい》だった。

すでに進学することを決めていたトッ子だったが、シスター日吉子の姿は、その決意をより固いものにした。

サクやシホはシスター日吉子を「苦手」と言う。「なんか冷たい感じがするから」と言うのだ。

寮の監督官であり、国語の教師でもある日吉子は、教師陣の中でも笑顔が少ない方だった。授業でも冗談を交えたりすることもない。

だがトッ子は一度も日吉子を〝冷たい〟と感じたことがなかった。そんな判断ができないほどにトッ子は日吉子の〝色〟に惹かれていた。日吉子の〝色〟を見ているだけで深い感慨に浸ってしまう。

それだけではなく日吉子は聖堂に通いつめるトッ子にいつも優しい声をかけてくれた。どぎまぎしてしまってトッ子はまともに会話などできなくなってしまうのだが、決して〝冷たい〟ことなどない。恐らく日吉子は、慎《つつし》み深い性質ゆえに喜怒哀楽などの感情を表に出すことをしないだけなのだ、とトッ子は感じていた。

そして三人目の美しい〝色〟の持ち主は同級生にいた。

四時限目はシスター樹里の宗教の授業だった。週に一度だけ行われる授業だ。この授業で新たな気づきがあることも多く、トッ子はいつも心待ちにしている。

一方でまったく興味のない生徒も多く、居眠りしている生徒が目立つ。

授業が終わって、トッ子は教室を回って聖書を回収していく。聖書を持たない生徒のために、学校が授業で貸しだしているのだ。授業前に職員室から教室に運び、授業後に職員室に届けるのはトッ子の役目だ。トッ子がみずから志願したのだが貸しだす聖書の数が多く、コンパクトながらもかなりの重量で大変な仕事だった。

積み上げられた聖書を両手で持って廊下をよろよろと歩くトッ子の姿は危なっかしかった。以前はサクたちが手伝ってくれたこともあったが、ランチ時には寮の食堂が寮生以外の通学生たちにも解放されるので、席を確保するために、授業が終了すると同時に食堂へと猛然と駆けだすのだ。

席が取れないと、購買でパンやおにぎりを買って教室などで食べることになるが、これがなんとも味気ない。さらに休み時間の終わり近くになってようやく空《す》いた食堂に行っても定食やスパゲティ、ラーメンなどの人気メニューは売り切れていることが多く、かけうどんぐらいしか残っていないので、空腹を満たすことができないのだ。

トッ子はサクたちの手伝いの申し出を断った。これも信仰のための修行だ、と自分に言い聞かせて一人で運ぶことにした。

聖書の重みを感じながら廊下をゆっくりと進んでいると、背後から声が聞こえた。

「作永《さくなが》さん、さっきの小テストどうだった？」

トッ子は身体を震わせるほどに反応した。

〝作永きみ〟という名前がトッ子の頭の中に美しく澄んだコバルトブルーの〝色〟とともに浮かび上がってくる。

思わずトッ子は振り向いていた。

「むずかしかったよ」

「え？　作永さんでも？」

きみの隣を歩くクラスメイトが驚いた顔をしている。きみは優秀なのだ。

「ヤマがはずれちゃった」

「でも、この間もそれで一〇〇点だったじゃない」

友人に言われてきみは微笑を浮かべるだけだ。きっと今回も一〇〇点だったのだろう。だが決して自慢したりもしない。逆に「できなかった」と嘘《うそ》をついたりもしない。

そんなわけでトッ子は廊下の脇に移動して、ゆっくりと歩を進める。だが、きみもきみのクラスメイトもトッ子の存在に気づかない。

背後から聞こえるきみの言葉に聞き入りながらトッ子は緊張で足の運びがぎくしゃくしてしまう。背後にきみの存在を感じながら長い廊下を歩き続けるのは無理だ、とトッ子は判断して、廊下の左手にある木製のベンチに腰掛けた。凝視《ぎょうし》するのはやめようと思いつつも、きみに吸いよせられるように視線がいってしまう。不自然に見えないように、と聖書を一冊取り上げて開いた。そこに目を落とす。

だがまるで文字が頭に入らない。またもきみに目が向いてしまう。

談笑しながら歩くきみの姿は涼しげなそよ風をまとった〝青い聖女〟のようだった。トッ子が座る長椅子の前を通りすぎていくきみを見送る。きみからの視線を恐れる必要がなくなって、トッ子はその青い後ろ姿を直視した。陶酔がトッ子に訪れる。

もう少しだけきみの〝色〟を見ていたい、とトッ子は願った。

すると願いが通じたかのように、廊下の反対側からやってきた女生徒二人が「きみ先輩」と呼びかけたのだ。

その二人にトッ子は見覚えがあった。きみが部長を務める聖歌隊の後輩だ。

きみは立ち止まって、後輩の二人組にうなずいている。

優雅な身のこなしをするきみの姿にトッ子はまたも見入ってしまう。

後輩の表情が硬い。なにか問題でもあったようだ。

「きみ先輩、聖歌隊の練習日程のことで相談があるんですけど……」

後輩の声が次第に消えていく。澄んだ青に包まれ凛としたきみの後ろ姿にトッ子は魅了されていた。

「うん、どうしたの？」

きみが後輩に問いかける声が響く。高くもなく低くもなく、落ち着いた声音だ。先輩風を吹かせる風でもなく、親身になって後輩の相談に身を寄せている、とトッ子には感じられた。あんな風にいつでもフラットに落ち着いて人と接することができたらどんなにいいだろう、とトッ子は小さくため息をついてしまった。

トツ子の心を騒がせる美しい〝色〟を持った三人目は、同学年ながら一緒のクラスになったことがなく、そればかりか一度も会話したこともない作永きみだった。

きみの〝色〟はブルーだ。冴《さ》えて強く深みのあるコバルトブルー。

きみは立ち止まったまま、後輩の声に耳を傾《かたむ》けている。その横顔がちらりとトツ子に見えた。涼やかだが、強さを感じさせる目、ツンと尖《とが》った鼻筋、艶《つや》やかなストレートの黒髪。

きみの横顔に見入りながら、トツ子は二年前、入学式での光景を思いだしていた。

虹女の入学式は四月一日だ。その年は校庭にある遅咲きの桜が散りはじめていた。朝からの強い風もあいまって、桜の花びらが舞い散っていた。

桜吹雪《ふぶき》の中を、当時はトツ子が名前も知らなかった制服姿のきみが一人歩いていた。淡いピンクの花びらに包まれたきみは壮絶なまでに美しかった。

まるで青いベールに身を包まれているかのように、桜吹雪はきみの青い〝色〟に支配された空間を侵すことなく、つき従っているようにさえ見えた。

ただきみは歩いて校舎の中に入っていこうとしているだけなのに、青とピンクに彩られたその姿は神々しいまでに美しかった。

以来、トツ子はきみに心酔していく。だが特になにかをしていたわけではない。もっともこの二年間で、きみのことをいくらか知ることができた。同学年、隣の三年B組、名前、読んでいた本、部活、寮生ではなく路面電車通学などという情報を、ぼんやりと知ったのだった。

だがそうやって少しずつきみのことを知ることにトッ子は喜びを感じていた。そして一つ確実なことは、きみはトッ子の名を知らない。その存在自体も認識していない。隣のクラスの同学年の一人としても認識されていないだろう。だがトッ子はそれで満足だった。ただ遠くからあのすばらしい〝色〟を見ることができる。それ以上を望むべくもなかった。もし、万が一近づき過ぎたらあの〝色〟に圧倒されて身を焦がされてしまいそうだった。

廊下の椅子に座って聖書を読むふりをしながら、きみと後輩のやりとりにトッ子は耳を澄ませていた。後輩がきみに声をかけたのは、どうやら聖歌隊の練習日程の調整に手こずっているという相談のようだった。日程に苦情を入れてくる部員が多くてまとめきれず、このままでは練習時間の確保ができない。コンクールに向けて不安だから部長のきみになんとかしてほしい、というかなり難しい〝相談〟だった。

「……なので、きみ先輩の都合の良いときにお時間いただけますか？」

後輩に頼まれてきみは一つうなずいた。

「うん、わかった」

「きみ先輩、ありがとうございました！」と頭を下げる二人の後輩の声が弾んでいる。

きみは会釈を返して廊下を歩き去った。

後輩たちの声にはきみを崇拝している気持ちが表れていた。

トッ子はきみの後ろ姿が見えなくなるまで見送ると、指で十字を切って手を合わせ「アーメン」と口の中でつぶやいた。きみの美しい〝色〟が存在すること。そして、それを少しでも長く見せてくれた神の配慮に感謝を捧げたのだ。

2

虹女の体育は二クラス合同で行われる。つまり体育の時間だけは、トッ子はきみと一緒の授業になるのだ。

身長は一六五cmほどで細身のきみだったが、運動神経が良いのはその身のこなしを見ればわかった。

先週の体育のときに走り高跳びできみがベリーロールでバーを飛び越える瞬間。きみがまとっている〝色〟が美しかった。きみと共に舞い上がり、空中でゆっくりと回転してうねり、きみとともに〝色〟はエバーマットに沈んだ。

それがあまりに綺麗で、トッ子は目を見開いたまま固まってしまっていた。そして身体が震えるのを感じていた。

それはバレエ教室でお姉さんと〝色〟がペアダンスを踊っているのを目撃したときの衝撃に似ていた。

それを思い出した瞬間に、トッ子は胸に痛みを感じてしまった。いつまでも抜けないトゲのような記憶。大好きだったバレエ……。

その日の体育はドッジボールだった。前半はボールの投げ方や捕り方の練習だった。トッ子はやはりそのどちらもうまくない。だがその後に行われた対抗戦では、トッ子は張り切っていた。

そうはいっても、声を出したり積極的にボールを捕りに行ったりすることなく、コートの中でひたすらに逃げ回るばかりで、前面には決して立たない。ボールを捕るのがうまいサクとスミカの後ろに隠れるようにしているのだ。やはり運動が苦手なシホは早々に敵に狙われてアウトとなり〝外野〟にいた。そこでシホはほっとしたような顔で立っていた。

味方の外野が放ったボールが、敵陣を襲った。だが当てられることなく誰かが捕球したようだ。

今度はこちらが狙われる、とトッ子はスミカの背後に身を隠した。

だがその直後にスミカが素早く右に移動した。

トッ子はその動きについていけなかった。

スミカがいたはずの場所が空いて、そこに敵陣の生徒の姿があった。

それはボールを放とうとしていたきみだった。

トッ子はその姿に見入ってしまった。ボールを手にしたきみは躍動していた。そしてきみのコバルトブルーが襲いかかった。

きみの〝色〟の一部がボールとなって放たれたような錯覚《さっかく》を覚えていた。美しいコバルトブルーのボールがみるみる目の前に迫ってくる。美しかった。

鮮烈な青に見とれながら、トツ子は無防備になっていた。両手をだらりと下げたままで、飛んでくるボールとその後ろで〝色〟に包まれたきみを見ていた。

そのきみの顔が驚いたように変化している、とトツ子が気づいたのと、同時だった。

目の前で青い火花のような〝色〟が飛び散った。無防備だったトツ子の顔面にボールがヒットしたのだ。

当たったボールが体育館の天井に向かって飛んでいき、やがて床の上で跳《は》ねた。まるでスローモーションでも見ているように、すべてがゆっくりと動き、すべての音が消えているようにトツ子は感じていた。

トツ子は口を大きく開けて驚愕《きょうがく》で固まっているきみを見つめながら、後ろ向きに倒れた。

「トツ子!」と急に大きな声がした。

サクとシホ、スミカが上からトツ子をのぞいていた。三人とも心配そうな顔だ。

ごめんね、と思いながらもトツ子は幸せに包まれていた。あの綺麗な青に染まったボールが当たった瞬間にほとばしった青い〝色〟。それはどこにいったのだろうか。あれをどこかに保存できないか……。

「トツ子」とスミカがしゃがんで、トツ子の上半身を支えて起こしてくれた。

トツ子は自分の鼻にボールが直撃したことも、あまり感じていなかった。鼻血が一筋垂れていることにもまるで気づかない。

心配そうに見守るスミカをよそに、トッ子は「へへへ」と幸せそうな顔で笑った。その顔を見て、サクとシホとスミカは不思議そうに顔を見合わせている。どう考えても笑える状況ではない。

トッ子は笑みを浮かべたまま、敵陣のコートに立ち尽くすきみの綺麗な青を見ていた。きみは両手で口を覆って心配そうにトッ子を見ている。

「トッ子」と呼びかけるスミカの声が遠くに聞こえるような気がした。

大丈夫だよ、ごめんね、と思いながらトッ子の意識は遠のいた。とても心地よかった。


終業の鐘が鳴る中、きみが校門に向けて歩いていた。聖歌隊の練習があるはずだが、きみは参加しない。

校門を出ると坂道を下って、路面電車に乗りこんだ。降車するのは終点の駅だった。

繁華街を少し歩くと住宅街に出る。坂の多い街の中でも特別に急な坂の上にあるのがきみの家だった。築年数は四〇年以上になる純和風の家だが、手を入れてあるようで、古びた印象はない。

きみは引き戸の玄関を開けて「ただいま」と声をかけると、家の奥の台所から「おかえり」と女性の声が応えた。

台所で夕食の味噌汁の具であるきぬさやの筋を取っているのは、きみの祖母である紫《し》乃《の》だ。

きみは台所に顔を出して「ただいま」と祖母に微笑した。

「おかえり」と筋を取る手を止めずに紫乃も微笑む。

きみと紫乃は似ていた。特に尖った鼻の形と輪郭がそっくりだった。

きみは玄関まで引き返して、階段を上がっていく。

二階にはきみの部屋、そして隣には紫乃の寝室があった。

きみは部屋に入ると早々に着替えをはじめた。制服をハンガーにかけると、無地のTシャツに黒の短パンという地味な服に着替えて、部屋の隅に置かれていたギターを手にした。

きみの部屋はその服装と同じく地味だった。殺風景と言ってもいいかもしれない。

学習机とベッド、それに本棚と小さなタンスがあるだけだ。

机の上にある本はいずれも数学に関する参考書のようなものばかりだ。

かわいらしい装飾品などもまったく見当たらず、一目見ただけでは部屋の持ち主が男性のようなイメージを受ける。

そして机の中央には〝ニュートンのゆりかご〟と呼ばれるエネルギー保存の法則の実演のために作られた装置がある。五つの金属の球が針金で吊《つ》るされたものだ。〝カチカチ玉〟とも呼ばれてオブジェとしても人気がある。

きみは椅子に腰かけてギターを構えると〝ニュートンのゆりかご〟の一番右側の金属

球を持ち上げて放した。すると五つある球の一番左端の球だけが、きみが持ち上げた分だけ動く。これを繰り返すことでカチカチと音を立てるのだ。

きみはその音をメトロノーム代わりにして、ギターを弾きはじめた。だがまだギターを学んでから日が浅く、いくつかコードを押さえて音をたてるだけだ。

このギターもメトロノーム代わりの〝ニュートンのゆりかご〟も、就職で家を出て大阪で暮らすきみの兄が残したものだ。

〝ニュートンのゆりかご〟はメトロノームとしては正確ではない。それでも兄が高価なものを購入したらしく、空気抵抗は免れないが、球同士のズレが少なく、完全弾性衝突にかぎりなく近いようで、一分以上も正確に音を刻み続ける。

それでも球に乱れが出はじめると気持ちが悪いようで、きみは一度静止させてから、再び振り子を再開させる。

それまでほとんど無表情だったきみの顔が少し緩んだように見える。きみは飽くことなくギターをかき鳴らし続けていた。

トツ子の寮の部屋では周期的になんらかのゲームが流行する。以前はスマホのゲーム一辺倒だったのだが、サクが〝リアル〟でゲームをしようと言いだして全員がはまった。先月まではこれまでで最多の流行を見せていたジェンガで、その前はジェンガに続く人気を誇るウノだった。

そして最近はオセロが人気を博していたのだが、今日はトッ子が参加しないということで一人あぶれてしまうので、ダイヤモンドゲームでサクとシホとスミカが遊んでいた。

だがどうにも盛り上がらない。三人ともトッ子の様子が気になっているのだ。

体育の授業で顔面にボールを受けて倒れたトッ子だったが、体育の担任の教師が付きそって病院で受診したところ、鼻の出血以外に異常は見られないということで、早々に寮に戻っていた。

だがそれ以降、様子が変だった。普段は部屋の机に向かっていることなどあまりないトッ子が、机の前から動こうとしない。なにかをしているのでもなく、ただ頬杖《ほおづえ》をついてぼんやりしている。というよりニヤニヤしているのだ。なんだか幸せそうにも見えたが、三人とも心配なのだ。

スミカが尋ねた。

「トッ子、どうしたん？」

トッ子は頬杖のままで「なんかね、気持ちがキラキラしてて」と説明にならない説明をして笑っている。ニヤニヤが止まらないようだ。

トッ子の説明に三人は顔を見合わせた。説明に納得できる者はいなかった。

だがシホが「頭打ちすぎたかね、体育で」と冗談めかした。

するとサクが「あるね」と同調して笑った。スミカも声をたてて笑いだした。

寮生活で彼女たちが身につけた〝距離感〟だった。求められない限り踏みこまない。

消灯時間を迎えて、トッ子は身支度をいつも通りに整えてベッドにもぐりこんだ。いつもならトッ子はベッドに入るとすぐに眠りに落ちる。だがその日はそうはいかなかった。体育の授業以降、ずっと頭の中で〝あのシーン〟を反芻《はんすう》していた。

ボールを顔に受けて倒れてしまったが、トッ子はいったん、身体を起こした。そのとき、心配そうに自分を見ているきみの姿を目にした。あの青い〝色〟をまとったきみが自分だけを見つめていることにトッ子は歓喜を覚えていたが、同時にどうしようもなく恥ずかしくもあった。

その狭間《はざま》で混乱しているうちにトッ子はまた倒れてしまったのだ。それは〝失神〟というようなものではなかったかもしれない。恐らくはきみに見られている羞恥から逃れるために、頭の中の〝安全装置〟のようなものが働いたのだ、とトッ子は思っていた。だがスミカが「トッ子！」と呼んでいる声に気づいて目を開いた瞬間の驚愕は忘れられなかった。

きみが心配そうな顔でトッ子の顔をのぞきこんでいたのだ。まともにきみに向き合えず、顔を背けて目の端できみを見ていた。

綺麗だった。そして青い〝色〟があまりに近かった。

「大丈夫？」ときみがトッ子に尋ねた。声が震えていた。

トッ子は声をかけられて、返事ができなかった。痛みを感じる余裕さえ失っていた。

だがトッ子が返事をしないので、きみは「ごめん」と申し訳なさそうに謝った。

慌ててトッ子は「大丈夫だよ」と告げたが、声がかすれていた。緊張のせいだった。

きみは心配そうな顔で再びトッ子の顔をのぞきこんだ。

トッ子は「本当に大丈夫だよ。ありがとう」と笑顔で手を振ってみせた。

そこに体育の教師がやってきて、トッ子の出血の具合など確認しはじめたので、きみの姿を見ることができなくなってしまった。

だが、トッ子には最高の時間だった。

ついにきみと話してしまった。これからはきみと廊下で出くわしたときに「こんにちは」なんて挨拶ができる。そしてあの青い〝色〟の隣に座って会話ができるかもしれない。

それは少し怖いことでもあった。しかし、トッ子にはそれが最高の気持ちになるのではないか、という予感がして、震《ふる》えるような幸福感に包まれた。

だって少しだけ言葉を交わしただけで、こんなに幸せになれるんだから！

トッ子はタオルケットにくるまって「へへへ」と思わず笑い声をたててしまった。

真っ暗な寮の部屋の中にその唐突な笑い声は響いた。

サクとシホとスミカは、ベッドに入ってカーテンを閉ざしていたが、三人ともほぼ同時にカーテンを開けて、顔を見合わせた。

トッ子の密かな笑い声が聞こえている。

トッ子は〝色〟のことを三人にも話していなかった。それは必ず悪い結果を招くからだ。

だが今日起きたことを黙っている自信がなかった。ゲームをしながら「作永きみさんとお話しちゃった」と言ってしまったら止まらなくなりそうだった。三人はきっと、きみにトッ子が恋していると勘違いするだろう。その誤解を解くためには〝色〟の話をせざるを得なくなる。

だからトッ子は三人とあえて話さないことに決めたのだ。

しばらく不思議そうに顔を見合わせていた三人は、やがてお互いの顔を見合いながら小さくうなずくと、カーテンを閉めた。

トッ子の笑い声が楽しげなのは間違いなかったからだ。

求められない限りは踏みこまない。

翌朝、トッ子は緊張していた。寮はまだ安全だったが、校舎に向かうのが怖かった。

どこでばったりきみと出くわすかわからない。たとえば教室を出ようとしたときに鉢合わせしたとき、どんな顔をすれば良いのか？　どんな言葉をかければ良いのか？　もし「昨日はごめん。大丈夫？」ときみにしげしげと顔を見つめられたりしたら、どんな顔をして、どんな言葉を返せばいいのか？

急に教室にきみが入ってきて「昨日はごめん。これお詫《わ》び」などとお菓子などを渡されたら……。いや、そもそも受け取っていいのか……。

昨日までの喜びに満ちた気持ちは、脳内に繰り広げられる妄想の前に、一気に不安へと変化していた。

トツ子は廊下の曲がり角、教室やトイレから廊下に出るときに顔を少しだけ出して様子を探るようになった。

これはトツ子もはじめて気づいたことだったが、好きな〝色〟は大きな目印になるのだ。きみの青い〝色〟は一瞬で判別できる。それが便利なのかどうかわからなかったが、とにかく予期せずにきみとばったり出会うことは避けられた。

お昼には食堂には行かずに〝味気ない〟購買のパンで済ませた。食堂で食事中にきみが入ってきてしまったら逃げ場がなくなる。教室ならなんとか誤魔化して別の出入り口から逃げられるが、食堂には一つしか出入り口がないのだ。

そうやってトツ子はきみと出くわすことを避けることに成功していた。ただ一度だけ、職員室に向かっていたとき、窓越しに〝色〟が見えた。

廊下の窓から正面にある池が見えるのだ。毎朝、登校する生徒たちを迎えるように満々と澄んだ水をたたえる円形の噴水池。その前にきみの姿があった。

トツ子は慎重に身を隠しながらも、目だけ窓からのぞかせてその様子を見守った。

きみは一人で水面を見つめている。その顔には表情らしきものはなかった。

青い〝色〟がきみを包んでいる。長い時間に感じた。

きみはやがて顔を上げると、正門を通って学校を出ていった。まだ午後の授業が残っているのに、きみは学校指定のベージュの革バッグを背負っている。下校するようだった。具合でも悪くなって早退したのだろうか、とトツ子は心配になった。トツ子はきみの姿が見えなくなるまで見送っていたが、きみは一度も振り返らなかった。

週に二回ある体育の時間があることを、トツ子は忘れていた。二日間はどうにか逃げきっていたが、明日は対面しなければならない。恐らくきみは体調を尋ねたりしてくるだろう。

一時は体調不良を理由に、保健室にこもって体育の時間を欠席することも考えたが、そんなことをすれば、きみは自身がボールをぶつけたせいではないか、と保健室に来てしまうかもしれない、と思いなおした。

学校を卒業するまで逃げ続けるのは無理だ、とトツ子は腹を決めた。

明日の体育できみと対峙《たいじ》する。

翌日の三時限目が体育の授業だった。体育館で、ドッジボールの続きをする予定だ。気《き》後《おく》れしながらも、トツ子はスミカたちと一緒に体育館に足を踏み入れた。

しばらくは顔を上げることができなかったが、ちらりと目を上げて探った。きみの〝青〟が見えなかった。

トツ子は顔を上げて、体育館を見渡した。にぎやかな体育館の中にきみの姿がない。少しほっとすると同時に、トツ子はきみの〝色〟が見られないことに落胆していた。

その翌日、きみは廊下できみとよく一緒にいる〝高畑《たかはた》さん〟の姿を見て、ひるんだ。だが〝高畑さん〟が談笑しながら歩いていたのは茶の〝色〟をまとった同級生だけだった。

その日の休み時間にトツ子は恐る恐る、隣のクラスを廊下からのぞいた。きみの席は窓際から三列目の一番前だった。

だがきみの姿がない。トイレに行っている可能性もあったが、机の両サイドにあるフックにカバンなどは下がっていない。

確認のために休み時間が終わるまで待ってみたが、きみは現れなかった。

さらに翌日にも、トツ子はやはり休み時間に隣のクラスできみの姿を捜したが、見つからず、放課後にトツ子は体育館の回廊に設置されたベンチに一人で座っていた。体育館では聖歌隊の練習があったのだ。

だがそこにもきみの姿はない。

これでトツ子が知るだけで、最低でも三日連続できみは学校を休んでいる。とはいえ池の前にたたずんでいたきみの姿が思いだされた。その表情からは具合が悪そうだったり、なにかを思い詰めているような様子も感じられなかった。

トッ子は不安になった。申し訳なさそうにトッ子の顔をのぞきこんで謝ったきみの姿が頭をよぎる。

まさかあれが彼女の心の負担になってしまって学校に来れなくなっていたり……。

だがきみはそんなに弱いタイプだとは思えなかった。もちろんトッ子はきみとまともに会話したこともなく、きみが立ち話をしているのを盗み聞きした程度なのだが、きみは強くて賢明な女性に思えた。

ある朝、寮に忘れ物を取りにいって、昇降口で上履きに履き替えているときだった。

三人の生徒が昇降口の端で立ち話をしている姿が目に留まった。

その三人をトッ子は知っていた。三人とも三年生で聖歌隊に入っているのだ。

今日も朝一番で隣の教室を見てきみが登校していないことをトッ子は確認していた。

連続で四日の休み。単なる風邪《かぜ》とは思えなかった。

トッ子はその三人と話したことがなかった。だがこの機会を逃すわけにはいかない。

トッ子が三人の前に立つと、三人は警戒する顔をした。

恐らくその三人はこれまでトッ子の存在を認知していなかったのだろう。

だがトッ子も堂々としていたわけではない。三人の顔をまともに見ることもできずに、モジモジしながら、消え入りそうな声で問いかけたのだ。

「あ、あの、作永きみさん……」

トッ子はようやくそこまで言って、ちらりと三人の真ん中に立っている背の高い生徒を見やった。

その子は少し気まずそうな表情になって、両隣の生徒と顔を見交わした。

ますます不安になったトッ子は早口になって一気に続けた。

「最近、見なくて……お休みとかされてるんでしょうか？」

またちらりと視線をやると、もう一度三人は視線を交わしてから、やがて正面の大きな子が口を開いた。

「知らない？」

トッ子はさらに顔を上げた。

「作永さん、学校辞めたって……」

辞めた……。いつ？　なぜ？　そんな問いがトッ子の脳内を駆けめぐっていたが、どれも言葉にならずに、ただ呆然《ぼうぜん》と大きな子の顔を見つめていた。

池の前にたたずんでいたきみの姿が脳裏に浮かんだ。いつも通りの澄んだ〝色〟をまとって平静な様子に見えた。なのにきみが学校を辞めた。トッ子はきみが退学したということを受け入れられなかった。その原因がまったくわからなかったからだ。

やがて三人が自分を見つめていることに気づいて、トッ子はいたたまれなくなって、三人にお辞儀をすると背を向けて駆けだした。

なぜ走っているのか自分でもわからなかった。だが走らずにはいられなかった。廊下を走り抜け、校庭を走り……。

体育館の前で、聖歌隊の二年生の生徒をトッ子は目にした。もう止まらなかった。臆して、モジモジする余裕も失っていた。

いきなりトッ子は二人の前に立ちはだかって尋ねた。

「作永きみさんが学校を辞めた理由、知りませんか？」

あまりに急なことで、見ず知らずのトッ子にいきなり問いかけられて、二年生の二人は戸惑っているように見えたが、すぐに色白の子が「私たちも驚きました」と言う。すると左隣の歯列矯正《きょうせい》をしている子は「突然でしたから、本当にびっくりして」と言うだけだ。

トッ子はまた頭を下げて走りだした。

その日は休み時間のすべてを情報収集に費やした。一度だけスミカに「どしたん？」と声をかけられたが、「大丈夫」としかトッ子は答えられなかった。

トッ子は後輩ではダメだ、と三年生できみと同じクラスだった生徒と聖歌隊の三年生に的《まと》を絞った。

その結果、得られたものは二つだ。

「男の子と付き合っていたのが学校にバレたらしい」

確かに校則には〝異性との交際禁止〟という前時代的なものがあったが、今では有名無実化しており、〝近隣住民からの通報〟があったとしても黙認されている。

「先生に反抗したとか」

これもにわかには信じがたかった。聖歌隊の部長を務めていたきみは、教師やシスターからの信頼も厚そうだった。学業成績も優秀なのだ。そもそもきみが〝反抗〟する姿など想像もできない。そんな甘えたことをするとは思えなかったのだ。

校庭の木陰でレジャーシートを広げてお弁当を食べている聖歌隊の三人を見つけて、トッ子はそこにも聞きこみをした。

真ん中に座っていた生徒とトッ子は話したことがあった。たしか〝玉川《たまがわ》さん〟という名だった。

同じクラスの生徒に頼まれて、数学の教科書を貸してあげたことがあったのだ。どうやら盗まれたらしかったが、〝玉川さん〟はそんなことは言わずにひたすら感謝してくれた。そして翌日には小さなお菓子のプレゼントをくれた。とても大人しいが、聡明《そうめい》な印象を受けたことを思いだした。

〝玉川さん〟はトッ子の話を黙って聞いていてくれた。何度もうなずきながら。

「いろいろな噂《うわさ》があるんですけど……」と〝玉川さん〟が口を開いた。

なにか考えるように口をつぐんだが、一つうなずいてから続けた。

「なにが理由なのか、私たちもわかりません。ただ……もうすぐ聖歌隊が参加するコンクールがあるんです……」と〝玉川さん〟は困惑した表情を浮かべた。

大事なイベントを目前にして、いきなり部長を失って混乱しているということだろう。なにより同じクラスで同じ聖歌隊に所属する〝玉川さん〟にさえも何も告げずにきみは学校を辞めてしまったことになる。

「じゃあ、今はなにしているのか……」

トツ子は思わず問いかけてしまったが、皆まで聞かずに〝玉川さん〟は黙って首を横に振った。

辞める理由も話さずに学校を去ったきみが、学校を辞めてからどうしているかを報告するとは思えなかった。きみの連絡先を〝玉川さん〟は知っているはずだ。だが〝玉川さん〟はきみに連絡しないだろう、とトツ子は思った。それをきみが望んでいるとは思えない。でなければそんな辞め方をしないはずだ。

きみになにがあったのだろう？　ひどく傷つくような〝事件〟があったというような〝噂〟も聞こえてこない。シスターや教師たちなら知っているだろうが、それを尋ねたところで教えてくれるわけがない。

無駄だ、と思いながらもトツ子はきみの情報を求め続けた。

しかし、すべてが空振りに終わった。

なすすべを失って、トツ子はどこにいても上の空の状態に陥った。そして次第にある変化を感じていた。どこにいても周囲の人の〝顔〟が見えなくなった。ただの〝色〟の集合にしか見えない。

もちろんスミカに話しかけられれば、返事をするが、それは心ここにあらずの曖昧模糊《あいまいもこ》としたものでしかなかった。

サクとシホが声をかけても同じだ。

トツ子がなにかに夢中になることは、よくあった。その最たるものは聖堂での〝祈り〟だ。暇を見つけては聖堂にこもって祈り続けているトツ子を三人は心配したが、トツ子は切羽《せっぱ》詰まった〝問題〟を抱えているわけではないことを三人は自然と知るようになった。

トツ子はぼんやりしているように見えて静かに〝熱中〟しているのだ。〝耽溺《たんでき》〟していると言ってもいいもしれない。だが決して心の平衡《へいこう》を崩しているわけではない。それはきっとトツ子には必要なことなのだ。

だから三人も深く問いただしたりしないで、トツ子を静かに見守ることにしたようだった。

〝作永きみ〟とトツ子は何度も携帯で検索してみた。だが完全に一致するものはなかった。それでも新たな情報が更新されるかもしれない、とくり返し検索してしまう。

やがて、トツ子は情報を求めることをしなくなった。だが頭の中ではいまだにきみのことが占めていた。どう考えてもきみが〝幸せ〟に退学したようには思えなかったからだ。

きみの美しい〝色〟が、悲しげにくすむようなイメージが何度もトッ子の脳裏に浮かんでは苦しくなった。

そのイメージから逃れるために、トッ子は図書館にいた。かつて読んだ本を再読することで、少し苦しさから逃れられるのではないか、と思ったのだ。

毎日、聖堂で祈っていた。だが一日に何度も聖堂にこもっていてはシスターに心配されてしまうと思ったのだ。その理由を問いただされたとしたら、答えに窮《きゅう》してしまうだろう。その点、図書館は休み時間に一人で座っていても誰も不思議に思わない場所だった。

目当ての本を見つけて図書館の読書席で読みはじめたのだが、文字の羅列だけが通過するばかりで、内容がまったく頭に入ってこない。

それでもトッ子は昼休みの時間いっぱいまで、読み続けてみようと心に決めていた。中学生のときに出会って、ページを開いてから一気に読みふけり、一睡もせずに読み終えたのを思いだした。超能力を得た幼い少女が主人公の海外小説だった。

だがやはり夢中になれない。

「ねぇ、こないだ、私、きみ先輩見たかも」

トッ子が目を見開いて、ビクリと身体を震わせた。だが声の主がいると思われる後ろに顔を向けることはしなかった。

トッ子が反応することで、話を打ち切ってしまうかもしれない。

耳だけをそばだてて、次の言葉を待った。

「え？　うそ。どこで？」

会話しているのは教師やシスターではなく生徒たちなのは間違いない。そして声が少し幼い気がした。一年生か、とトッ子は思った。一年生にはきみについての聞き取りはしていなかった。

「商店街のトコの本屋。たぶんレジしてた」

トッ子は振り向いた。二人がきみの噂話をしながら楽しげだったからだ。案の定、二人は肩をすくめて笑っていた。

二人はトッ子に背を向けているので、トッ子の視線に気づいていない。なにを笑っているのだろう、とトッ子は少し腹が立った。学校内……特に聖歌隊の中で崇拝の対象だったきみが、本屋で地味にレジ打ちしているギャップを笑っているのだろうか。

二人の揺れる背中を見ながら、トッ子は書店の場所を尋ねようと思っていた気持ちが萎《な》えてしまった。

噂話をしていた一年生と思われる生徒二人の話題は、アイドルのスキャンダルに移行してしまい、きみの消息は、商店街にある書店員ということしかわからなかった。

だが市内にある商店街だとしたら数が限られる。しらみつぶしに書店を巡ればきみを見つけだすことができるかもしれない。

トッ子は小さな希望を抱いた。

市内の主な交通手段は路面電車だった。学校に通ってくる生徒たちのほとんどが路面電車を使っている。きみも路面電車で通学していた。

その路線上にある商店街を探っていく。

ネットで検索すると、市内にある書店は古本屋も合わせても三〇店ほどしかない。この週末からゴールデンウィークがはじまる。〝飛び石連休〟だったが、間の平日は〝家庭学習〟という名で臨時の休日となるので、九連休となる。だがトッ子は帰省しない。すでに学校にも報告してある。

もしきみがアルバイトとして雇われているとすれば、土日や祝日に出勤している可能性が高い。書店の求人を見てみると「土日出勤できる方歓迎」という言葉が必ずや書き添えられていた。

土曜日は朝から出かけて、夕方のミサがはじまるまでに帰ればいいし、日曜日は午前九時半からの主日ミサを終えてから出かければいい。祝日は通常のミサだから午後五時半までに戻れば間に合う。

新たなミッションを得て、トッ子は再び〝熱中〟しはじめた。

翌朝、いつものように朝食のために食堂に行くと、寮生は二〇人ほどしかいない。同部屋の三人も昨夜のうちに帰省してしまった。

だがトッ子は寂しさを感じたりしなかった。いかに効率よく書店を巡るかを昨夜から携帯を片手に夢中になってシミュレーションしていたからだ。

まずトッ子が狙いを定めたのが、市内最大の繁華街だった。ここには二軒の大きな書店と、五軒の古本屋がある。

書店のアルバイトは時間を自由に選べるところが多かった。特に学生は学校の行事や部活などに合わせて融通してくれるようだ。だがきみは学校を辞めている。普通にパートや社員になっているとすると、朝から夜まで働いているかもしれない。早番や遅番などがある、とSNSに書店員が書きこんでいるのをトッ子は見つけていた。

だから朝の開店時に七軒を訪れて、きみを捜す。そしてお昼を食べてから、もう一度同じ書店を巡る。そうすればきみが遅番でも早番でも出会えるチャンスが増える。

計画を綿密に練りながら、トッ子は一つのことに思いが至った。どんな服装で行くべきだろう、と。

トッ子が好む私服は華美ではない服装だった。なのでサクには〝地味〟と言われ、シホには〝オバサンぽい〟とけなされ、スミカには〝トッ子らしいよ〟と慰《なぐさ》められた。

悩んだが、最後は制服に落ち着いた。そもそもきみはトッ子のことを覚えていないかもしれない、と思ったのだ。虹女の制服を着ていれば「あ、体育の授業でボールをぶつけた子だ」と気づいてくれる可能性が高くなる。

最初に訪れたのは市内で一番大きな書店だ。路面電車の駅を降りて、歩いて二分ほどのショッピングセンターの四階にある広くて大きな店だった。

開店直後だったこともあって客はまばらだ。

トッ子ははじめて店員さんに注目して店内を歩いた。なんとなくレジに立っている店員ばかりを見ていたが、制服を着た店員たちが広い店内の膨大な書棚の前で本を並べたり、ダンボール箱に詰めこんだりしている姿が多いことに驚かされた。

店内をゆっくりと二周して、店員さんたちをしげしげと見ていると背後から声をかけられた。

「なにかお探しですか？」

四〇代と思われる女性店員だった。

「あ、いえ、そうではなくて……」

トッ子はしどろもどろになりながら、慌てて店を出た。

不審者と思われたのだろうか。あまりきょろきょろしない方がいいのだろう。不審者ではなくとも、本が見つからず困っている人に見えてしまったのだろう。

二軒目もやはり大型店だった。こちらもトッ子の予想よりも店員の数が多い。

あまりきょろきょろしないように注意しながら、書棚から本を取りだして、読むふりをしながら店員の様子をうかがう。

ゆっくりと店を何度か回った。やはりここにもきみの姿はない。

ふときみが本を整理している姿が頭に浮かんだ。冴えた青をまとって静かに本を整理しているきみ。

「いらっしゃいませ！」と元気いっぱいの声と満面の笑みで接客しているきみは想像できなかった。

そう思いながらも、トツ子はそんな元気いっぱいのきみの姿もちょっと見てみたいな、と思ったりした。

そんなことを考えながらの捜索だったので、時間はあっと言う間に経過していた。

さらに午前中に一軒の大きな古本屋と、小さな古本屋を四軒回った。

手がかりは皆無だった。時間は午後一二時四〇分。空腹を覚えていたので、ハンバーガーショップに入った。

一人で外食するのは久しぶりのような気がした。窓辺の席で外を歩く人々を眺めていた。どこかにきみがいるのではないか、と目を凝らす。だがもしきみが歩いていたとしたら、見逃すはずがなかった。あの青は他に存在しないはずだ。

結局、午後の二度目の書店への捜索も空振りに終わった。時間は午後四時になっていた。夕方のミサを考えると潮時《しおどき》だ。

その翌日から四日続けて、市内の各商店街にある書店を捜索したが、きみの姿は見つけられなかった。諦めきれずに、市外の書店も見て回ったが、徒労《とろう》に終わった。

連休の最終日、トツ子は早朝から聖堂にいた。

昨夜はベッドに入っても眠りに就《つ》くことができなかった。一日中、汗をかきながら書店巡りをしたので体力的には疲弊《ひへい》しているはずだったが、焦燥感があって寝つけなかったのだ。結局一週間以上かけて市内ばかりではなく、周辺の書店までくまなく捜索したのだが、きみの姿を見つけることはできなかった。

次第に焦る気持ちが強くなった。ゴールデンウィークが唯一残された時間のように感じるようになっていたのだ。

ゴールデンウィークが終われば、簡単にきみの捜索はできなくなってしまう。夏休みになら時間が取れるが、それまできみが同じ仕事をしているとは限らない。就職をするのか、それとも違う学校で……。

トツ子は苦しんでいた。

なんとかこの苦しみから逃れたい、と睡眠をほとんど取れないままに、早朝から聖堂を訪れた。

早朝の聖堂の信徒席の前から二列目はトツ子の指定席だった。早朝にお祈りを捧げるのはトツ子しかいなかったからだ。

初夏の陽差しがステンドグラスを透《とお》して聖堂の床にひときわ鮮やかな光彩を描いてい

る。

トツ子は膝の上に手を組んで、ニーバーの祈りを捧げる。

「神さま、変えることのできないものについて、それを受け入れるだけの心の平穏をお与え下さい……」

トツ子は手で十字を切ると、手を合わせて「アーメン」と唱えた。

だが焦燥感も苦しい気持ちも軽くならない。それが〝気のせい〟だとしても、いつもなら心にささやかな穏やかさを与えてくれるのに……。

トツ子は正面にあるマリア像を見つめた。

〝見返り〟を求めることは厳《げん》に慎むべき、とつねづねシスター樹里に言われていることだった。トツ子もそれはわかっていた。だが苦しくて仕方ない。なんとかすがりつきたいような気になっていた。

「アーメン」

聖堂に透き通るような声が響いた。間違いなくシスター日吉子の声だった。

トツ子が振りかえると、〝色〟をまとったシスター日吉子が通路に立って手を合わせていた。淡い黄の〝色〟が鮮やかだ。

「日吉子先生……」

トツ子が呼びかけると、日吉子は閉じていた目を開いて、微笑した。

「日暮さん、そのニーバーの祈りの言葉には続きが」

トツ子は驚いていた。日吉子の顔にはトツ子をいたわるような表情があったのだ。

トツ子が返事をできずにいると、日吉子はニーバーの祈りの続きを口にした。

「変えることのできるものについては、変えるだけの勇気をお与え下さい」

日吉子は、厳かで凛としていた。

「変えることのできるものと、できないものとを、区別できる知恵をお与え下さい」

トツ子は日吉子の〝色〟を見つめていた。

トツ子もニーバーの祈りはすべてそらんじている。苦悩する人に寄り添い、優しく励ますような祈りの言葉が好きだった。

トツ子の表情を見ながら日吉子はかすかにうなずいた。

「知っているでしょう?」

トツ子は返事を迷った。今の自分は〝勇気〟を持てているだろうか? 〝知恵〟があるだろうか? それなのに〝知っている〟と答えていいのだろうか。

ニーバーの祈りに共感し、毎日のように唱えている。祈ることで少し先に進めるような気がする。だが……。

ただ苦しんで、あがいているだけだ。

長い沈黙が続いた。日吉子は穏やかな表情を浮かべて待っていてくれる。

「……はい」とだけ答えてトツ子はまた黙りこんだ。

日吉子は身じろぎせずにトツ子を見つめている。その目にあるのは〝慈愛〟だった。

「そうなれるように、努力します」と答えることもできた。だがトッ子はそれがひどく不誠実な態度だと思った。シスター日吉子は、トッ子の異変を感じて正面から向き合ってくれている。

「……でも」

「ええ」

客観的に〝苦しさ〟を分析して自分で解決しようとすることなど不可能だった。ただ突っ走り、失敗しかけて落胆し、焦って苦しんでいる。それをどうにかしてほしい、と祈ることしかできない。

「私が願っているのは、まずは平穏で……」

トッ子の顔は苦しげになっていた。いつもの呑気《のんき》な表情は消え失せている。それを日吉子に見られたくなくて、トッ子は日吉子の視線から逃れるように顔を背けてしまった。

「何か悩んでいることが？」

尋ねられたが、トッ子は返事ができなかった。なにをどう話せばいいのか。どうすれば伝わるのか。それはもしかすると、ただ日吉子を困惑させるだけではないのか。

トッ子が黙っていると、日吉子の足音が背後からした。足音が近づいてくる。

足音が止まった。視線を向けなくとも、日吉子の〝色〟がすぐ隣に見えた。

「告解が必要ならば……」

シスター日吉子の言葉にトッ子の心は揺れた。告解とは犯した罪を聖職者に告白することで、神からの赦《ゆる》しと和解を得る儀礼だ。決して軽々しく行えるものではない。

だがそもそも〝罪〟なのだろうか？　つながりかけたものの、消えかけている〝縁〟を求めることは〝罪〟なのか。それは単なる〝欲望〟なのだろうか？

もし、それが罪だとしたら、トツ子だけが見ている〝色〟も、それに魅了されていることも含めて、すべてを話さなければ〝告解〟にはならない……。

日吉子なら、受け入れてくれるかもしれない。理解はできなくても〝色〟が見えるがゆえに、それを追い求めてしまう〝罪〟を受け止めてくれるかもしれない……。

「あ、いえ」とトツ子はいきなり立ち上がった。

日吉子と向き合う。〝色〟の美しさに改めて見入ってしまう。その尊《とうと》さに祈りたくなるような気分になる。思わず賛嘆《さんたん》の言葉がトツ子の口をついて出た。

「日吉子先生は綺麗な〝色〟をしていらっしゃいます」

日吉子は一瞬、戸惑ったような顔になった。だがトツ子の声に耳を傾ける姿勢を見せてくれる。

自分に見えているモノが、他人には見えていない。それをいくら説明しても理解されることはない。どこかで諦められるだけだ。この子はどこかがおかしいのだ、と。

でも日吉子はきっと親身になって話を聞いてくれるだろう。一緒に考えてくれるはずだ……。だが見えないものを理解することはない。トツ子は思いなおした。日吉子を巻きこんではいけない。

「あ、なんでもなくて……」

取り繕《つくろ》う言葉が見つからず、トツ子は慌ただしく何度も頭を下げた。

「ごめんなさい」

トツ子は日吉子の脇をすり抜けて聖堂を走りでていく。

残された日吉子は、駆けていくトツ子の後ろ姿を心配そうに見送っていた。

その日、トツ子はやはり街に出ていた。だが書店を巡ったのは二軒だけだ。シスター日吉子の顔に浮かんだ〝戸惑い〟。今さらながらトツ子は気づいた。きみに出会えたとして、なにをしようというのか。それもわからないのに、なにを求めてさまよい歩いているのか……。

ふとトツ子の脳裏に苦い思いが蘇った。

バレエ教室で転ぶ自分の姿だ。レッスン用の鏡にその姿がはっきりと映っていた。頭の中のイメージとは残酷なほどに違う自分の姿。

バレエが好きだったことは間違いない。夢中だった。そして楽しかった。なのに他の人より劣《おと》っている、と知ったときの挫《ざ》折《せつ》感を思いだしていた。トップバレリーナを目指しても誰もが成し遂げられるものではない。自分なりに楽しめば良かったのだろう。だけど青い〝色〟をまとったお姉さんに魅了されてしまった。あんな人になりたい、と思った。

子供だからこそ、その気持ちは強くまっすぐだった。いや、今もその頃と変わっていない。子供のままで少しも大人になれない、とトッ子は急に心が折れそうになった。きみの青に惹かれて、きみを捜すことに夢中になっている。それだけだ。捜すことに耽溺しているのに、失敗しかけて目標を見いだせずにいる。

本当にきみの青を見たかったというだけだろうか、と自分に問うてみても、すぐに答えが浮かぶわけでもない。きみと友達になりたいから捜しているのか？　だが恐れ多くて身がすくむような気持ちになるだけだった。

じゃあ、あなたはどうしたいの？　街を歩きながら何度も自分に問いかけてみても返事がない。

急に心が虚《うつ》ろになったような気がして、トッ子は書店に入ることなく、連休最後の日を過ごす人々で賑《にぎ》わう繁華街を、当てどなく歩き回っていた。

寮に戻ると〝森の三姉妹〟が帰ってきていた。

三人はそれぞれが地元の名産の菓子をお土産《みやげ》に持ってきてくれた。

長い休みの後は、菓子をつまみながら久しぶりのおしゃべりに花を咲かすのだ。

窓際の長机に四人で並んで座る〝カフェスタイル〟で夜のパーティーがはじまった。

「またこれで、ごめんよ～」とサクが地元名物の焼き菓子をみんなにわけてくれた。

「これがいいんだよ～」とシホが早速封を切って食べはじめる。スミカも「うまい」とご機嫌だ。

サクが配っているのは〝ビスマン〟という有名な土産菓子だ。ビスケット生地の中に黄身餡《あん》を入れて焼き上げたもので〝ビスケット饅頭《まんじゅう》〟だ。独特の風味があってみんなのお気に入りなのだ。シホとスミカのお土産は帰省するたびに別のものであることが多い。地方特産の菓子などではなく、全国で発売されている菓子の場合もあって、それはそれでみんな喜んで食べた。

ただトツ子は配る菓子がない。トツ子はほとんど実家に帰らない。正月の数日と、法事などで数回は帰省したが、夏休みなどの長い休みにも、ほとんど帰宅せずに寮で過ごしている。

同部屋の三人はそれを不思議に思っていた。一時はトツ子の家庭が問題を抱えているのではないか、と思って心配していたのだ。心配だけではなくそれとなくトツ子に家庭環境について尋ねたりした。だがトツ子は両親のことをあっけらかんと話すだけだった。決して家族仲が悪いようには聞こえなかった。むしろ微笑《ほほえ》ましいエピソードが多かったほどだ。そこで同部屋の三人がなんとなく共有するようになったトツ子が帰宅しない理由は〝トツ子はお祈りに夢中だから〟ということだった。私の両親はほぼ無宗教だ、とトツ子が言っていたのだ。深刻な物言いではなく「両親はゲームをしないけど、私は好き」というような調子だったので、信仰をめぐって家族の中で〝対立〟が起きていることもないようだ。〝毎日聖堂でお祈りしたいから、なんとなく帰りたくない〟というふわっとしたものかもしれない、と三人は思った。それはなんとも〝トッ子らしい〟ように思えたのだ。

だがゴールデンウィークが明けて寮に戻った三人は、トッ子の様子がいつもと違うことに気づいた。

口数が少ないし、浮かない顔をしているように見えた。トッ子は話に加わらず、窓から見える夜の庭をぼんやり眺めては、ため息をついている。

だがトッ子自身はそれに気づいていない様子だ。

「トッ子」とスミカが呼びかけた。

「あ」とトッ子は三人が見つめていることにようやく気づいたようだ。

「どうした？　なにかあった？」とスミカが尋ねる。

トッ子はあたふたとしはじめた。手を顔の前で意味もなく動かしている。

「あ、いや……なんでもないよ」

トッ子の様子を三人がじっと見つめている。

トッ子は照れくさそうにしている。

それを見てスミカが「あ、そ」と言ってビスマンをむしゃむしゃと食べだした。

サクが「食べな」とビスマンをトッ子に差しだした。

「うんまいよ」とシホがビスマンを頬張りながらトッ子に笑いかける。

「ありがとう」とトッ子はようやく笑顔になった。

トッ子は並んでいる三人の〝色〟をあらためて見た。横から見ると三人の〝色〟が重なって見える。まさに〝森の三姉妹〟だった。いつもより優しくて温かく見える。三人がトッ子のことを心配してくれているのがひしひしと感じられた。それなのに問い詰めたりせずに放っておいてくれる。嬉しくてありがたくて神に感謝したくなるほどだった。

「森の三姉妹」

思わずトッ子は呼びかけてしまった。森の三姉妹は一斉に「は？」と言ってトッ子を見やる。トッ子はまたも慌てて、顔の前で手をひらひらと動かした。

「あ、〝色〟……。いや、その色々とみんなの雰囲気が、なんとなく穏やかで優しい感じがして……」

スミカが「つまり地味ってこと？」とすごんで見せた。するとサクとシホが「あ〜」と納得したように相槌《あいづち》を打った。

穏やかで優しくて地味だけど……。スミカに先回りされて、それが最高なんだ、とトッ子は言えなくなってしまった。

トッ子は少し楽しくなりながらも、三人を見て微笑んだ。

三人もトッ子に笑顔を返す。三人の穏やかな〝色〟が部屋全体を優しく包んで、トッ子の落胆を慰めてくれているように感じた。

3

作永きみは高校の制服に身を包んで、ケースに入れたギターを背中に背負うと階下へと降りた。階段の下でギターは背中から下ろした。居間で新聞を読んでいるはずの祖母の紫乃に声をかけるのだ。

「いってきます」

居間にテレビがあるが、紫乃はほとんどテレビを見ない。ステレオから往年の洋楽ロックが流れている。

居間のソファに腰かけた紫乃は、ローテーブルに広げた新聞から目を上げて、孫娘に笑顔を見せた。

長い髪は真っ白だが、六十代後半とは思えない若々しさがある。

「いってらっしゃい。お弁当、テーブルの上ね」

「うん。ありがとう」

きみの声のトーンが少し下がった。だが人に気づかれるほどの変化ではない。

きみはキッチンのテーブルから弁当を取り上げて、手提げに入れた。通学用の革製のバッグ、ギター、手提げとかなりの大荷物だ。

ギターを持って学校に行くのは休み時間に練習をするから、と紫乃には言い訳するつもりだったが、あえてギターを担いでいる姿を紫乃に見せる必要はない。余計な嘘をつきたくなかった。

家を出るときみはゆっくりと歩きだした。坂を下って、少し遠回りをしてから、路面電車に乗りこんだ。高校に行くときより二〇分ほど遅い電車に乗った。席に座れることはないが、身動きできないほどの満員ではない。手すりにつかまってゆったりと乗車できる。

きみは市内で一番大きな商店街の最寄り駅で降りた。

ゴールデンウィーク明けの街は、どことなく道行く人々も疲れた顔をしているように見える。

商店街の近隣には学校がほとんどないので、制服姿の高校生の姿はない。

その中をきみが制服姿で歩いていく。その美しさは人目を引いたが、当人はそれを意識しているようには見えない。超然としていて、ささいなことに動じないような印象を与える。

ゴールデンウィークは聖歌隊の部活があると紫乃に言って、ほぼ毎日出かけていたが実際にはアルバイトのためだ。その度に紫乃は弁当を作ってくれた。

弁当はいらない、ときみが言うと紫乃は「私もお弁当だから」と言って必ず作ってくれるのだった。

紫乃は近所で週に六日、午前一〇時から午後六時までパートしている。

紫乃には学校を辞めたことは告げていない。

学校への退学届に保護者として署名捺印《なついん》したのは、きみの母の茜《あかね》だった。東京で暮らしている茜に、高校を退学したい旨の短い手紙に、退学届を同封して送ったのだ。すぐに署名捺印した退学届が茜から返送されてきた。同封された手紙はなかったが、退学届には付箋が貼付されていて〝ガンバレ！〟とだけあった。

きみが〝退学届が欲しい〟と唐突に担任教師に申しでたことで、職員室ではかなりの騒動になっていたようだった。

すぐに職員室に呼びだされ、担任のみならず複数の教師がきみを取り囲んだ。その中には校長もいた。

教師たちは様々な質問をきみにした。だがそれは総じて言えば〝なにか退学しなければならないような問題があるのか？　なにか困っていることがあるなら言ってほしい〟というものだった。

きみは少し困ったような顔をして「特に問題も、困っていることもないです」と答えるだけだった。

優等生で聖歌隊の部長であり、模範的な生徒と見なされてきたきみは頑《かたく》なだった。だが教師たちはそれ以上、きみを追及することは許されなかった。退学の意志は尊重されるべきで、それを歪《ゆが》めるような〝指導〟は禁じられていた。担任の教師が「あなたの退学を聖歌隊のメンバーは……」と言いかけたところ、それをすかさずに校長が手で制した。

それはきみの突然の退学が、きみを慕う聖歌隊の後輩に与える影響を追及する言葉であることが予想された。それを察して校長は止めたようだ。退学を望む生徒に対しての〝脅迫〟になりかねない言葉だ。

その一週間後に提出された退学届が受理され、退学が決定したのだ。

退学届の〝理由〟には〝一身上の都合〟と書かれていた。

茜は母である紫乃に、きみが退学したことを報告しなかった。茜と紫乃は、断絶しているわけでもないし、不仲というわけではない。

そもそも茜は高校中退を〝問題〟だと思っていない。それはきみの〝選択〟の一つだと思っている。選択したのはきみなのだから、それを紫乃に報告するのはきみがするべきことなのだ、と。

茜自身がそうやって生きてきた。すべてを自分で決めて、その責任は自分で負う。

紫乃は娘の茜の生き方を容認した。ときに手を貸したこともあるが、おおむね茜はすべてをなんとか自身の手でコントロールして、奔放ではありながらも破綻せずに生き抜いている。そんな娘の生き方を紫乃は応援していた。

茜の早すぎる結婚と離婚。シングルマザーとして暮らしながら、つかんだアーティストとしての成功。そして子供たちを日本に残して海外へ渡航した。日本に戻った際に茜はきみときみの兄の志郎《しろう》に同居することを提案したが、それは〝提案〟であって茜の〝願望〟でないことは明らかだった。きみと志郎は祖母の紫乃と同居することを望み、東京に暮らすことになった茜とは別居することになったのだ。

曲折を経てはいるが、滞ることなく茜から紫乃あてにきみと志郎の学費や生活費などの養育費は支払われ続けていた。

紫乃は経済的に働く必要がなかったが、働くことが身に染みついていて、長年勤めた市立病院を退職後もパートに出ているのだ。

紫乃も茜が五歳のときに離婚している。正確に言えば、何度失敗してもギャンブルと縁の切れない夫（きみの祖父）を紫乃が家から叩《たた》きだしたのだ。それ以来、シングルマザーとして働きながら茜を育てた。一時は再婚を望む相手と交際していたこともあったが、結婚することの様々な制約がどうにも紫乃には馴染《なじ》めずに別れてしまった。

以来、紫乃はきみときみの兄の志郎を育てる日々を送ったのだ。

茜が海外に渡ったのは、きみが中学に入学直後のことで、志郎は高校二年生だった。どちらも難しい年頃、と言えたが、長らく兄妹は紫乃と同居してきたし、母親の茜は〝育児〟に一途というタイプではなく、創作活動にその時間のほとんどを費やしていたから、紫乃が生活面のフォローをすることになった。とはいえきみも志郎も自立した（せざるを得ない）子供で紫乃の手を煩わせることは少なかった。三度の食事を作るだけで充分だったのだ。特に志郎は独立独歩の堅実なタイプで、国立大学の建築学科に進んで、大手建設会社に就職を決めて、本社のある大阪に移り住んだ。

引っ越しをする前日、志郎は「おばあちゃん、今までありがとう」とかなり高価なブランド物のパーカーを色違いで二着プレゼントした。

志郎は紫乃の趣味を知っていた。年寄り染みた服装を紫乃は好まず、パーカーにジーンズのようなラフな服装をしていることが多かったのだ。人の好みなどを敏感に察して、それを忘れずに、折りを見てプレゼントするスマートさを志郎は持っていた。

実際、紫乃はプレゼントされたパーカーを愛用している。

志郎は老若男女を問わずに人気があった。本人もそれを意識しているが、それを誇るようなことは決してなかった。謙虚だが自信に満ちていて、道に迷うことはない。

そんな兄をきみは尊敬すると同時に、その器用さに嫉妬していた。いつでも人の輪の中心にいて、感想や意見を求められれば当意即妙の言葉をチョイスして、人を喜ばせ、笑わせながらも、納得させる。そしてそれを我が喜びとする。

きみにはそんなことができなかった。兄のような能力がないのに、それを求められることが多く、きみにとっていつも苦痛でしかなかった。

きみは商店街から外れた細い路地のどん詰まりにある小さな店のドアの鍵を開け、中に入った。

店はかつて一般の住居だった。看板などがなければ外見は洋風の古びた一軒家だ。店の前には雑草が繁った庭がある。この家の主人は音楽好きが高じてレコードと楽器と、音楽に関する書籍の販売をはじめたのだ。楽器も書籍もレコードも店主が蒐集《しゅうしゅう》したものばかりで、一部のマニアだけが知る〝店〟だった。

店主が体調を崩して入院してから長らく営業していなかった。だが、音楽愛好家の間では閉店を惜しむ声が多かった。

やがて愛好家の一人が、この店を丸ごと買い取って、古本屋兼中古レコード店としてリニューアルオープンした。

店を買い取ったオーナーの男性は、きみの母親の茜の友人だった。

そのことを茜から聞いていたきみは、顔見知りだったオーナーに連絡をとってアルバイトとして雇ってもらったのだ。

オーナーの男性は県内を中心に一五店を展開する人気ハンバーグチェーン店のオーナーであり、古書とレコードの店は趣味でしかなく、ほぼ開店休業状態だったのだ。

だからきみはアルバイトとはいえ一人で店を預かっているような形になった。

店を開ける前に、二階にある書庫兼休憩室できみは高校の制服からジーンズと薄手のパーカーに着替えた。

きみは服装にほとんどこだわりがない。ジーンズは何年前に買ったのか覚えていないほど古いもので、パーカーもかなり前に兄からもらった〝お下がり〟だった。とはいえ端整な容姿のきみが身につけると、それはおしゃれな組み合わせに見える。

書棚が店を占めていたが、オーナーの趣味であるギターなどの楽器が店のそこここに無造作に飾ってある。その楽器もかなり稀少《きしょう》なものばかりだったが、オーナーは訪れた客が手に取れるような場所に置いていた。

着替え終えたきみは両手でたくさんの本を抱えて二階から階段を降りる。

店の書棚は空きが目立つ。蔵書のほとんどが二階の書庫に積んだままになっているのだ。オーナーが少しずつ分類はしてくれていたが、書棚に並べる時間がなかったようだ。ただ書庫にある蔵書の値段だけは、オーナーが写真とともにすべてパソコンに登録してくれていた。

分類しつつ、書棚を埋めていくことが、きみに与えられた最初の仕事だった。とても簡単に終わるような仕事ではなかったが、オーナーには「気長にゆっくり片づけて」と初日に言われていた。だがそれから一度もオーナーは店を訪れていないし、連絡も来ない。

二階の書庫と一階の書棚を往復して、本を並べる作業はかなりの重労働だった。

午前一〇時に店はオープンするのだが、一時間が経過しても客は一人も来ない。平日には当たり前のことだった。

お昼前にスーツ姿の中年男性が店を訪れて、書棚よりも楽器や蓄音機を眺めていたが、店内を一巡すると、本を並べていたきみに会釈して去っていった。きみはなかなか「ありがとうございました」が言えなかった。会釈を返すだけだ。「いらっしゃいませ」と大きな声で言うこともまだできない。客が入店すると会釈する程度だ。

午後一時を過ぎて、きみはレジ前の椅子に腰かけて、出入り口のガラス戸から見える庭を見ていた。わざわざ狭い路地に入ってくる人はいない。繁華街の中にあるとはいえ商売には不向きな場所だ。

「お昼ご飯は適当に近所で買ってきたりして好きな時間に食べていいよ」とオーナーに言われていた。

きみは手提げから弁当を取りだした。外に買いに出るたびに施錠するのが面倒なので、紫乃の手作り弁当はありがたかった。

玉子焼きとアスパラガスの肉巻、ブロッコリーのおかかあえ、ごはんにはゴマが振ってある。紫乃の定番の弁当メニューだった。

弁当を食べ終えると、きみは家から運んできたギターをケースから取りだして、レジカウンターの中で椅子に腰かけるとギターを抱えた。

昼休みにはギターの練習をすることにしたのだ。課題曲も決めていた。

トッ子は市内で一番大きな商店街にいた。そこはゴールデンウィークの初日に訪れて空振りに終わった街だった。

午後の授業を終えて、そのまま学校を飛びだして路面電車に飛び乗ったのだ。

大きな商店街の奥まった所に、雑貨屋や骨董《こっとう》店などが自然発生的に集まってできた通りがあった。その中に、かつてのレコード屋などが、専門書の古書を扱ううちに古本屋のようになってしまった店がいくつかある、というブログをトッ子は目にしていたのだ。そのブログで紹介している店は二軒あったが、詳しい場所が掲載されていなかったために、訪れることができないと思って諦めていた。

だがぼんやりとではあるが、店の場所が示されていたので、そこを訪れてみようと思い立ったのだ。

あれほど落ちこんでいたのだが、今日は不思議なほどにやる気に満ちていた。

森の三姉妹、そしてシスター日吉子のおかげだ。

虚ろになりかけていたトッ子の心に、彼女たちの笑顔がエネルギーのようなものを注ぎこんでくれたような気がしていた。

商店街の奥にある通りには不思議な店が色々とあった。トッ子にはガラクタにしか見えない骨董品が店の外の道路にまで溢《あふ》れだしている店、店自体が傾いてしまっていて、とても入る気になれないような喫茶店……。

トッ子は目指す店の位置を確認するために、スマホを手にして立ち止まった。

電気製品のリサイクルショップの前だ。やはり外観が古びていて、出入り口の周辺に壊れた電子機器などが乱雑に置かれている。まるで客が入店するのを拒否しているようにさえ見える。

店の中から声が聞こえた。

「これねぇ、箱がないんだよ」

どうやら店員の声のようだ。

「いや、大丈夫です」と若い男性の声が答える。

「そう？　でもモノはいいからね」

「はい」

スマホで地図を見ながらトツ子は、そのやりとりを聞くともなく耳にしていた。

若い男性の声が涼やかで、ちょっと興味を惹かれたが、顔を向けることはしなかった。

ブログの情報を元に地図を検索しているのだが、どうにも方向がわからない。ただブログにある喫茶店などの位置から類推すると、この路地の近辺にあることはなんとなくわかる。ただその店が〝店〟として地図に表示されないのだ。

ある程度、方向にあたりをつけてトツ子は歩きだしたが、自信なげにそろりそろりと歩を進める。

するとトツ子の前を猫が横切った。大きな白猫だ。

トツ子は猫好きだ。街中で猫を見ると吸いよせられてしまう。

しかもその猫はまるでトツ子を昔から知っているかのように近寄ってきた。そればかりか、トツ子の足に全身を擦《こす》りつけて甘えた。

トツ子もしゃがんでたっぷりと撫《な》でようとしたが、猫はすっと身を離してしゃなりしゃなりと尻尾《しっぽ》を立てて歩きだした。

昼休みのギターの練習を終えると、きみは午後の仕事にとりかかった。二階の書庫には今日中に店の棚に並べると決めた百冊を超える量の本が用意してあった。蔵書は音楽関係ばかり、と思っていたのだが、文学作品や芸術に関する本もかなりの量がある。これだけの本を揃《そろ》えた以前のオーナーはかなりの読書家だったようだ。

エレベーターと台車があれば一時間もかからずに終わる仕事だったが、本を手に抱えながら勾配のきついハシゴのような階段を昇り降りするのは、体力ばかりかなかなかに神経を遣った。

二階で本を一〇冊選んでいると、下で出入り口のドアが開く音がした。来客だ。きみは時計を見た。午後四時。きみは息を整えて両手で本を抱えると、階段の狭い踏み板を慎重に踏みながら階下に下りていく。

店には客がいた。いつも熱心に音楽関係の本を選んでいる男性だった。着ている制服から察するに隣の駅にある東大合格率が県内で一位の県立高校の生徒だ。

男性はいつものように熱心に本棚を見ながら、気になった本を手にして試し読みしている。

「いらっしゃいませ」

きみは声をかけた自分に驚いていた。恐らく客にはっきりと声をかけたのは、はじめてのことだ。

その男性はきみに顔を向けると微笑して会釈をした。

きみも会釈を返す。

男性はすぐに本棚に目を戻した。

きみは本棚に本を並べていく。しゃがんで本棚の隙間から男性の姿を追う。男性は満遍なく書棚を見て歩くので、その好みはわからなかったが、音楽が好きなことだけはきみにもわかった。

男性が急に姿勢を変えた。しゃがんだのだ。視線の高さが一緒になってしまう。

きみはあわてて立ち上がり、レジに向かった。


トツ子は白猫を追っていた。猫は逃げる素振りは見せずにトツ子と足並みを合わせるようにゆっくりと歩き続けている。

「なにしてるんですか？　冒険してるんですか？」

トツ子が声をかけるが、猫は知らん顔をして上品に歩き続ける。

トツ子の顔には笑みがあった。それも並みの笑みではなかった。でれでれの手放しの笑顔になって猫を見つめながら、その横を歩いていく。

猫はトツ子に視線をやったりせずにひたすらに歩き続ける。

「私は人捜しをしてるんですよ」

トツ子はなおも語りかける。

するとと猫がいきなり狭い路地に折れた。迷わずにトツ子もその後について曲がった。そこにはコンクリート製の階段があった。階段の上には家のようなものがある。民家だろうか。

猫とともに階段を上がるのはトツ子にははじめての経験だった。猫は一段ずつゆっくりと上がる。まるでトツ子を気づかっているかのようだ。

しかし猫は急に走りだして、家の前に座りこむと、足を上げて毛繕いをはじめた。丹念に毛繕いをする猫を蕩《とろ》けるような笑顔で見つめていたトツ子だったが、ふと家に目を向けて「あ」と声を上げてしまった。

階段を上がると、そこには雑草がひろがった〝庭〟があった。飛び石があって、その奥に店舗があるのだ。二階建ての洋館のような造りだった。店舗であることは〝しろねこ堂〟という看板が二階部分に掲げられていることでわかった。さらに玄関ドアの脇に〝古書、中古レコード　セール中〟と書かれた黒板がある。

これがブログで紹介されていた元は楽器も売っていたという古書店だった。古書店ながら中古レコードも販売しているようだ。

古めかしい店構えだったが、手入れが行き届いていて、しゃれて見える。

毛繕いをしている猫に視線をやりながら、木製のドアに手をかけると、猫がチラリとトツ子を見やった。

〝ここだろ？〟とでも言いたげな目つきだな、とトッ子は笑いそうになったが、ドアの奥にきみがいることに思いが至って、顔が強張った。

それでも思い切ってドアを開けた。

ドアが小さくきしんだ音を立てて開いた。

店内には先客が一人だけだった。学生のように見える背の高い人だ。熱心に本を選んでいるようだが、その背中しか見えない。鮮やかな緑の〝色〟をしている、とトッ子は感じたが、きみの〝色〟に気が向いていて緑の〝色〟に見とれることはなかった。

店内にギターの音がしている。アコースティックギターではなく、エレキギターを弾く音がかすかにしているのだ。聞き覚えのある曲だ、と思っていると、さらにかすかにハミングする声が聞こえた。

〝アヴェ・マリア〟だった。グレゴリオ聖歌だ。シューベルトの作曲した曲が有名だが、それは聖歌ではなく歌曲なのだ。シューベルトの歌曲も美しいが、聖歌は崇高さを感じさせる。

ハミングする人物の姿は見えないが、きみの歌声だ、とトッ子は確信していた。

店の奥に進むと、わずか四段の階段があった。階段を上がると、レジカウンターだ。カウンターの中にあの〝色〟があった。清澄なコバルトブルー。間違いなくきみの青だった。

きみはトッ子に背を向けている。アヴェ・マリアのハミングと相まって、その〝色〟

はトッ子を敬虔《けいけん》な気持ちにさせた。

トッ子の顔に歓喜の笑みが広がった。目にはうっすらと涙がにじんでいる。

トッ子は思わず口の中で「見つけた」とつぶやいてしまった。

ギターとハミングがいきなり途切れた。

きみはビクリと身体を震わせて、振り向いた。

トッ子の顔を見て、きみは明らかに驚いたような顔になった。だがそれはトッ子を認識したからなのか、それともただトッ子の制服に驚いているのかは判然としなかった。

トッ子はパニックに陥った。結局、トッ子はきみを見つけだして、どうしたいのか、まったくわからないままに、対面してしまったのだ。

「あ、いや、あの～、えっと、はい……」

無意味な言葉を羅列しながら、トッ子は無意味に手を広げて顔の前でひらひらと動かし、なぜかペコペコと頭を下げたりしていた。

「ああ、その、たまたま入ったら……」

きみを捜していた理由をトッ子は言葉にすることができなかった。だから偶然を装おうとしたが、これまた言葉に詰まった。

そこでトッ子は方向を転換した。

レジの前に並んでる本に目を向けた。そこには〝やさしい音楽　ピアノ名曲集〟という本があった。慌ててその本を取り上げて、まるで宝物を発見したかのように捧げ持った。

「あ！　これ、そうそう。これだ！」

その本をトッ子は見ながら大げさに驚いて見せた。

「これ、ずっと探してて。やった〜！　やっと見つかったよ」

トッ子はさらに「嬉しいなあ」と愛おしそうに本を抱きしめるというパフォーマンスをして見せた。

きみはそんなトッ子を呆気《あっけ》にとられたように見つめている。

「これくださいな！」とトッ子は謎のテンションのままで勢いよく本をきみに差しだした。

トッ子はずっと愛用しているがま口を手提げから取りだす。

きみは本を受け取って裏表紙をあらためたり、ページをめくってみたりしていたが、やがて首を傾《かし》げた。

トッ子はどきどきしていた。なにかおかしなところがあったのだろうか。こんな本を買う人がいるはずがない、というほどの稀少な本で高価だったりしたのか。それともなにかいかがわしい本で……。

きみは本を手にして、レジの脇にあったパソコンを操作した。

「ピアノ、弾くんだ」ときみが独り言のようにパソコン画面を見たまま口を開いた。

トッ子はまた慌てだした。

「え？　ああ、はい！」

するときみがちらりとトツ子を見て微笑した。きみがなんだか嬉しそうな表情をしていることに、意味もわからずトツ子は舞い上がった。

きみはパソコンに登録してある本の値段を検索しているようだった。どうやら本に値段がつけられていなかったようだ。

トツ子は壁に立てかけられたエレキギターに目をやった。きっと音楽が好きなのだ。

「作永さんもギターを？」

きみはパソコンのキーボードを叩きながらうなずいた。

「うん。練習中」

きみの演奏は少々たどたどしかった。しかし、ハミング付きだったとはいえ、はっきりと〝アヴェ・マリア〟だとわかったのだから、まったくの初心者ではないだろう。

「へぇ〜、かっこいいなあ」

するときみが「あ」と声をあげて、トツ子の顔をまじまじと見た。

トツ子はどきどきしていた。嘘を見破られたと思ったのだ。

だがきみが申し訳なさそうに続けた。

「あ、前、体育のとき、ごめんね」

トツ子の顔が喜びで輝いた。覚えてくれていたのだ。

「ううん。とんでもない！」

いろいろとトッ子は調べてみたが、どうやらきみが退学したのは体育館できみの投げたボールをトッ子が顔面で受けた日の直後だったようなのだ。恐らくきみは普通の精神状態ではなかったはずだ。原因がなにかトッ子はまるで知らなかったが、そんな中で覚えていてくれたことが嬉しかった。

なにか会話を続けなければ。このまま本の代金を支払って帰らなければならなくなる。なにか……。

「あの……さっきの曲、私、大好きで……」

トッ子のたどたどしい言葉を聞いて、きみが照れくさそうに笑った。これまでトッ子が見たことのない笑顔だった。なぜだか急に〝きみも普通の女の子〟なんだ、とトッ子は思った。

「ああ、聖歌隊で、ずっと歌ってたから」

もちろんトッ子は知っていた。聖堂ばかりではなく体育館で聖歌隊が練習しているときにも、何度も聞きにいっているのだ。きみたちの歌声は澄み渡って美しかった。

きみは聖歌隊で歌った曲をギターで演奏して一人でハミングしていた。どんな気持ちで演奏して歌っていたのだろう、とトッ子は思って、黙っていられなくなった。

「作永さんは……もう学校には……」

とんでもないことを訊《き》いてしまった、とトッ子は後悔したが、言葉は戻せなかった。

きみは困ったような顔になった。目を見開いたまま固まってしまったのだ。

トッ子は悔やんだ。せっかくたくさん話ができたのにぶち壊しだ。きみは聖歌隊やクラスで仲のよかった子にもなにも告げずに、学校を辞めているのだ。それをいきなり知り合いにもなっていないトッ子が尋ねること自体が踏みこみすぎていた。

だがもうトッ子には取り繕うことができなかった。

また「あ、え〜と……」となんとかとりなそうとしたが、言葉が出てこなくて、手が意味もなく宙を泳いだ。

きみは固まったままだ。

トッ子もどうして良いかわからず、次第に身動きができなくなった。

「あの〜」とトッ子の背後で控えめな声がした。

トッ子が振りかえると、そこには緑の〝色〟をした人が立っていた。鮮やかな緑。入り口のそばで真剣に本を選んでいた人だった。透明感のある緑で美しかった。

「いいですか?」とその緑の人は、申し訳なさそうな声を出した。トッ子はその声に聞き覚えがあった。

するときみが「あ、はい」と答えた。

きみの声のトーンが少し上がっていて、トッ子はきみに視線を移した。

きみの瞳が緑の人をまっすぐに見つめている。

「もしかして……」とやはり控えめな声で語りだした緑の人の言葉は途中で消えた。とても繊細でなにかを恐れてでもいるかのようにトッ子には見えた。

トッ子はドキドキしていた。なにを言いだすのだろう、と不安と期待が入り交じって高揚していた。だがその直後に緑の人はあまりに意外なことを言いだした。

「バンドやってるんですか？　二人で」

緑の人はきみとトッ子を交互に見やっている。

どこをどう見たら二人がバンドを組んでいるように見えたのだろう、とトッ子は思ったが、直後にとんでもなく嬉しくなってしまって、素っ頓狂な声で尋ねた。

「え？　私たち、そんな風に見えます？」

目をキラキラ輝かせるトッ子を見てから、緑の人はやがてきみに視線を移した。

「いつも、ここでギターを弾いているから、もしかしてと思って」

トッ子は緑の人の声をどこで聞いたのか思いだした。この店に来る前に道に迷っているときに通りかかった、リサイクルショップで聞いた声だった。緑の人が手にしている紙袋の中におもちゃのような小さな電子キーボードがむきだしで入っている。恐らくこれを買ったのだろう。そして洋楽と思われる中古レコードを手にしている。これはこの店の商品と思われた。

「いきなりすみません。いつか声をかけようと思ってたんです」

つまり、緑の人はきみに声をかけたかった。だけど一人で店番しているきみに声をかけるタイミングがつかめずにいた。確かにきみは黙っていると近寄りがたいような雰囲気がある。トッ子という存在が緩衝材の役目を果たしたようだ。

トッ子はきみを見やった。

きみの顔にもいつにない動揺があるように見えた。だがそれは不安だけではないような気がした。きみの目にはこれまで見たことのない感情があるようなのだ。だがトッ子にはきみがどんな心持ちでいるのか、想像がつかなかった。

わからないままに、トッ子は慎重に考えることなく、口を開いていた。

「実は今、バンドメンバーを募集中で……」

もしきみの青と緑の人の〝色〟に囲まれて音楽を奏でられたら、それは最高の気分になるはずだ、という確信のようなものがトッ子の中に湧き上がっていたのだ。

その思いを押しとどめることができずに口走ってしまった。

ちらりときみの様子をトッ子はうかがった。きみは固まったまま動かない。だがその目に浮かんでいる感情は決して悪いものではないように感じていた。

トッ子はさらに突っ走った。

「よかったら、私たちのバンドに入りませんか？」

トッ子は自分でも不思議なほどに落ち着いて暴走していた。きみは変わらずに身じろぎもしない。呆気にとられているようにも見える。

緑の人も驚いているようで目を丸くしている。

ようやくトッ子は自分の暴走が恐ろしいことになっていることに気づいた。きみと緑の人は呆然と立ち尽くして黙っている。このぎこちない沈黙を収束させるためにトッ子はどうにか前言を撤回しようと口を開いた。

「っと、言ってみたものの……。そのなんというか、今、勝手にできたばっかというか……」

前言を撤回することも、場の空気を和ませることにも、失敗したようだった。

二人はやはり黙ったままだ。

トッ子は緑の人をあらためて見直した。柔和で知的な印象の目鼻だち。学生服らしき姿なので、同年代だろう。そして身長は一八〇㎝ほど……。

「あれ、あなた男子じゃありませんか」

トッ子は緑の人の〝色〟に目を奪われて、その性別を意識していなかった。

「こりゃアーメン」とトッ子はつぶやいて手を合わせた。

緑の男子は祈りを捧げるトッ子に問いかけた。

「いいのですか?」

緑男子の目がきみとトッ子を行ったり来たりしている。キラキラと輝いた目だ。

ありもしない〝バンド〟に加わりたいと言っているのか? 喜んでいるのか? と今度はトッ子が驚く番だった。

トッ子は固まってしまった。緑男子の少し緊張したような面持ちを見つめたまま、返事ができなかった。男子? ほぼ無意識のうちに〝楽しくなりそう〟とトッ子は判断して嘘を並べてしまった。きみはどんな顔をしているのだろう、とトッ子は恐る恐るきみに顔を向けた。

きみはやはり驚いているようだった。小さく口を開けて緑男子を見つめていた。

トッ子はこれまでの失敗を省みずに、さらに撤回する方向に修正しようと試みた。

「えっと、勝手にごめんなさい、作永さん。あの、嫌なら大丈夫なので。でも、きっと楽しいって思っちゃって……」

「やりたい」

きみがきっぱり言い切った。

きみの顔が少し上気しているように見えた。

きみの思いも寄らない言葉に、トッ子は口を両手で押さえて小さく「ヒッ！」と悲鳴のような声をあげた。

それは予想したこともなかった〝未来〟への期待と不安が入り交じった歓声だった。

4

本土と島をつなぐ高速船カモメ号は、一日に数度往復する。

トツ子ときみが船に乗りこんだのは、昼の一二時過ぎの便だった。わずか二〇分ほどの航行予定だったが、天気も良くて、窓から見る紺碧《こんぺき》の海原《うなばら》はきらきらと陽光を反射させている。きみは席を立って窓越しに海に見入っていた。

同乗しているトツ子は席に座ったままでうなだれている。

きみの目の前をカモメが二羽、水面すれすれに飛んでいく。二羽は交差して離れたかと思うと、また近づいて並んで飛んだりと、まるでじゃれ合いながらダンスをしているようだった。

きみは振り返ってトツ子に声をかけた。

「ねぇ、日暮さん、外を見て。すごく綺麗」

トツ子はうなだれたままだったが、「あ、はい」と顔を上げた。その顔色がひどく悪く顔をしかめている。

異変を見てとって、きみがトツ子に駆けよった。

「どうしたの？」

トッ子は「あ、ちょっと酔ってしまったみたいで……」と目をつぶってしまう。

どうやら乗り物酔いが激しいタイプのようだ。出航してからまだ一〇分ほどしか経《た》っていないのだ。いや、振りかえってみれば乗船前から元気がなく様子が違っていた。

「大丈夫？」ときみが心配してトッ子の隣に座ると、背中に手を当ててそっとさする。

トッ子は蒼白《そうはく》な顔のまま「お水があるので」と、カバンから飲みかけのペットボトルを取りだした。それをほんの少し口にした。

だがどう見ても回復しているようには見えない。

トッ子は蒼白なままだ。

「横になる？」ときみが視線を自分の足に落とした。膝枕だ。

トッ子はまごついて視線を泳がせた。だがもう迷っている余裕がないようだ。

「よいのですか？」

かろうじてトッ子が消え入るような声で確認した。

きみは「うんうん」と二回もうなずいて、両手を広げて膝を空けた。

トッ子は「すみません」と言いながら、きみの膝に頭を乗せる。

横になって目を閉じると、トッ子の表情が穏やかになった。

きみはその様子を確認すると、パーカーのポケットから携帯を取りだした。島に到着する前に連絡する約束をしていたのだ。

「あれ、電波がない」ときみはつぶやいた。

トツ子は眠っているように見えた。具合が悪くて反応できないのかもしれない。だが少なくとも悪化はしていないようだ。

きみは窓の外の景色に目を奪われた。

舳先《へさき》に当たってできた波しぶきに陽光が当たって、小さく虹ができるのだ。だがすぐに虹は消えてしまう。そして新たな波しぶきがまた小さな虹をつくりだす。

きみは楽しげな笑みを浮かべて、水と日差しの織りなすショーに見入っていた。


船が減速して、到着のアナウンスが流れた。目の前に島の船着場が迫っている。

まだ具合が悪そうなトツ子を促して、きみはトツ子を手で支えながら、甲板に出た。他の乗客は五人ほどしかいない。

船は船着場で五分休憩後に、今度は島の人を乗せて本土に戻るのだ。船着場の奥には石積みの古い堤があった。そこにそれらしき人々が数名並んで船を待っていた。堤の後ろにはこれまた古い教会らしき建屋がある。

堤の端にその人の姿があった。体育座りをしている。きみが気づくのと同時にその人は立ち上がって、何度も飛び上がりながら、両手を大きく頭上で振った。

最大級の〝ようこそ、我が島へ〟の身振りだった。

きみはその姿をじっと見つめた。

その人は、〝緑男子〟こと、影平《かげひら》ルイだ。この小さな島で生まれ育ったが、本土にある県内トップの進学校である県立高校に通う三年生だ。毎朝、カモメ号で通学しているという。

トッ子はまだ気分が悪いらしく背筋を伸ばすこともできず、足元は少々ふらついている。

コンクリート造の頑丈な船着場に船が停泊して、乗客が下りていく。きみとトッ子は最後に下りた。

堤から駆けてきたルイは息を切らしながらも、嬉しさを全身で表している。満面の笑みに弾むような足どり、自然と早口になっている。

「うれしい。本当に来てくれると思わなかった」

お昼頃に島に着く、ときみはルイに告げていた。ルイから船は天候で到着時間が左右されるから事前に連絡して、と言われていたのだ。船が出てから連絡すればいい、ときみは考えたのだが、海上では電波がないことを知らなかった。

だがルイは待っていてくれた。

「途中で連絡しようとしたけど、電波がなくなっちゃって」

ルイは気にしている素振りも見せずに、ニコニコしながらうなずいている。

三人は並んで歩きだした。やはりトッ子は足元がおぼつかない。

「日暮さん、大丈夫？」ときみが手でトッ子を支える。

うなずきながらも、トッ子はため息をつくと「ちょっと、外の空気、吸っててもいいですか」と立ち止まって深呼吸をしている。辛そうだが、なにもできることはない。
「じゃ、先に行ってる」ときみが言うと、ルイが堤にある教会に向かって歩きだした。

教会は明治時代に建設されたものだ。平屋建ての木造建築で質素だが堅牢《けんろう》な造りで、かつては集落の中にあって台風の襲来があると島民が避難場所にしていたほどだ。今は新たな教会が集落に新造されて、旧教会として堤に移設したのでその役割は終えているが、歴史的建造物として、島で維持管理している。

両開きの扉をルイが開けて、きみを招き入れてくれた。

質実な外見と一変して、内部は洋風の設《しつら》えで美しい。信徒席などは取り払われていて、がらんとしているが、天井はアーチ形で様々な意匠が凝らされている。窓枠も上部が半円になっていて、これもアーチ形だ。ガラスは無色透明だが、ステンドグラスが入っていたらなおいっそう荘厳になるだろう。

天井からつり下げられている燭台《しょくだい》も銅製で時代を感じさせる。これはカトリック教会では特別な燭台であり、〝聖体ランプ〟と呼ばれ、昼夜を問わず絶えずろうそくが灯《とも》されている。それはキリストの永続的愛の象徴とされているものだ。だが〝旧教会〟はその役割を終えて、教会の魂とも言える〝聖体ランプ〟とマリア像は新教会に移されている。つまり〝旧教会〟は信仰の上では〝空っぽ〟であるということなのだ。

とはいえ長らく信徒たちが集ってきた〝旧教会〟は打ち捨てられたわけではない。木製の床は掃除が行き届いていて、窓からの陽光を反射しているほどだ。

マリア像こそないものの、正面の祭壇にはキリストやマリアの絵があって、教会特有の厳かで静謐《せいひつ》な雰囲気があった。

ここで楽器を演奏することにきみは抵抗を覚えていた。だが確かにここならば大きな音を出しても近隣から苦情が来ない、とルイが主張したのもうなずける。音が漏れだしたとしても近隣に住居らしきものはなかった。

バンドとしての第一回の演奏会をしよう、ということが〝しろねこ堂〟で顔を合わせたとき、決まったのだが、どこに集まるかで悩まされた。市内にあるスタジオを借りるとするとかなり高額になる。いくらか安くなるカラオケボックスではどうにも狭苦しくて嫌だ、と意見が一致したのだ。だが市内にあるきみの家は密集した住宅街にあったし、トツ子の寮は問題外だった。学校が許可したとしても男子であるルイは女子高に立ち入ることができない。

そのとき、ルイが提案してくれたのだ。往復で一六〇〇円ほどの船の運賃だけで、無料で借りられる大きな建物がある、と。

それが〝旧教会〟だった。

きみは教会の片隅に積み上げられているものに目を留めた。それは楽器だった。しかも雑多な楽器だ。見えているものだけでも足踏み式のオルガン、シンセサイザーや電子キーボードが三台、アコースティックギターとエレキギターもある。さらに金属製のガラクタにしか見えないものがある。いずれも中古品であることがはっきりとわかるほどに使い古されたアンプ類だ。ルイはここをスタジオ代わりにしているようだ。

きみがルイに視線を向けると、ルイが説明してくれる。

「ここは使われてない教会なんだけど、とても大切な建物だから保存されてるんだ」

ルイはチラリと楽器の山に目をやった。

「僕はここの掃除をするっていうのを条件で、内緒で使わせてもらってるんだ」

ルイは照れ笑いをしている。

きみはもう一度天井のアーチを見てから「素敵」とつぶやいた。この静かな場所で音楽が演奏されることは決して〝罰当たり〟にはならないような気がしてきた。かつて聖歌が響いていたはずの教会が〝音を取り戻す〟ことになる。

きみの言葉に、ルイの目が輝いている。

「でしょ？」

ルイにきみはうなずいてみせた。

「あ、お邪魔します」

トツ子がようやく回復したようで、教会にやってきた。

顔色がまだ悪いが、背筋が伸びていて、表情も明るくなっている。

トツ子は祭壇に向かって、十字を切って「アーメン」と唱えた。

きみとルイがトツ子の様子をうかがっている。

トッ子はお祈りを済ませると、建物の内部をじっくりと見ていた。すぐに、その顔には賛美するような笑みが浮かんだ。

きみとトッ子は顔を見合わせるとうなずきあった。


トッ子はほぼ手ぶらだった。楽器を持っていなかったのだ。自宅にはピアノがあったが、それをここに持ってこられるわけがない。

きみはエレキギターとミニアンプを持参してきていた。

ルイが山積みにされた楽器の中から、電子キーボードを選びだしていると、きみがルイに問いかけた。

「その金属の棒みたいなものって楽器なの？」

ルイは金属の棒とそれに接続しているグリーンの躯体《くたい》を取り上げた。

「そう。聞いてみたい？」

ルイが尋ねると、トッ子ときみは「うんうん」と揃って力強くうなずいた。


教会の磨き上げられた板の上に並んで座るトッ子ときみを前に、ルイが楽器の支度に取りかかっている。

ルイは手慣れた様子で、グリーンの躯体を台に載せて、金属の棒を二本取りつける。

ルイの右手側には縦方向に伸びた棒、そしてルイの左手側に床と水平になる横の棒が伸びている。奇妙な楽器だ。演奏する方法がまったく想像できないのだ。

躯体から伸びたプラグをコンセントに接続すると軽い唸《うな》るような音がした。電子楽器であるようだ。

ルイはその謎の楽器の前に立つと、右手を棒に近づけた。

すると電子音が鳴った。たとえるなら虫の羽音のようだ。それも小型の虫。嫌なたとえだったが、トッ子は〝蚊〟の羽音のようだ、と思った。

ルイは棒のそばで右手を動かしてみせる。すると羽音が変化した。手の動きに合わせて音の高さが変わっていくのだ。そしてルイは同時に左手で水平になった棒の上を左右に動かす。すると音量が変化している。

しばらくルイはそうやって右手を近づけたり離したり、手の形を変えることで、音の調子を探っている。どうやらチューニングしているらしかった。

ルイはきみとトッ子に視線を向けて深呼吸した。

指揮者のように背筋を伸ばすと、空中に手を構えて、謎の楽器の前に手を差しだした。右手と左手を中空で動かして音楽を奏ではじめる。まるで超能力者が手を動かすだけで、天上から音楽を響かせているような錯覚を覚えた。それはもう蚊の羽音ではなく崇高さを感じさせる音の響きだった。

トッ子はルイの緑の〝色〟に見とれながら、風変わりな楽器が奏でる妙なる音に聴き入った。

やがてルイが奏でている音楽が〝アヴェ・マリア〟だ、とトッ子は気づいた。教会での演奏なので、聖歌を選んだのか、と思ったが、それはきみが古本屋で演奏していた曲だ。

中空で両手をわずかに動かしながら、緑の〝色〟をまとうルイの姿は美しかった。トッ子が見とれていると、隣に座って聴いていたきみが動く音がした。

見ると、きみは持ってきたケースからエレキギターを取りだして、とても小さくてかわいらしいミニアンプにプラグを接続していた。

きみはすぐにギターを構えると、ルイに合わせて演奏する。

ルイの演奏のテンポが少しだけ早かった。きみはしっかりコードを押さえることに気を取られて、どうしてもテンポを意識できないようなのだ。

するとルイがテンポをきみに合わせた。

緩やかなテンポで二人の演奏がシンクロした。

冴えた青と澄んだ緑が心地よさそうに揺れている。

あまりに美しい合奏にトッ子はうっとりとした顔でルイときみを見ていた。

トッ子がアンコールをねだったので、いつの間にか午後三時を回ってしまった。

「おやつを食べよう」とルイが言いだして、アイスを食べることになった。

ルイによればこの島にはＪＡの支所に小さな売店があるだけで、アイスなどの嗜好品《しこうひん》は少ししか置いていないとのことだった。だから期待しないでね、とルイは言い添えた。ルイが船の運賃には及ばないけどごちそうする、と買いに行ってくれた。だが戻ってきたルイはなんだか困ったような顔をしていた。カップアイスがあったのだが、三個しか残っていなくて、しかもそのアイスの味は全部違うというのだ。

ここでルイが提案した。「譲り合いになると、きりがなくなりそうだから、せ〜ので好きな味を指ささない？」と。

確かに、まだ自分の好き嫌いをはっきりと言葉で表明できるような関係ではない。トツ子ときみはルイに賛成した。

ルイが買ってきたカップアイスの種類はバニラ、フレーバーナッツ、チョコミントだった。

「せ〜の」とルイが音頭《おんど》をとると、一瞬の躊躇《ちゅうちょ》があったが、見事に三人がばらけた。トツ子はバニラ味、きみはフレーバーナッツ、そしてルイはチョコミントを指さしていたのだ。

三人は同時に「オオ〜」と感嘆の声をあげた。微妙に遠慮もあっての選択だったが、それもなんとなく三人の個性が表れているように感じられた。

三人は外に出て堤に腰かけて並んでアイスを食べた。

夕方になると本土よりかなり涼しい。演奏の興奮で火照った身体を、海を渡る風とアイスが冷ましてくれるようだ。

トッ子が真ん中で左にきみ、そして右側がルイだった。ルイはあまり〝男子〟を感じさせなかったが、トッ子は少し緊張していた。寮生活の高校ではほとんど〝男子〟と話すことはおろか〝目撃〟することも少ない生活なのだ。ましてトッ子は夏休みにも帰省せずに、寮の部屋と聖堂で過ごしてばかりいる。

ちらりと横目でルイの様子を探った。ルイは小さな木製のスプーンでチョコミントを少しずつすくって口に運んでいる。ルイが左利きであることにトッ子は気づいた。ギターを演奏する時は？　ボールを投げるときは？　お箸も左で持つの？　そんなことがトッ子の頭をよぎったが、臆してしまって尋ねられなかった。

きみも黙ってアイスに集中しているように見えた。トッ子もアイスを黙って食べ続けようとしたが、どうにも沈黙に耐えられなくなってきた。恐る恐る口を開く。

「……スーパーアイスクリーム……」

きみがトッ子を見て「なに？」と尋ねた。トッ子が答えようとするとルイが「バンド名？」と察してくれた。

トッ子はうなずいて、ルイときみをちらりと見た。どちらも反応が薄い。するとルイが助け船を出してくれた。

「うん。ゆるさがいいかも」

これに乗らない手はなかった。トッ子が推す。

「〝スーパー〟で強めな感じも……」

こうなるとジャッジするのはきみということになりそうだ、とトッ子がきみに目をやると、きみはアイスのスプーンをくわえて、笑っているだけだ。なんだかトッ子とルイの遠慮がちなやりとりを傍観者のように楽しんでいるだけのようにも見えた。それにしても、きみの笑顔はかわいらしい。

あらためてトッ子は二人の〝色〟を見た。緑と青の美しい〝色〟に挟まれて食べるバニラアイスは最高だった。

またも沈黙が続いていた。

「……影平くん」とトッ子が呼びかけた。中学時代は男子のことを名字に〝くん〟づけで呼んでいたのを思いだしたのだが、気恥ずかしい。

「はい」

「さっきの楽器って……」

するとルイが即座に答える。

「テルミン」

トッ子ははじめて聞く楽器の名前だった。携帯で検索したい、と思ったが我慢してルイの説明を待った。だがルイはチョコミントを味わっているばかりだ。

「へぇ～」とトッ子は応じてみたが、またも反応がない。

きみが質問を重ねてくれるか、と思ったがこちらもアイスに夢中のように見えた。

トッ子は海に目をやった。

なんの鳥かわからなかったが、水平線を音もなく滑空していく。やはり沈黙が続く。

ついにトッ子はぶっちゃけることにした。

ルイに向き合う。

「すみません。男子と話すの、慣れてなくて」

するとルイは顔の前で手を振った。

「そんなそんな、無理ない感じで、どうか」

「はい」とは答えたものの、トッ子は「〝無理ない感じ〟ってどんなだよ」と心の中で突っこんでいた。

それからも沈黙との戦いは続いた。

並んで座って堤防から海を見ながら「あ、貝だ」とルイが指さして「あ、貝だね」とトッ子が返す。

海を三人でのぞきながら「魚」と全員で言って、少し笑いがあったが、すぐに収束してしまった。

「この辺は水が綺麗でしょ」とルイがトッ子に話しかけた。トッ子は「うん」と応じてきみに「綺麗だね」と振った。するときみが「うん」と答える。

ルイが「今みたい感じで」と笑顔になった。

「こんな感じか」とトッ子は釈然としないが、このこわばったぎこちない状況から抜けだすためになんでもトライするつもりだった。

トッ子はいきなり堤防にすっくと立ち上がった。ルイときみが驚いてトッ子を見上げている。

「き……」と言いかけてトッ子は言葉を呑《の》みこんでしまった。

ここで踏みこまなければ、この気まずい状態を変えることはできない、と自分を励まして、トッ子は少し大きな声をだした。

「きみちゃん……って呼んでもいいかな？」

トッ子の顔を、いつのまにか赤く染まっていた夕日が照らす。まぶしくて、きみの反応が見えなくて良かった、とトッ子は思う。だが反応がなかなか返ってこなくてトッ子は不安になりかけていた。

「いいよ」ときみが答える。その声に少し楽しげな調子があってトッ子は次のステップに踏みだす勇気を持てた。

「あと、ルイくん……て……」

するとルイはトッ子に向けて手放しの笑顔を見せた。

「嬉しい！」

きみが立ち上がり、ルイも続いた。三人で並んで夕日を見つめる。お互いの顔を見ることはなかった。

照れくさかったが、これが第一歩だ。

「あ」とルイが振動音を発している携帯をズボンのポケットから取りだした。

「そろそろ船が来るよ」

午後六時が本土行きの船の最終便だった。これを逃せば明朝まで本土には戻れない。

船に乗りこんでトッ子はどっと疲れが押し寄せて来るのを感じていた。やはり男子を意識しすぎていたのだろう。〝ルイくん〟は優しくてかわいくて……。

トッ子は隣の席に座っているきみを見やった。きみは窓から外を見ていた。

トッ子も外に目を向けた。

陽が傾いて光が海原を淡く赤く染めている。

トッ子はルイが貸してくれた電子キーボードに視線を移した。中古品とはいえ買ったばかりの電子キーボードなはずだ。電子キーボードが収められた紙袋にリサイクルショップの店名があった。

トッコが寮生活なので、ピアノの練習ができないというと、紙袋に入ったままだったキーボードをルイはそのまま「貸します」と手渡してくれたのだ。

イヤホンをつければ寮の部屋でも練習できるだろう。

とはいえ次回の〝合同演奏〟までにそれほど時間はない。

隣に座って、コーラを飲んでいるきみを見た。すぐに気づいてきみが「どうした？」と気づかうような顔をしてくれる。トッ子の船酔いを心配してくれているのだろう。

トッ子はためらいがちに切りだした。

「あ、あのね。実はね……」

「うん」

まさかこんなことになるとは、トツ子は予想だにしていなかった。ピアノが弾けるというのはきみに近づくためにとっさに口をついて出てしまった嘘だった。いや、嘘とまでは言い切れない……。

「なに？」ときみが黙ってしまったトツ子を心配そうにのぞきこむ。

「実は、私、ピアノ、そんなに上手じゃなくて」

向き合うのが怖くて、トツ子はきみの顔を見られなかった。だが反応が気になって横目で探る。

きみは黙ってトツ子を見ている。

慌ててトツ子は言葉を継いだ。

「がっかりさせちゃうかも……」

きみはギターケースをちらりと見た。

「私だって、はじめたばっかだよ、ギター。お兄ちゃんが置いていったから、なんとなく……」

トツ子もギターケースを見た。確かに〝男子〟らしく装飾のないケースだった。

「わ、お兄さんがいるんだね」

一人っ子のトツ子は兄弟が欲しかった。特に兄にぼんやりと憧れがあった。きみに似ているとしたらどんな〝色〟をしたお兄ちゃんなのだろう、とスポーツマンでバレーボール選手のイメージを思い浮かべてしまった。

「うん。就職して出ていっちゃったけど」

きみの横顔が少し悲しげに見えた。お兄ちゃん子だったのだろうか。

「へぇー」とトッ子は受け流す。そこまで踏みこむにはお互いのことを知らなすぎた。

船が少し揺れて、隣の席に置いてあった電子キーボードが倒れそうになった。慌てて押さえて転倒は免れた。押さえながら中をのぞきこんで、手でそっと触れてみる。借り物だと思うと慎重になってしまう。

キーボードに手を触れながら、トッ子は決意を告げた。

「来週までに、なにか練習してくるね」

きみもうなずいて「私も」と小さい声で答えた。

トッ子は今日、一日だけできみに対する印象が随分と変わった。学校で聖歌隊の練習風景や、体育の時や廊下などで見かけた印象では、きみはリーダータイプのしっかり者で強い人だ、と思っていた。だけど、今日だけの感じではあったが、控えめで優しくおとなしい人だ、とかなり印象が変わった。それはトッ子にとって好ましいことだった。その方がきみの〝色〟のイメージにはしっくりくるような気がしたのだ。

「練習すればいろんな曲できるかなあ。ホントのバンドみたいに」

そうは言ってみたものの、トッ子は〝バンド〟がどんなものか具体的に知らない。これまでコンサートに足を運んだことは一度もない。もちろん、自分が〝バンド〟の一員になることなど夢想したこともない。

「ま、ホントのバンドってどういうものかわからないけどさ」

きみはトッ子の言葉を聞いて、控えめに「うん」とうなずいた。おそらくきみもトッ子とあまり遠くないところにいたのだろう。


前半は船に酔う兆候もなく、乗り切れる、と思ったが甘かった。筋金入りの乗り物酔いは簡単には克服できない。次第にトッ子は気分が悪くなってきた。そうなると本土の港に到着するまであと五分だと思っても、回復することは無理で、坂を転げ落ちるように船酔いは悪化していくものなのだ。

「いいよ」ときみが察してまた手を広げて膝枕を勧めてくれる。トッ子は遠慮することもなくすがるように、きみの膝に頭を乗せて目を閉じた。

「ありがとう」とかろうじてトッ子が感謝すると「いいよ」ときみがささやくような声で答えた。


港から学校の寮までは、バスと路面電車の乗り継ぎが必要だった。きみの家には路面電車一本で帰れる。

きみは下船してからも歩くとフラフラしているトッ子の状態が心配で、学校まで送って行きたいと思っていたのだが、言いだせなかった。学校の周辺で友人や教師やシスターに出くわすのが怖かったのだ。

学校の友人たちには誰にも相談せずに、退学届を出してしまった。そして誰にも別れを告げずに逃げるようにして学校を去った。

〝相談〟すれば、その理由を語らなければならない。しかし、その本当の理由を話せば、その友人や後輩たちを傷つけてしまうかもしれなかった。それを誰も傷つけずに説明する自信がきみにはなかった。

だからすべてを投げ打って逃げだしたのだ。人を傷つけるより〝変な人〟になることをきみは選んだ。

バス停に向かってトッ子がよたよたと歩いていく。ルイに借りたキーボードを大事そうに胸に抱えながら。きみが見送っていると、一度立ち止まって振り向いて、ゆっくりとお辞儀する。その様子はあたかも老人のように緩慢だった。

気の毒に思いながらも、その姿がユーモラスに見えてしまった。トッ子の特性かもしれない、ときみはトッ子の姿が見えなくなるまで見届けた。

一人になるときみは視線を落とした。その横顔には陰りがある。

家に戻ることを思うと、気がふさぐのだ。

路面電車は空いていた。とはいえ座席は埋まっていて座れない。きみが吊り革につかまって立っていると、女性のはしゃぐような声がした。

見ると、女子高生が二人でなにやら楽しそうに笑いあっていた。二人は制服を着ていた。日曜日に制服姿なのは部活の試合などの帰りなのだろう。

きみは二人に背を向けた。その制服はきみが退学した虹女の制服だった。


きみが自宅の玄関を開くと、出汁《だし》と醤油《しょうゆ》が香った。夕飯は煮物だろうか。

祖母の紫乃は料理が好きだった。いつも食事の支度をしているとき、鼻唄を歌っていてご機嫌だ。チャレンジ精神も旺盛で、いきなり本格的なパエリアに挑戦したりする。ときに失敗もあるが総体として料理上手だ。

きみは二階への階段の上がり口に音を立てないようにギターを置いて、キッチンに向かった。

料理の香りとともに、紫乃の鼻唄が聞こえてくる。以前なら幸せを感じていたはずが、やはり心がふさぐ。きみは深呼吸して笑顔を作ると、キッチンに顔を出した。

「ただいま」

ほうれん草を鍋に入れて、紫乃が振り返った。

「おかえり」

紫乃はいつもの明るい笑顔だ。それがきみにはまぶしかった。

紫乃は映画を観に行くと言っていたのをきみは思いだした。そういうときも紫乃はきみを誘ったりしない。作永家の人々は〝自立〟している。一番〝自立〟できていないのは自分だな、ときみは常々感じていた。

「ごはん、もうちょっとかかっちゃう」

言いながら紫乃は茹《ゆ》でたほうれん草を取りだして、水にさらす。

「うん」

きみはキッチンの入り口にある柱に寄り掛かりながら、紫乃の手際のよさを眺めた。きみが料理を手伝うことはまれで、たいていは「二人でキッチンに立つとテンポがおかしくなる」と紫乃が嫌がるのだ。

紫乃は煮物らしき鍋の火を止めて、ボールに卵を割り入れてかきまぜる。

「きみちゃん、聖歌隊の練習だった？」

日曜礼拝に現役の聖歌隊が参加することはほとんどない。主に有志のOGたちによる聖歌隊が参加している。現役は入学式やクリスマス礼拝などの特別な日に歌を披露することが決まっている。

聖歌隊で一番苦労するのが、練習スケジュールのやり繰りだった。あるプランを出すとあちこちから異論が噴出して、事態収拾に時間と労力がかかる。主に二年生の仕事だったが、きみはその時スケジュール担当となり苦労させられた。三年生になって解放された、と思っていたが、推挙されて部長になってしまい、よりいっそう大変な思いをしていた。

だから滅多に日曜の練習はなかった。日曜日の練習は部員たちからの反発が大きいからだ。

日曜の練習がある場合は、電車の中で見かけた生徒たちのように制服で外出しなければならない。だが今日はまったくの私服だった。

「練習じゃないけど……ちょっと……」

嘘は嘘を呼ぶ。それが嫌できみは言葉を濁したが、紫乃は「そう」と、ときほぐした卵にカニカマなどの具材を入れて、手早く混ぜるとフライパンで炒《いた》めはじめた。

「着替えてくるね」

「はーい」

きみはギターケースを持って、二階へと上がっていった。

Tシャツと短パンに着替えてきみがキッチンに戻ってくると、すっかり食事の支度ができていた。紫乃はもう席について待ってくれていた。

「ちょっと失敗したかな」と紫乃が中華風の卵あんかけをスプーンで味見した。

「いや。おいしくできた」

紫乃は料理中に味見することはほとんどなかった。調味料を計量したりすることもない。だから味が安定しない、ときみの母がよく文句を言っていたことをきみは思いだしていた。

「きみちゃんも食べて。取ってあげようか」

紫乃が手を伸ばそうとしたが、きみは自分で取り皿にたっぷりとよそった。

ごま油と甘酢の良い香りが漂う。

だがきみは箸をつけようとしなかった。

「おばあちゃん……」

「ん？」と紫乃はご飯を食べる手を止めた。

「あのね……」

「なあに？」

紫乃の明るい笑顔がやはりまぶしい。

きみは学校を退学したことを紫乃に告げようと決意していたのだ。これ以上、紫乃に嘘をつき続けることにきみは耐えられなくなっていた。

だが紫乃の笑みを見ていると、その決意がみるみる溶けていってしまう。

「やっぱりなんでもない……」

きみはそう言って笑みを作った。

紫乃はきみを心配そうに見ていたが、やがて笑みを浮かべた。

しばらく食事を続けていたが、紫乃が「あ、そうだ」と茶碗《ちゃわん》をテーブルに置いた。

「制服」と紫乃が続ける。

煮物に箸を伸ばしていたきみは身を硬くした。箸が空中で止まって少し震えていた。

「もうすぐ夏服でしょ。春服、クリーニングに出さなきゃね」

「うん」

きみはほっとして煮物を取った。

六月は梅雨のシーズンで冷える日が増えるのに夏服を強制するのは理不尽だ、ときみは思っていた。だが退学したことを隠すために着用している制服をクリーニングに出す方がよほど理不尽だ。

紫乃も煮物に手を伸ばして取り皿にこんにゃくを載せた。

こんにゃくを味わいながら、紫乃がしみじみした声を出した。

「きみちゃんがおばあちゃんと同じ制服を着るなんてねぇ」

もう何度か聞かされた話だったが、今は意味が違って聞こえる。きみは胸を締めつけられるような気分になった。

おいしいと思った里芋の味がしなくなる。

中学での内申点と実力テストから、志望校を決めるとき、紫乃が通った虹女が候補の一つにあがったのだ。それを紫乃はとても喜んでくれた。

ほぼ同じ学力レベルの公立高校も受験予定だったが、紫乃の母校である虹女を選択したのだ。

もしあのとき、公立高校を選択していたら、退学することはなかったろうか？

だが退学した理由は〝学校〟ではなく、きみの問題だった。

食後、部屋に戻ったきみは壁にかけた制服を長い時間見つめていた。

5

早朝の聖堂には、トツ子の姿があった。いつもどおりに〝指定席〟に腰掛けて祈りを捧げたあとに、ステンドグラスから差しこむ陽光を見ている。

トツ子以外の人間は聖堂にいない。

トツ子の頭の中で昨日の教会でのルイの演奏が蘇った。テルミンで奏でられた〝アヴェ・マリア〟はまるで天上から鳴り響く福音のようだった。そこにきみのギターがハーモニーを奏でる。喜びが心に満ちていくのを感じた。

トツ子は目を閉じた。すると暗黒のスクリーンの中に緑の〝色〟が浮かび上がった。ルイの〝色〟。ついでコバルトブルーの円も現れた。きみの〝色〟だ。まもなく二つの〝色〟は〝アヴェ・マリア〟に合わせて揺らぎ、丸くなって踊るかのように移動していく。

それはバレリーナたちのピルエット《回転》を俯瞰《ふかん》で見ているようだった。緑と青の〝色〟がいくつも回転しながら移動していく。

それは陶酔をトツ子にもたらした。

トツ子はいつまでも、頭の中のスクリーンで踊るバレリーナに見入っていた。

トツ子は独特の指先の表現で音を操るルイの姿を思いだした。美しい緑の〝色〟。

「ルイくんには〝音〟が見えているのかな」とトッ子は口の中でつぶやいた。

トッ子は知らなかったことだが、ごく一部の人は〝共感覚〟と呼ばれる知覚現象を持つと言われている。たとえばある文字に色を感じたり、音に色を感じたりする。味や匂いに、色や形を感じる人もいるのだ。

フランスの詩人アルチュール・ランボオもその感覚の持ち主だと言われ、その感覚を描いたとされる詩が残されている。

また音に色を感じる人を〝色聴〟と呼び、彼らの多くが〝絶対音感〟の持ち主だと言われている。

ルイは数度立ち聞きしただけで、きみが演奏する〝アヴェ・マリア〟を完璧に再現してみせた。〝絶対音感〟の持ち主だとしても決して不思議ではない。

だがトッ子のように人それぞれに〝色〟が〝見える〟という現象は他に見当たらない。そしてそれは他者に喜びを与えるものではなく、トッ子が心の中でひそかに喜びとしているだけのものだった。

翌週の日曜日も教会でバンドの練習が行われた。

小学生のころに、母親の知り合いからピアノを譲られたために、習わされたピアノだった。だからトッ子はピアノに興味がなかった。それでも惰性でピアノ教室に五年間も通い、ほぼ自宅では練習をしなかった。〝ピアノの先生〟に「無理に続けなくていいのよ」とやんわりとクビを宣告されたほどだったから、ほとんど身についていない。そんな状態だったから一週間の付け焼き刃の練習では、〝アヴェ・マリア〟をルイときみと一緒に演奏することはできなくて、暗譜できた一部だけキーボードで加わったのだった。

　それでもトツ子は楽しかった。はじめて演奏することを楽しめた。ルイときみの演奏がシンクロし、そこに少しだけトツ子が加われることが喜びだった。

　昼の一二時にやってきて、休憩することも忘れて、午後五時までぶっ続けで〝アヴェ・マリア〟を演奏していた。ルイがリーダーとなって演奏のテンポを調整したりしてくれる。そのたびに演奏の精度が上がっていくような気がしていた。

　トツ子は少し遅れ気味だったが、ルイは根気よくトツ子の演奏につきあってくれた。

　午後五時になって、ルイが「そろそろ終わりにしよう」と言いだしたのだが、きみもトツ子ももう少しやりたいという気持ちになっていた。最終便まで一時間あるのだ。

　それを伝えるとルイが困った顔をした。六時までには教会を出ると島の人と約束していると言うのだ。

「六時までなら、あと一時間ある」とトツ子が食い下がると、ルイは言いづらそうにしていたが「鍵をお返しするときに片づけを終えていなきゃならないんだ」と言った。

　ルイは、トツ子ときみを帰してから、一人で教会の片づけや掃除をするつもりだったようだ。前回もそうしてくれたのだろう。

「掃除も練習のうち」ときみが提案して、三人で掃除することになった。

最初ルイは遠慮がちだったか、きみは掃除好きらしく、ルイが見落としていた箇所の汚れを見つけだして、そこを徹底的に掃除していくのだ。

トツ子もきみに指示されて、窓枠にたまったホコリを掃除していた。

すると腰を落として床をから拭きしていたルイが突如立ち上がった。

「僕、オリジナルでやってみたい」

ルイがなにか提案していることはわかった。だがトツ子には〝オリジナル〟の意味がわからなかった。

装飾のなされた柱のチリを丹念に拭き取っていたきみにトツ子は救いを求めた。

「オリジナルとは?」

「自分たちで曲をつくるってこと?」ときみは自信がなかったらしく、ルイに問いかける視線を向けた。

「そう」とルイは笑顔だ。目が輝いている。

トツ子は臆していた。演奏に関してはルイに教えてもらうと、いけそうだ、と思えたが、作曲するなどとんでもない、と思って少し血の気が引くような気がした。

「できるかなあ?」とささやくような声でトツ子が尋ねた。

「なんかできそうな気がして」とルイが消極的ながらも請けあった。つまりルイが作曲するということか、とトツ子はそっと胸をなでおろしていた。

「うん。ルイくんの作った曲、聴きたいよ」とトツ子はルイに〝確認〟してみた。

だがルイは首を横に振った。

「二人も作るよね？」

ルイの視線がきみに向けられた。

トッ子がきみの様子をうかがうと、きみは嬉しそうにしている。

きみが乗り気だ、とトッ子は危機感を抱いた。そうなると演奏もおぼつかない自分も
作曲しなければならないことになる。

午後六時少し前に掃除を終えて、三人は身支度をして外に出た。堤防で並んで船を待つのだ。

きみもルイも作曲に関しては、あれ以来なにも言わない。結局、ルイの「二人も作るよね？」という問いかけにトッ子は返事をしなかった。きみも返事はしていない。

我慢できずにトッ子はあらためて確認してしまう。

「作曲、きみちゃんはやりたそうだよね？」

するときみは小さくうなずいた。

「うん。ちょっと興味ある。やってみたい」

きみは控えめながらも、きっぱりと言い切った。

「すごいなあ。がんばって練習しなきゃ」とトッ子は逃げたいような気持ちになって、先のばしできることを期待して曖昧な言葉で濁した。

するときみがトッ子の気持ちを見抜いて「トッ子もだよ」と突っこんできた。

トッ子は逃げ道を完全に遮断されて「うわあ」と頭を抱えた。

そのとき、庭先に綺麗な花が咲いている小さな民家で人の動きがあって、トッ子は目を奪われた。

玄関から女性がカバンを抱えて出てきた。スラリと背の高い女性は、一礼して玄関ドアを閉めた。中年女性に見えるが、歩く姿はさっそうとしていて素敵だ。その女性の〝色〟にトッ子は目を奪われた。緑なのだ。ルイの〝色〟と似ていたが、微妙に違う色合いだ。

ルイが隣で動くのをトッ子は感じた。目を向けると、着ていたパーカーのフードを頭に深くかぶって、顔をそらしている。まるで人目を避けているかのように。

トッ子は聞かずにいられなかった。

「ルイくんどうしたの？」

「うーん、なんでもないよ」と言いながらも、ルイは顔を隠したままだ。

去っていく女性をあらためてもう一度見ると、その女性とルイの後ろ姿のシルエットがそっくりに見えた。

「じゃあ、また来週の日曜日」とルイは手を振って歩きだした。前回は乗船してから出航するまで見送ってくれたのに、とトッ子は思いながら、ルイの声が聞き取れないほどに小さかったことに気づいた。

きみはルイに手を振っているが、ルイは背中を丸めたまま振り返らずに去っていく。

船の後ろの甲板にトツ子ときみはいた。今日も乗客は少ない。甲板に出たのは外の風にあたっている方が船酔いをしなくなるのではないか、というきみの提案だった。

きみは甲板の手すりにもたれて、海を見ていた。トツ子はきみの姿を後ろから見ながら甲板に設置されたベンチに腰かけている。

「お母さん、だったのかな」とトツ子はつぶやいた。

その言葉にきみが反応して振りかえった。

顔を隠して逃げるように去ったルイのことをトツ子は考えていたのだ。

「私たちのこと、見られたくなかったのかも」とトツ子なりの推測を口にした。

きっときみも、ルイが急によそよそしく去ったことを気にしていると思ったのだ。

だがきみは少し悲しげな顔をしただけだ。

それほどきみは気にしていないのかな、とトツ子は思った。

「私も見られたら、まずいかな。学校、男女交際禁止だし。あ、いや、別に交際してるわけじゃないけど。でも一応、同じ部屋の子にはガールズバンドやってるって言ってる」

そんな〝秘密〟を持ったことがはじめてで、トツ子は少し嬉しいような恥ずかしいような気がして、頬が熱くなるのを感じていた。

トッ子はシスター日吉子のことを思いだしていた。告解を勧められたことを。これこそ〝嘘〟だ。

「あー、これは〝赦しの秘跡〟をお願いする案件かもしれない。帰ったらすぐに聖堂に行こう」

告解は〝赦しの秘跡〟とも呼ばれる。いずれも聖職者に罪を告白して、罪を清める儀式だ。

トッ子が独り言のようにブツブツとつぶやいている姿をきみが見て微笑している。そんなきみの様子を見て、はたとトッ子は我に返った。

「ごめん。学校の話、いやだよね？」

きみは笑顔で首を振った。

「んーん。気にしないで」

きみの笑みが優しい。その〝色〟は変わらずに穏やかに澄んで美しく、トッ子は嬉しくなった。

その日、トッ子ははじめて船酔いをしなかった。

ミッションを与えられると、それを脇に置いておくということができないのが、トッ子だった。朝から晩までずっと〝作曲〟のことを考えてしまっていた。だが、音楽が頭の中に湧きでるようなことはなかった。イメージや歌詞を考えてから、そこに曲をつけた方がいいのでは、と思った瞬間からトッ子の中でスイッチが入ってしまった。

トッ子がイメージしたのはきみの〝色〟だった。それを歌にしたい、と思ったのだ。

寮の部屋でもトッ子はぼんやりときみの〝色〟を思い浮かべていることが多くなった。〝森の三姉妹〟に話しかけられても上の空で、とんちんかんな返答をして失笑された。

だが〝森の三姉妹〟はそんなトッ子を温かい目で見守った。なにかに夢中になっているとトッ子は周囲が見えなくなるのだ。だけど、それはきっとトッ子にとって悪い時間ではない、と。

それは地学の時間のことだった。その日は〝人類のゆりかごとしての太陽系〟と題されたプロジェクターを使っての授業だった。

遮光カーテンで教室は薄暗くなっている。プロジェクターがスクリーンに太陽系の惑星を映しだした。太陽を中心にした俯瞰での映像は、惑星がそれぞれの軌道を巡る様子を描いていく。

トッ子はノートに〝太陽系？　きみちゃん〟と書きつけた。

次の映像を見たのははじめてだった。俯瞰ではなく、太陽系を横から追うような映像だった。

巨大な火の玉のような太陽が、自転しながら宇宙を驀進《ばくしん》していく。惑星たちは、らせんを描くように公転しながらその太陽を追いかけていくのだ。ダイナミックだった。

トッ子は夢中で見ていたが、次第にスクリーンの中に〝色〟が溢れでた。洪水のようだ。その後ろにきみの姿が浮かんだ。青い〝色〟をまとったきみが右腕を振り上げた。その手にはドッジボールがある。

放たれたドッジボールは青をまとって、クールな太陽のように驀進する。本当に綺麗な、そのボールが目の前まで迫って……。

大きな音がして、トッ子は意識を取り戻した。

その音はトッ子の足が自分の机を蹴った音だった。

トッ子は瞬時、夢の世界に旅していたのだ。入眠時によくある足の不随意運動で机を蹴飛ばしてしまった。かなり大きな音がしたようで、教室中の生徒の視線がトッ子に集まっている。

薄暗かったはずの教室が照明に照らされて明るくなっていた。

驚いてトッ子を見ていた生徒たちが、クスクスと笑いだした。トッ子は慌てて口をぬぐった。涎《よだれ》を垂らして寝入っていたようだ。

教室の前方から視線を感じた。

頭のはげ上がった地学の男性教師が、じっとトッ子を見ている。

どう考えても授業中に眠っていたことがバレている。困ったトッ子は笑みを浮かべて教師に会釈してみたが、教師は一ミリも表情を変えなかった。

授業が終わると、トッ子は教師に命じられてプロジェクターとスクリーンを職員室まで運ばされた。

さらに飼育小屋で飼っているウサギへの餌やりも命じられた。

食堂でキャベツやレタスやニンジンなどの野菜クズをもらい受けて、それを小屋に運んでウサギたちに与えるのだ。

これは決して〝罰〟ではなかった。ウサギたちは人に慣れていて、トッ子が手でキャベツを与えるとおいしそうに食べてくれる。かわいらしい。

跳ね回るウサギを見ているうちに、またトッ子は詩に思いが移ってしまっていた。


トッ子は学校の廊下を答えを探しながら、ゆっくりと歩いていた。休み時間なので廊下でかなり大騒ぎしている生徒もいるが、トッ子の耳には入らない。

トッ子は自分でも意識しないうちに、図書館にたどり着いていた。

膨大な知と教養の宝庫。だがまったく人気《ひとけ》のない図書館。特に放課後の図書館には誰もいない。

トッ子は〝天文〟のコーナーで一冊の気になる本を棚から取りだした。

その名も『太陽系』だ。

その場でパラパラとページをめくってみるが、文字ばかりで心惹かれない。だがトッ子はわくわくしていた。自分の中にあるものが、なにかの形になりそうな予感があった。

本を棚に戻す。すると目の前にあった球体に目が釘付けになった。

それは大きな地球儀だった。トッ子が入学するずっと前からここにあったはずだが、トッ子ははじめて見たような気がしていた。

地球の表面の約三分の二を占める水――海。それを地球儀は青で表現している。直径五〇㎝ほどもある青い球体。それだけでトッ子の心は騒いだ。

地球儀がくるくると回りだした。水の青が地上の緑や砂漠の黄土色や氷の大陸を覆っていく。地球は青一色になっていくのだ。

その青い球体は次第にピルエットで回り続けるバレリーナになった。

トッ子の心が小さくうずく。だがそれを振りはらう様にバレリーナは激しく回り続ける。

そんなバレリーナが二人、三人……。

惑星はダンスしてるんだ。惑星は楽しみながら、踊ってる。

わくわく惑星……。

トッ子の中でなにかが、つながった。

学校の北側の奥まった場所に会議室があった。

月例の教職員による定例会が開かれる場所だ。それ以外にも、同じミッションスクール系の学校の交流会の会場になったりすることもある。

定員は五五人だが、木製の重厚な椅子や机を部屋から出してしまえば、一〇〇人は収容できる広さがある。

調度品や壁、柱、絨毯《じゅうたん》に至るまで意匠が凝らされ、歴史を感じさせる重厚感があって、部屋に入るだけで、背筋が伸びるような雰囲気がある。

その部屋で一人シスター日吉子が会議の後片付けをしていた。

修道女となって十数年だが、いまだに修道女の中では一番の若手なので、〝片づけ〟は日吉子の役目だ。

午後には気温が上がって三〇度に近くなっていた。窓を開け放して定例会は行われた。だが、それでもかなり部屋は蒸し暑く、急遽《きゅうきょ》扇風機を用意しなければならなかった。それも日吉子の役割だ。会議室のみならず、この学校にはセントラルエアコンがない。建物の構造に関わる問題があり、エアコンが設置されているのは保健室と応接室だけだ。

会議が終わった夕方には外の気温が下がっていた。まだ夏という感じではない。

日吉子は開け放していた窓を一つずつ閉めていく。彫刻が施された窓枠は木製で湿気があると閉まりにくくなる。

歴史的建造物として市の有形文化財に指定されるほどに美しい学校だったが、改築などが簡単に許可されずに不便なことが多かった。

日吉子は庭側の窓を閉め終えて、廊下側の窓を閉めはじめた。やはり固い。

手間取っていると廊下で人声がした。なにやら歌っているようにも聞こえた。もう完全に下校時間は過ぎている。日吉子は窓から廊下を見下ろした。

会議室前の廊下は吹き抜けになっており、会議室の窓からは廊下を見下ろせるようになっている。かなり変わった構造だ。

日吉子は声の主が現れるのを待った。

そこにやってきたのはトツ子だった。

たしかに歌のようなものを、口ずさんでいる。同じフレーズを何度も繰り返しているようだ。

なにやら謎の言葉を羅列しているが、その終わりに「アーメン」と唱えている。独特の抑揚をつけて。それは祈りの言葉なのか、と日吉子は耳をそばだてたが、何を言っているのかわからなかった。

歌っているばかりではない。トツ子は踊っていた。広い廊下を存分に使ってくるくると回ったり、腕を高く掲げたり、波打たせたり……。どうやらその踊りはバレエのようだった。

だが決して上手ではない。日吉子はバレエに詳しいわけではないが、映画などで見かけたバレリーナは、まるで身体の中央に、鉄筋でも入っているかのようにブレずに回転するが、トツ子は左右に身体が揺れているし、手先や足先も伸びていない。

だが、歌いながら踊るトツ子の笑顔とともに、それは最高に楽しそうで、日吉子の気分を高揚させた。

日吉子は声をかけるのをためらった。これほど楽しそうにしているトツ子に恥をかかせたくなかった。

くるくると舞い続けるトツ子を見る日吉子の顔にも微笑が浮かんでいた。人を幸せにする踊りだった。

突然、トツ子が上を向いた。日吉子が身を隠すタイミングをなくすほどの唐突な動きだったが、それはどうやらバレエの最後の〝決めポーズ〟のようだった。

日吉子はトツ子と目が合ってしまった。

だが恍惚《こうこつ》とした笑みを浮かべたまま〝決めポーズ〟をとるトツ子は動かない。日吉子に見られていることにも気づいていないようだった。

日吉子はそっと窓から離れようとした。

だが次の瞬間にトツ子は我に返ったようで「あ」と声をあげた。トツ子の両手がバタバタと顔の前で暴れている。

「アイヤッ！　日吉子先生」とトツ子は大きな声で驚きの声をあげた。そして次の瞬間に一気に顔が真っ赤になって、またジタバタと手足を動かしている。

気の毒に思いながらも、日吉子はつい笑ってしまいそうになったが、その笑いを押し殺すと、咳払《せきばら》いをしてトツ子をたしなめた。

「日暮さん、下校時間ですよ」

するとトツ子はますます顔を真っ赤にして、またも両手があたふたと宙を漂う。

「あ、いや、すみません！　すぐに帰ります！　一瞬で！」

狼狽《ろうばい》して廊下を走りだしそうになっているトツ子に日吉子が問いかけた。

「高らかな祈りの声が聞こえましたが？　アーメン、アーメンと」

もはやトツ子の顔は爆発でもしそうなほどに真っ赤になって、額には汗が浮かんでいる。

「いえ、なんでもなくて……」

トツ子はますます動揺して、なぜか日吉子に手を振った。

「失礼します。ごきげんよう！」

逃げるように廊下を走り去っていく。走ってはいけませんよ、という言葉が日吉子の口をついて出そうになったが、ドタバタと走っていくトツ子の後ろ姿を見ながら、ついに日吉子は吹きだしてしまった。

日吉子は十字を切ると、小さく「アーメン」とつぶやいて手を合わせた。

あれほど悩ましげに聖堂で祈りを捧げていたトツ子が、楽しそうに歌って踊って祈りを捧げていたのだ。トツ子は苦悩から解放されたのだろう。

トツ子の笑顔の晴れやかさを思いながら、日吉子は神に感謝したのだった。

トツ子は部屋に戻ると、机に向かった。ノートを開くと〝きみ　太陽系　惑星〟と書いてあったところに新たに、青い天体を描いてある。さらにその下に〝水金地火木土天《すいきんちかもくどってん》海冥《かいめい》〟とあるが、〝冥〟の文字に×印があった。冥王星は太陽系の惑星だったが二〇〇六年に〝準惑星〟とされて、惑星ではなくなったのだ。

さらにトッ子は〝海〟にもバツをつけてある。歌詞にするとどうも収まりが悪いと感じたのだ。

消した〝海冥〟の下に〝コロリン〟と書き加えてあるが、これも消されている。

〝コロリン〟の下に〝アーメン〟とあって、グリグリと丸で囲んでいる。

〝水金地火木土天アーメン〟

これが図書館で下校時間ギリギリまで悩んだ末に決定した歌詞の〝核〟となる言葉だった。これを〝サビ〟として何度もリフレインして歌詞を紡いでいくつもりだった。

だがまだ曲がはっきりしない。

トッ子は机の上にルイに借りている電子キーボードを置いて、鍵盤をたたいて音を出してみる。

どれがこの歌詞にあうのか。どんな音がきみの美しい〝色〟とシンクロしてくれるのか……。

「す・い・き・ん」と口に出しながら一音ずつ、鍵盤を押した。

しっくりこない。メロディにならないのだ。

だが「どって・ん」はいきなり音が決まった。もともとトッ子は頭の中でイメージしていたような気がしていた。

「アーメン」に音をつけるのも難しい。

トツ子は頭を抱えていたが、気を取り直して、キーボードに向き合った。

「すい」と言いながら、鍵盤をたたいた。

トツ子は思わず目を閉じて繰り返し同じ鍵盤をたたいた。なぜか〝色〟が脳裏に浮かんだのだ。それはルイの〝色〟だった。緑が丸くいくつも浮かんでいる。心地よかった。

これまでトツ子は音で〝色〟を感じたことはなかった。〝共感覚〟と言えなくもないが、特定の音にだけ反応しているので〝選択的共感覚〟とでも言うべきものだ。

さらに音を探っていると、きみの〝色〟が浮かんだ。綺麗な青の丸が鍵盤をたたくたびに揺れるのだ。

味わったことのない楽しさだ。バレエに夢中になっていたころの感覚に似ていた。それは暗い思いででもあったが、その楽しさは忘れがたかった。

そしてトツ子ははたと気づいた。〝すいきんちかもくどってんアーメン〟というフレーズを思いついた喜びで図書館を飛びだして、廊下をスキップしたのははっきり覚えていたが、その後で踊ったのは無自覚だった。歌詞を思いついて高揚していたのは確かだが、踊っていたことが恥ずかしく……。おそらくそのすべてをシスター日吉子に見られていた。最後にバレエの〝アン・ウォー〟で決めたところで、日吉子と目が合った。

トツ子の顔がまた真っ赤になっている。耳まで赤い。

でも、楽しかった。我を忘れるほどに没入していた。

「ギャハハハ」となにかが爆発したかのような笑い声が背後でした。〝森の三姉妹〟が盛り上がっている。

今日、スミカが思わぬ才能に目覚めていた。教師やシスターのモノマネだ。声色を作るのが抜群にうまいのだ。

「もっかい、もっかいやって」とサクがスミカにねだっている。その手には携帯があって、スミカに向けて突きだしている。動画でも撮っているのだろうか、とトッ子は思った。

スミカは居住まいを正して背筋を伸ばして顎を引いた。

「〝えー、ごきげんよう〟」

サクとシホが笑い転げる。シスター樹里にそっくりだった。

思わずトッ子も振り向いて、「ヒーヒー」言いながら笑っている〝三姉妹〟を見て笑った。

サクが携帯を操作している。

「なにしてるの？」とトッ子が尋ねた。

トッ子は携帯に疎かった。ＳＮＳでの最低限のやりとりはできるが、それ以外のアプリはほとんどインストールしていない。

「モノマネ大会、録音してるの、コレ」とサクが携帯のレコーダーを再生した。

「〝えー、ごきげんよう〟」と携帯からシスター樹里の声が響く。もちろんスミカのモノマネの音声だ。

また〝三姉妹〟は腹を抱えて笑いだした。

トッ子も笑ってしまったが、自分の携帯を取り上げた。録音ができることを知らなかった。

アプリを見てみると、そこにはボイスメモというアプリが存在していた。

「ねぇ、トッ子もやろうよ」とシホが誘う。

「うん、あとでやる」とトッ子は上の空で答えると、ボイスメモを起動した。

「じゃ、次はサクがやってみてよ。日吉子先生ね」とスミカがサクに振った。

サクはしばらく考えていたが、立ち上がって咳払いして姿勢を正した。

「練習するから」とサクは小さな声で日吉子の声まねをしている。

トッ子はボイスメモを操作していた。電子キーボードのスピーカーの脇に携帯を置いて、録音ボタンをタップした。

椅子に座り直して、トッ子は〝すいきんちかもくどってんアーメン〟を人差し指一本で弾いていく。

きみの〝色〟を想定していたはずが、予想外にテンポが早くて軽快な曲調になっていた。

きみは部屋でギターを抱えて爪弾いていた。兄の志郎はそれほど熱心ではなかったが、ギターの〝勘〟が良かったようで、友人に頼まれて文化祭のライブに飛び入り参加するくらいの腕前の持ち主だった。

兄に比べるときみは〝勘〟が良いとは言えない。アヴェ・マリアをどうにか弾けるようにはなっていたが、いまだにスローテンポでとぎれとぎれになってしまう。

だがきみはギターをやめるつもりはなかった。世界的に有名なロックバンドのギタリストがユーチューブでインタビューに答えている映像をきみは見たのだ。

「近道なんてない。うまくなるにはひたすら練習あるのみだ」と言い切っている姿を。

毎日コツコツ積み上げていくことに、きみは喜びを感じていた。そうすれば必ずやうまくなる、と思えたからだ。一人で自分のペースで進められることに、きみは意外なほどに〝自由〟を感じていた。

携帯が着信を知らせた。

見ると、トッ子からラインにメッセージが届いていた。

〝曲、少しだけできました〟とあって、音声ファイルが貼り付けられている。

ルイは部屋で受験勉強に没頭していた。昔から勉強することは苦にならない。苦手という科目もなく、比較的理系に強い傾向にあるが、文系も点数が劣るということではない。

勉強は〝苦にならない〟が、〝喜び〟とは言えなかった。いや、〝喜び〟などという言葉では言い表せない激しい欲求がルイにはあった。音楽だ。歌を歌うことも好きだが、楽器を演奏することにたまらない魅力を感じるのだ。

自宅の物置小屋で誰のものともしれないような壊れかけたウクレレを見つけて、それを弾くことに夢中になり、まだ幼かったのにそれを修理して完璧な音が出るようにした。今でもそのウクレレはルイの部屋の押し入れの中にある。

音楽を聴くことも好きだが、聴いた音楽を演奏したいという欲求を抑えることができなくなる。

高校受験のときも、気づけば一日中楽器を演奏していて、何度も母親に叱られて、楽器を取り上げられたりしたが、押し入れの中に隠してあったデジタルピアノにヘッドフォンをつけて弾いていたほどだ。

ルイは楽器を演奏することに耽溺していると言っても過言ではなかった。音楽のジャンルは問わない。だがクラシックに惹かれることが多かった。特に交響楽団の演奏に魅了された。いくつもの楽器がそれぞれのパートを担い、すべての音が重なって分厚い音楽を奏でるオーケストラにずっと憧れを抱いていた。だが、勉強の片手間に楽器をいじっている程度では難しかった。指導者に教えを請い、四六時中練習して究めなければ楽団員にはなれない。だがそれを許される環境にルイはいなかった。手っとり早く楽器好きな仲間とバンドを組むという手もあったが、〝バンド仲間〟を探すことができなかった。

ルイは自らの殻を破って、きみとトッ子に声をかけた。

それがバンドを組むところまで一気に話が広がるとはルイも思っていなかったが、嬉しい誤算だった。

ルイはトッ子からの音声ファイルをパソコンに取りこみながら「もうできたの。すごいな」と独りごちた。

ルイのパソコンにはかなり高性能ながらも安価な中古のスピーカーが接続されていて音質がいい。

音声ファイルをクリックした。

トッ子のものと思われる咳払いの音が聞こえた。

続けてキーボードで一音ずつ弾きながらトッ子が歌いだした。

それはたどたどしいものだったが、なんとなく〝音楽〟になっていた。まだはっきりとはわからないが、ロックのような〝ノリ〟も感じた。

「♪すいきんちかもくどってん、アーメン！　ふんふんふん、ふふーん♪」

歌詞がついていない部分はトッ子がハミングしている。その部分はキーボードの演奏もない。だがルイはその部分のハミングを聴きながら、勉強用のノートの余白に五線を引いて、そこに音符を書きつけていく。いわゆる〝採譜〟だ。

ルイの表情は真剣そのものだが、その目には歓喜を感じさせる興奮があった。

きみは携帯でトッ子の音楽を聴いていた。小さく首でリズムを取っている。やがてギターを手にして、トッ子の歌に合わせてギターを爪弾きはじめた。

きみの目にもやはり興奮があった。


音声ファイルを送った後に、トッ子は自分でもう一度、ファイルに録音した曲を聞き返していた。


気恥ずかしかったが、不思議と〝聴けた〟。きみとルイの反応が気になった。

トッ子のハミングが終わると、しばしの沈黙の後に携帯から大きな声が流れでた。

「〝廊下は走りませんよ〟」

音楽ファイルの最後にサクのシスター日吉子のモノマネが入ってしまっていた。さらにスミカとシホの大爆笑まで入っていた。

演奏を終えてから、録音を停止する方法がわからずにモタモタしていたときに、サクのモノマネまで録音してしまったのだろう。

もちろんきみとルイも聞いてしまったはずだ。トッ子は頭を抱えた。

だがその音声を聞いていた人物がもう一人いた。

寮の夜の見回りをしていたシスター日吉子だ。トッ子たちの部屋の前を通りかかったときに部屋の中からその声音が聞こえてきたのだ。


もちろん日吉子は自分のモノマネだと気づいた。

ぎくりとして日吉子は暗い廊下で一人立ち止まった。だがすぐに何事もなかったように見回りを続けた。

一学年に一人は必ず現れる、日吉子のモノマネを上手にする学生。その中でもトップクラスに入るできだ、と微笑しながら。

きみとルイの反応を待っているつもりだったトッ子は、詫びるために自ら二人にメッセージを送った。

ルイの提案で、三人でビデオ通話をすることになった。

きみもルイも曲を気にいってくれたようだ。ルイのビデオ通話というアイデアのおかげで、きみもルイも「面白い」と表情が輝いているのがわかって、トッ子は舞い上がってしまった。

すぐに次の日曜日に教会でトッ子の曲を完成させるために集まることが決定した。

6

日曜日に行われた教会での〝演奏会〟は最高だった。

ルイはトッ子が送った音声ファイルから採譜した譜面をきみとトッ子に配ってくれた。さらに編曲までしていた。シンセサイザーでベース、ドラムばかりかホーンセクションまで組みこんでくれていたのだ。

トッ子は自分が〝作曲〟したことも忘れて〝乗って〟いた。キーボードを演奏しながら、自然に身体が動くのだ。きみをちらりと目の端で見やると譜面を見ながら、ギターを演奏している。きみの表情はきわめてクールだったが、頭を小さく動かしながら〝乗って〟いる。そしてその口元には笑みが浮かんでいた。

だが一番〝乗って〟いるのはルイだった。

ルイはトッ子ときみを気づかって、最初はスローテンポで演奏をしていた。その場で思いついたアイデアを加えながら、譜面に付け加えていく。

三時間ほどで、なんとか〝演奏〟できるようになった。

だが誰も休憩をしようとは言いださなかった。楽しかった。アイデアが形になって曲を紡いでいく。曲が〝形〟になって合奏した瞬間の心地よさに三人とも酔っていた。

その瞬間に視線を交わして、微笑む。それは官能的でさえあった。

シンセサイザーを演奏しながら、ルイは次第にテンポを上げていく。恐らくは無意識だ。トツ子ときみは必死についていく。

そして、ついにルイは演奏しながら全身でリズムを刻みだした。まるで踊っているかのようだ。

そしてトツ子は最高に嬉しい瞬間を目にした。

ルイがその場でジャンプしたのだ。それはもう堪《こら》えきれずに自然に身体が音楽に合わせて躍動したものに違いなかった。ルイは音楽の世界に没入していた。トツ子ときみが目の前にいることを忘れているかのように、演奏しながら目を閉じて陶酔しているように見える。

その姿を見ながらトツ子は胸がいっぱいになってしまった。

教会の掃除を終えて、トツ子ときみは船で島を離れた。

ルイは船が見えなくなるまで見送ってから、家に向かった。ルイの家は船着場から歩いて五分ほど内陸の集落の外れにある。

新しいとは言えない二階建ての一軒家だ。

一階は診療所になっているために、玄関を上がって、診療所の前を通ってから二階に上がる。二階が住居スペースになっているのだ。診療所の改装と共に二階もリフォームしているので、室内はモダンな設えになっている。

午後六時半。リビングにもキッチンにも母親の姿はない。日曜日は基本的に休診なのだが、急患でなくとも薬を切らせてしまった患者などにも対応しているから、基本的には休診日はほぼない。階下の診療所から「ありがとうございました」という女性のか細い声が聞こえた。慢性気管支炎で通院している〝有田《ありた》のばあちゃん〟だ。発作が起きることが時折あるのだ。

影平医院は長い歴史のある診療所だった。明治時代から、代々影平家の人間が医師として診療にあたっている。島の人口は四〇〇人足らずだったが、島民のほとんどが高齢者であり、少ないときでも一日に三〇人近くの患者が訪れる。さらに近隣の無医村の小島からも通院する人々があって、待合室には人が絶えない。診療時間を越えて診察を続けることも多い。

影平家の人間がすべて医師になるとは限らない。実際にルイの母親が医師となるまでは、無医村になっていた時期があった。医師の派遣を行政に要請したが、聞き入れられなかった。島嶼部《とうしょぶ》への赴任を望む医師はほとんどいないのだ。

無医村だった期間は二年ほどだったが、島民たちが心細い思いをしていたのは間違いなかった。ルイの母親が研修を終えて診療所にやってきたとき、島の人々は船着場まで総出で迎えたものだ。涙を流して喜んでくれる島民も少なくなかった。

本土の病院まで、船で三〇分、さらに乗り慣れない路面電車を乗り継いで二〇分かかった。おまけに診察までに何時間も待たされる本土の病院への受診は、高齢者の多い島民にはとても大きな負担になっていたのだ。

ルイは冷蔵庫を開けて、食材を確認する。豚の薄切り肉があった。野菜室をのぞくともやしとキャベツにタマネギがある。野菜炒めなら作れそうだ。ごはんは冷凍がある。味噌汁も冷蔵庫の中にある。温めれば夕食の形になりそうだった。

ルイは空腹だった。

野菜と肉を取りだすと、まな板の上に載せて、それぞれを包丁でカットしていく。手慣れた様子だ。

野菜を切り終えるころに、ルイの母が階段を上がってくる音が聞こえてきた。

ルイは母親に似ていた。背がスラリと高く、手足が長い。端整な顔だちも母親ゆずりだ。

母親はまもなく五〇歳になるが、若々しく美しい。白髪もまるでなく、ルイとそっくりの栗色の髪色だ。

キッチンでフライパンの用意をするルイに母親が声をかけた。

「おかえり」

「ただいま」とルイはガスコンロに点火してフライパンを熱しながら答える。

母親は白衣を脱いで手指の消毒も済ませている。受験生であるルイを病原菌に曝《さら》したくないのだ。

「今日、塾は？」

「ないよ。でも自習」

母親はキッチンをのぞきこんで少し驚いた顔をした。野菜炒めの食材がカットされているのだ。

「いいよ。ごはん、なにか買ってくるから」

ルイが料理をすることはたまにある。午後の受診時間が長引いたときや、急患があったときなどだ。レシピなどを見なくとも、そこそこおいしく作ってしまうのだから料理も得意なのだ。だが頻繁に作るようなことはしない。母親があまり良い顔をしないからだ。母親としては受験勉強に打ちこんでほしいという思いもあるだろう。

それでも時折、ルイは食事を作る。それはルイの気分が良いときだった。特に今日は空腹であるばかりでなく、最高に気分が良かったのだ。頭の中で何度もトッ子ときみと演奏した風景と音が蘇ってきて、高揚していた。

「野菜炒めだけ。そんな手のこんだもの作ってないから、大丈夫だよ」

火が通った肉を取りだして、野菜を炒めていく。フライパンを振るのがルイは好きだった。それは楽器を奏でることに似ていた。炒めている音がリズムを刻みはじめるのだ。楽しくなってつい炒めすぎてしまうこともある。

「勉強はいいの？」

まるで口癖のように尋ねてくる。母親はなによりルイの受験勉強を心配していた。

「大丈夫だよ。模試も悪くなかったし」

「そう」と言いながら、母親はリビングにあるチェストの前に立って、天板の上に飾られたフォトフレームに収められた写真を見つめている。

それはルイの兄が中学校に入学したときに桜並木で撮った記念写真だった。

兄は少し照れくさそうに笑ってピースサインをしている。その隣にはスーツ姿の母親が嬉しそうに笑っている姿があった。そして兄の隣にまだ小学五年生だったルイが満面の笑みで兄と同じくピースサインをしている。父親の姿はない。

写真を撮っているのは、母親の友人だ。父親はルイが三歳の頃に家を出て以来、まったく行き来がない。ルイには父親の記憶がない。兄はいくらか父親の記憶があったようだった。だがその兄は中学二年の夏に海で亡くなってしまった。

母親は毎日、朝晩と写真の中の兄と向き合っている。

「模試が良くたって、安心しちゃダメよ」

母親はそう言って写真の中の兄からルイに視線を移した。

「うん、わかってる」

「ウチを継いでくれるのは、ルイしかいないんだから」

兄が亡くなった直後の母親のふさぎこんだ様子がルイには忘れられない。今では明るく振る舞っているが、決して兄の死を忘れることはできないはずだ。母親が明るくしている様子を見るとルイは時折苦しくなったりする。

才気煥発《さいきかんぱつ》、スポーツ万能であり学校の人気者だった兄は、家の中でもムードメーカーだった。慕っていた兄の突然の死にルイも大きな悲しみを感じていたが、母親の悲嘆を目の当たりにして、悲しみに暮れる余裕を失ってしまった。なんとか母親を元気づけようとした。だが兄の代わりになることはできなかった。ただ〝跡取り〟と目されていた兄に代わって医師になることを母親からも島民たちからも期待された。それは重荷ではあったが、島の診療所を存続させることが必要なことはルイもひしひしと感じていた。

これまでの模試の結果を見れば医学部への進学は可能だ。大学を選ばなければ確実に医学部に入学できるはずだ。

だがルイの心の中に鈍い痛みがあった。それは音楽への憧憬《しょうけい》だ。いや、強い衝動とさえルイは感じていた。

演奏や作曲に夢中になっているとき、心のどこかでブレーキがかかる。もちろん自分でブレーキを踏んでいるのだ。だが辛い。背を焼かれるような焦燥感の中で〝勉強〟をするべきか否かを選ばなければならない。その苦しさがたまらなかった。たいていは〝焦燥感〟は〝罪悪感〟に変わっていく。部屋で楽器を演奏すれば音が階下にある診療所にまでどうしても響いてしまう。シンセサイザーならイヤホンをつけて演奏できるが、それでは物足りない。空間に音を響かせたくなる。できればより広くて音響効果が考えられた空間で。それはイヤホンでは再現できない別の音になる。

だが階下で診療中の母親に演奏の音を聞かせたくなかった。母親はひどく心配する。それは叱られるよりルイには堪《こた》えた。母はルイが受験に失敗することは、地域医療の担い手を失うことだ、と思っているはずだ。母親に心配のタネを与えたくなかった。

そんな中でルイは旧教会を管理している教会守である〝田口《たぐち》さん〟の存在を思いだしたのだ。曲がってしまった腰の痛みの治療のために、診療所を毎月訪れている。

教会守とは言っても、今では旧教会を観光客が訪れることもなくなっていて、教会の出入り口の鍵を預かっている〝田口さん〟は定期的に窓を開けて風を入れたり、掃除をしているだけなのだ。

去年の夏休みに本土にある塾からの帰りに、船を下りたルイは田口が教会の床の掃除をしている姿を目にした。腰が痛むようで何度も腰に手を当てて背を伸ばしながら「ううう」とうめき声をあげる姿が痛々しかった。

「お手伝いします」とルイは声をかけた。

田口は入り口に立っているルイに目を向けて、その目をすがめた。

「あ、先生んトコの……」

「ルイです」

一礼してルイは教会に足を踏み入れた。

「お手伝いさせてください」ともう一度言った。

「手伝いもなにも、そこらをシャシャっと掃くだけじゃから……」

ルイは黙って田口からほうきを預かると、床を掃きだした。

「しかし、あんた、お医者さんになる勉強中じゃなかったか？」

田口はルイが高校生なのか大学生なのかも知らないようだった。だが将来は医師になって島の療養所で〝先生〟になってくれると思っている。

ルイは笑いながら床を掃き続けていた。

「やっぱり若いもんは動きが違うな。倍も早いわ」

ルイは掃除する手を止めた。そして教会の天井を見上げる。しばらく天井のアーチを眺めていたが、やがて手を打ち鳴らした。

パンと大きな音が響いた。教会を包みこむように音が響く。

教会には音響効果が施されているのだ。

田口は何事か、と目を丸くしている。

「田口さん、掃除はどれくらいの頻度で行っているんですか？」

「二週に一度じゃ」

「それ僕にやらせてくれませんか？」

「いやいや、あんたのお勉強の邪魔をしちゃ、島のみんなにワシが恨まれる」

ルイは首を振った。

「大丈夫です。僕は……」

「いやいや、ダメダメ。それはダメ」と田口にほうきを取り上げられて追いだされてしまった。

そのときは諦めたものの、あの広くて最高——とはいえないまでも少なくとも島内では最高の音響効果を持ったあの場所で、楽器を演奏してみたい、というルイの思いはつのっていった。

田口が教会の掃除をするのは水曜日だった。偶然を装ってルイは教会を訪れて再び手伝いを申しでた。

「掃除を手伝わせてください」

しばらく逡巡《しゅんじゅん》していた田口は、ルイの目を見てから一つうなずいた。そして手にしていたほうきをルイに渡すと、教会の隅にある腰かけに座って黙ってルイが掃除をする様子を見つめていた。

寒くなりはじめた頃で、田口は腰がひときわ痛むようだった。座りながらもときおり痛む腰をさすったり伸ばしたりしていた。

一通り掃除を終えると、ルイは田口の前に進みでた。

「田口さん、掃除はこんな感じでいいですか？」

田口はルイの顔を見つめたままうなずいた。

「ありがとう」

田口はそう言った後に一つ首をひねった。

「あんた、勉強は大丈夫なんか？」

「気分転換です。ずっと机に向かっていると、勉強の効率が上がらなくなるんです。これからは、ここのお掃除を僕に任せてもらえませんか？」

ルイの申しでに田口はまた顔を傾げた。

「あんたのような若い子が、こんな古びた教会の掃除をして楽しいなんてわけがないじゃろ」

ルイは一瞬ためらったが、すぐに言葉を継いだ。

「ちょっとお願いがありまして。掃除をさせていただいた後に、楽器を演奏させていただきたいんです」

「ここでか？」

「そうです。ここは音響効果が優れています。周囲に住居もないので迷惑もかけません。掃除を終えてからの少しの時間です。お願いします」

田口はルイを正面から見つめてから微笑んだ。

「そういう理由でもなけりゃ、なにか悪さでもするつもりか、と疑っとった」

「いいんですか？」

「しっかり勉強して医者になるって約束できるか？」

「ええ、もちろんです。演奏できた分、勉強もがんばれるんです」

田口は腕組みをして天井を見上げた。

「そうか。でもこれは内緒やぞ。表向きはワシが管理者でなけりゃならん。あんたはまだ学生じゃからな」

「はい、必ず」

「先生にこの話はしとるんか?」

ルイは黙って首を横に振った。

「そうか。内緒か。ワシがあんたに掃除をさせていたことを先生が知ったら怒られるやろな。腰をぶったたかれるかもしれん」

そう言って笑いながら、田口は腰かけから立ち上がって腰を伸ばした。痛むらしく顔をしかめて唸った。

「痛くてな。知り合いにゃ、片っ端から代わってくれんか、と声をかけたが、ワシと同じでアチコチが痛いような連中ばっかりじゃ。引き受けちゃくれん。あんたのような若くて元気な人は島を出てしまうしな」

ルイは返事ができなかった。幼なじみの顔が何人か浮かんだ。いずれも高校進学と同時に島を出ていた。島に残った同級生たちもほぼ全員が高校卒業と同時に島を出るのだ。ルイも希望する大学に進学すれば船での通学はできなくなるから、島を出ることになる。

「でも、あんたは医者先生になったら、島に戻ってきてくれるじゃろ? そんなあんたの願いを聞いてやりてぇとは思うがな」

田口は腕組みをしたまま、ため息をついた。

ルイは揺れる田口を押した。

「きっと医者になって戻ってきます。それまで教会の掃除をやらせてください」

しばらく田口はルイの真剣な顔を見つめていたが、小さく声をたてて笑った。

「あんたは小さいころから大人しくて引っこみ思案で、やんちゃな兄ちゃんとは真反対じゃったが、そんなに強いところもあるんじゃな」

ルイは亡くなった兄を引き合いに出されて驚いたが、田口が兄の葬式で泣いていた姿を思いだした。

「わかった。しっかり勉強せぇよ」

そう言って田口はルイの肩をポンと叩いた。

「ありがとうございます」

二週に一度、掃除をすること。教会の鍵は掃除のたびに田口家まで取りにいき、掃除と演奏を終えたら施錠し鍵を返却することを約束させられた。さらに〝邪魔にならない程度に〟楽器類を教会に保管してもいいこと。そして、それはすべて島の住民には内緒で表向きは〝田口さん〟が管理者であること。

演奏ができる、と興奮しながら家路についたルイは自分の行動に驚きを覚えていた。こんなに大胆で図々しく、自分の欲望にしたがって行動したことなどなかったのだ。

いつも遠慮がちで、言わなければならないことも言えず、すべて抱えこんで我慢してしまう。とはいえそれでルイ自身が苦しくなることはほとんどなかった。ルイにとってそれらは〝些細《ささい》なこと〟でしかなかったのかもしれない。

だが音楽だけは〝格別〟だったのだ。

教会での演奏はすばらしかった。教会の中に響く音楽にルイは震えるほどの歓喜を得た。

一時間と決めていた演奏はいつのまにか二時間を過ぎていた。演奏に耽溺してしまうことを恐れたルイは、二週に一度の教会の掃除と一時間だけの演奏という縛りを自分に課して、しばらくその縛りを守っていたが、堪えきれなくなった。我慢していると勉強に身が入らなくなってしまうのだ。

ルイは次第に毎週掃除をするようになっていた。掃除の回数が増えたことを田口は黙認してくれた。

ルイは母親に〝塾の自習室で勉強していた〟と説明していた。

教会で自身の奏でた音に包まれる感覚は、〝禁断の果実〟のように甘美だった。

だが演奏を楽しんだ分、勉強に集中すると決めた。それは成功していた。演奏への渇望が完全に満たされることはなかったが、自分をなだめるだけの時間を演奏に注いだことで、自らに課した勉強のノルマを短時間で達成することになった。

だがルイの心の中には抑えようのない新たな欲求が湧き上がっていた。

「この教会でバンドを組んで演奏してみたい。合奏のハーモニーを味わいたい」

それをルイは意識してしまった。そうなるととどめようがなくなった。

勉強に集中しているはずなのに、どこからか音が忍び入ってくるのだ。教会での合奏、そしてそこにあるであろうハーモニーの瞬間の陶酔。それを夢想してしまう。ルイは切望するようになっていた。

ルイはバンド仲間を求めたが、見つからない。高校にも一組だけロックバンドを結成している男子たちがいたが、会話したこともなく、名前もまともに知らなかった。そんな彼らにバンドに入れてくれ、ということがどうしてもルイは言えなかった。そこでは〝図々しく〟なれなかった。ルイにはわかっていた。彼らがルイを〝異質の存在〟だと認識して決して受け入れないであろうことを。

SNS上でも検索してみたが、バンドメンバーを募集している人も、バンドへの加入希望者も山ほどいることがわかった。だがルイは〝図々しく〟なれなかった。

結局、応募も募集も書きこめず、次第にSNSをのぞくこともしなくなった。

音楽を一人で楽しんできたルイには、バンドのメンバーたちとの〝付き合い方〟がわからなかった。いや、音楽に限ったことではなかった。高校に入ったころから、同級生たちとの〝関わり方〟が難しいと感じるようになっていた。いつのまにかルイは学校の中で孤立していることに気づいた。意地悪をされたりイジメのようなことがあったわけではない。通学の途中でクラスメイトに出会えば挨拶はするし、会話をすることもあった。だがそれだけだ。

県内トップの進学校の中で、ルイは学業成績が抜きんでていた。さらに性格穏健にして謙虚、ルックスも申し分なかった。入学当初、ルイに声をかける同級生は男女を問わずに多かった。だがルイはそこから関係を深めることができなかった。それは〝島育ち〟だからということでもなかった。学校には離島から通っている学生はいくらでもいた。

常に一歩退いているようなルイの〝謙虚さ〟が敬遠されるようになったのだ。

それでも、自分から一歩踏みだすということをルイはできなかった。ルイはいつのまにか人に関わることをどこかで回避するようになっていた。

それでもルイはバンドを組みたいという思いを諦められずにいた。

放課後にまっすぐに帰宅できなくなった。部屋で勉強することを考えただけで苦しくなってくる。教会で演奏することも可能だったが、毎日のことなのだ。きっと田口に「勉強をおろそかにするな」と指摘される。

ルイは学校を出ると、あてどなく街を歩き回るようになった。繁華街の片隅に中古楽器などを販売する店を見つけて、そこで飽かずに楽器を見て回り、そのいくつかを購入した。楽器を購入することで心の中に鬱積したものが少し軽くなるように感じた。

ある日、細い路地に迷いこんで歩いていると、目の前に白い猫がゆったりと歩いていた。綺麗な毛並みにルイが見とれていると、猫が振り向いてチラリとルイを見つめた。

だがすぐに前を向いて歩きだす。ルイは猫の後を追った。猫はコンクリート製の階段をひらりひらりと上がっていく。

階段の上には〝しろねこ堂〟と看板があった。民家を改装したような古書店がそこにあった。

前を歩いていた白猫は、大きく伸びをしてから、古書店の前の三和土《たたき》に身を横たえた。特に目的もなかったが、ルイは店に向かった。店の木製のドアに手をかけて、ちらりと白猫を見やると、白猫もルイを一瞥《いちべつ》したようだが、すぐに目をそらす。

その白猫はあたかも古書店の愛想のない店主のようで、ルイは微笑を浮かべて、店のドアを開いた。

店を一渡り見回してルイは目を見張った。古書のほとんどが音楽関係のもので、中古のレコードもかなりの数がある。しかもマニアックなものばかりなのだった。

店のそこここにさりげなく飾ってあるギターなどの楽器も高価なものが多かった。

ルイは興奮して、次々と本を手にして読みふけった。

するとギターの音が聞こえてきた。それはアコースティックギターではなくエレキギターを爪弾く音だった。アンプにつながずに弾いている。どうやら初心者らしく、たどたどしい演奏だ。それでもコードをしっかり押さえられていて〝音楽〟にはなっている。

ルイは音をたどりながらいつもの癖で頭の中で採譜していた。聞いた覚えのない曲だったのだ。ポップスでもロックでもクラシックでもない。ルイには未知の曲だ。

読んでいた本を書棚に戻してルイは音の出所を探った。ギターを弾いている人物の姿が見えなかったのだ。

四段しかない階段を上がると、そこにはレジカウンターがあった。その奥で長い髪の女性が椅子に腰かけてギターを弾いている。背を向けているので顔は見えない。

ルイは声をかけることはできなかった。ギターを爪弾く女性の後ろ姿はどこか寂しげに見えたのだ。

そっと後ずさりしようとしたルイは、背後の書棚に腕をぶつけてしまった。予想外に大きな音がして、カウンターの中にいた女性が振り向いた。ルイの同年代と思われる女性だった。

驚き、というより脅えたような顔で女性は、ルイを凝視している。

ルイはどうしていいかわからず、ぺこりと頭を下げると、階段を下りて、そのまま店を後にした。

帰宅してルイは女性が爪弾いていたメロディを検索してみた。鼻唄を歌うことで検索してくれるアプリがあるのだった。

〝アヴェ・マリア〟と検索結果が出た。ルイは〝アヴェ・マリア〟なら知っていたが、それとは明らかに違う曲だった。検索してみると〝アヴェ・マリア〟と題された曲は複数存在しているのだった。女性が奏でていたのはグレゴリオ聖歌のもので、祈祷《きとう》のための宗教音楽で、ルイが知っていたのはシューベルトが作った〝エレンの歌 第三番歌曲〟というものだった。

なぜ古書店で働く女性が宗教音楽であるグレゴリオ聖歌を奏でていたのか。そしてなぜエレキギターでそれを弾いていたのか。

ルイは謎に包まれながらも、ユニークで面白い、と思った。

それから日課になっていた中古楽器店めぐりの中にルイは〝しろねこ堂〟という変わった店名の古書店も入れることにした。

レジの女性は、ずっとギターを練習しているわけではなく、ルイが店を訪れて演奏している姿を見かけたのは四回だけだった。それでもレジの女性の演奏が着実にうまくなるのをルイは感じていた。

あれだけ熱心にギターを練習しているということはバンドを組もうとしているのではないか、とルイは夢想した。信者でもない自分が教会音楽専門のバンドに加入するなんて画期的だ、とルイは思った。もし、そのバンドに加われたとしたら……。


その日もルイはしろねこ堂を訪れていた。ブリティッシュロックの軌跡を描いた分厚い本を買うべきか否かでルイは長い時間悩んでいた。古書だが値段は三五〇〇円もした。その価値はたしかにありそうな一冊であることは立ち読みレベルでもわかった。だが今日は欲しかった小型のキーボードをついに買ってしまったのだ。フルサイズのシンセサイザーとデジタルピアノは持っているのだが、持ち運びができるサイズのお手軽なものが欲しかったのだ。二八〇〇円だった。さらに三五〇〇円の本を買ってしまえば今月の小遣いは底を突くことになる。

だがもう一つ気になっている中古レコードがあった。最近、ネットでその存在を知ってから、繰り返し聴きこんでいるテクノミュージシャンのデビューアルバムだ。重厚な低音がベースになっていて、それがほとんど変化することなく延々とループしている。このループが心地よく、ルイはどこかでそのループが自分の気持ちに寄り添ってくれているような気分になっていた。そのミュージシャンの名は〝SURGEON〟(外科医)だった。実際に外科医ではないようだが、医師を目指すルイには特別なものに思えた。

レコードの値段は一二〇〇円。相場より安いのだが……。

悩んでいると、店に客が入ってきた。そのままレジに向かっている。ルイはあまり気にしていなかったのだが、レジで会話する声が聞こえてきた。

ちらりと視線を向けると、レジカウンターの中の女性と、その外に立つ制服姿の女子高生がなにか話している。客と店員という雰囲気ではない。

顔見知りなのか、それとも……。

ルイは気になっていたレコードを手にするとレジに向かった。

女子高生はピアノの楽譜集のようなものを購入している。

「……かっこいいなあ……」

丸顔の女子高生は身振り手振りが多くて動きがコミカルだった。一方のレジの女性は落ち着いた雰囲気で表情もあまり変わらない。

「前……ごめんね……」とレジの女性が女子高生に謝っている。

するとますます女子高生の動きが慌ただしくなった。

「ううん。とんでもない！」

どうやら二人は顔見知りのようだ。同級生なのだろうか。だが高校生の放課後のアルバイトとしては時間が早すぎる、とルイが思っていると、また女子高生がなにかレジの女性に話しかけている。

丸顔の女子高生は緊張しているようで早口になっていて言葉がはっきりと聞き取れない。

ルイはもう少し、二人のそばに近づいてみた。

「聖歌隊で、ずっと歌ってたから」

女性がレジを打ちながら女子高生に答えている。

聖歌隊？　つまりレジの女性はクリスチャンで聖歌隊に所属しているということか。

職業は古書店の店員なのだろうか。

なぜエレキギターで聖歌を奏でているのか？

「作永さん……学校……」

また女子高生がなにかレジの女性に尋ねたようだが、消え入りそうな声だったのでルイにははっきりとは聞き取れなかった。

レジの女性の動きが急に止まった。固まったまま動けなくなったように見えた。

それを見て女子高生の手がさらに大きく上下左右に動き回る。

なにか女性が気分を害するようなことを聞いてしまったのだろうか？

ルイは声をかけるチャンスだと思っていたのだが、この状態で声をかけるのもはばかられた。

ルイは引き返そうと思った。

ところがあることに気づいてルイは一歩前に進みでた。

女子高生の制服が虹光女子高校の制服であることに気づいたのだ。虹女はカトリックの高校だ。二人はなんらかの形で聖歌でつながっているのではないか……。

ルイは思わず声をかけていた。

「あの～いいですか？」

丸顔の女子高生が背中から声をかけられて、ビクリと身体を震わせておずおずと振り向いた。

レジの女性も驚いた様子でルイを見つめている。

「もしかして……」

レジの女性のギター、虹女の女子高生、ピアノ本、聖歌……。そうだ！　間違ってもいい。踏みこむんだ。ルイは尋ねた。

「バンドやってるんですか？　二人で」

一瞬、女子高生はきょとんとした顔になったが、すぐにその丸顔にキラキラとした笑みを浮かべた。

「え？　私たち、そんな風に見えます？」

ルイは素っ頓狂な声で逆に問いかけてくる女子高生の笑顔を見ながら、喜んでいるのだ、と驚きながらも、レジの女性に視線を移した。

「いつも、ここでギターを弾いているから、もしかしてと思って」

レジの女性は目を見開いたまま固まっている。

「いきなりすみません。いつか声をかけようと思ってたんです」

ルイの言葉にもレジの女性は固まったままだった。

すると女子高生がまるで魔法にでもかけられたかのように、ぼんやりとした口調で語りだした。

「実は今、バンドメンバーを募集中で……よかったら私たちのバンドに入りませんか？」

「いいのですか？」とルイが確認すると、唐突にレジの女性が「やりたい」と言いだして、トツ子ときみ、そしてルイのバンドがスタートしたのだ。

この機を逃してはならない、とルイは次の日曜日に島にある教会で〝演奏会〟をすることを提案して了承されたのだった。

ルイはそのあと、どうやって彼女たちと別れたのか、そしてどうやって家までもどってきたのかも覚えていない。ただ目的だった中古レコードは購入していたことだけはわかった。

ルイの頭の中は「やった！　バンドを組めた！」という言葉で埋めつくされた。沈黙したまま熱狂していたのだ。

島に帰り着くとルイは真っ先に田口の家を訪れて、教会掃除の日にちを日曜日に変更することを宣言した。それはまさに〝宣言〟で、田口が口をはさむ余地を与えずに素早く辞去したのだった。

7

トッ子の作った曲を口ずさみながら、きみは部屋で一人、ギターを演奏していた。やはりまだスムーズに演奏ができない。とはいえ、どうにかハミングに合わせて演奏できるようにはなっていた。

島の教会での演奏は楽しくて、誰も「休憩しよう」と言わなかった。演奏に夢中だった。船に乗る前に軽食を食べただけでおやつも食べなかったので空腹だったが、それも忘れていた。

久しぶりに充実感があった。今日の教会での演奏では、きみばかりではなくルイとトッ子も乗っていた。〝すいきんちかもくどってん、アーメン〟と奇抜な歌詞だったが、それがなんとも楽しかった。トッ子の曲の軽快さがその楽しさをさらに盛り上げた。ルイはこのサビのフレーズを歌いながら、曲に合わせてジャンプしていた。あれは最高のノリの瞬間だった。きみも思わず嬉しくなった。ルイは自分の感情をあらわにするタイプではない、と思っていたのだ。そんなルイが思わず全身で乗ってしまったのだ。楽しくないはずがない。

そんなことを考えていると、きみの心の中に忍び寄ってくるものがあった。それはプレッシャーだった。

〝私も曲を作らなきゃ。トツ子と同じくらいすばらしい曲と詞を〟

それが自分を追い詰めてしまう、とわかっていても、プレッシャーを取り除けないのだ。

いつしかきみは気分が重くなっていることを意識した。トツ子に負けたくない、というような気分ではなかった。折角盛り上がっているバンドのムードを維持したい、という義務感のようなものだった。

また同じループに入っている。思うがままに自由に羽ばたきたい。だがそう思えば思うほどにきみは様々な思いにからめ捕られて身動きができなくなるのだ。

でも、逃げださない。今度は決して逃げない。

「きみちゃん、ごはん」

階下で祖母の紫乃が呼んでいた。

きみはベッドから立ち上がるとギターを置いて、部屋を出た。

階段を下りながら今晩の食事のメニューがわかった。ラザニアだ。紫乃お手製のミートソースの香りがする。

紫乃の得意料理だ。紫乃が学生時代に東京に遊びに行ってはじめて食べて「世の中にこんなにおいしいものがあったのか！」と感動して作り方を勉強したという逸話を何度かきみも聞いた。

きみがキッチンに入ると、紫乃がオーブンからラザニア専用の耐熱深皿を取りだすところだった。

テーブルの上に用意されていたコルクマットの上に鮮やかな黄色の深皿が置かれた。表面のチーズが焦げて良い香りがしている。お腹《なか》が鳴った。空腹だったことをきみは思いだした。

「しろくん、お盆も帰ってこないって」

紫乃は兄の志郎のことを昔から〝しろくん〟と呼んだ。きみの母は「シロなんて犬みたいだからシロウってちゃんと呼んでよ」と怒っていたことを思いだす。だが紫乃は〝しろくん〟と呼び続けた。

きみはテーブルの上をのぞいて、サラダの取り皿がないことを見て取って、食器棚から皿を二枚、テーブルに並べた。

「そうなんだ」ときみが答える。意外ではなかった。兄はゴールデンウィークにも帰ってこなかったのだ。

「そっ。休みは彼女の実家に行くんだって」

紫乃の口調には兄をからかうような様子があったが、同時に寂しさがにじみでていた。

おばあちゃんが兄さんに電話をしたんだろうな、ときみは思った。「お盆は帰ってこれるの?」と尋ねたのだろう。

兄はいつでもどこでも人を魅了する。きっと新天地の大阪でも臆したり、疲れたりすることなく自分らしく楽しく過ごしていたのだろう。そして、熱烈に求愛されて彼女ができた。その実家に連れていかれるのだ。そこまでの関係になっているとしたら結婚もすぐなのかもしれない。兄は決断には慎重だが無駄に猶予したりもしない。

「きみちゃんも夏休み、はじまるよね？」

紫乃が何気なしに問いかけた。

きみは動揺しそうになったが「うん」とだけ答える。

きみが席につくと紫乃がたっぷりとラザニアを平皿に取りわけてくれた。

ミートソースとベシャメルソースが混ざりあってとろりとした断面が食欲をそそる。

「どこか連れていってあげたいんだけど。パート休めそうにないのよ」

兄が帰省したらどうだったんだろう、とちょっといじわるな思いがきみの脳裏をよぎったが、笑みを浮かべた。

「大丈夫だよ。私もいろいろあるから」

紫乃からラザニアの皿を受け取って「ありがと」と告げる。

「あ」と紫乃がなにかに気づいたようで小さく声を上げた。きみの心拍数が高まった。

「いろいろって聖歌隊のこと？」

きみは返事に困った。学校を辞めてアルバイトをしていることも、バンドをはじめたことも紫乃には言えないままだ。きみが退学したことを知った紫乃の気持ちを想像するとますます言えなくなってしまう。

「聖歌隊、大変だねぇ」

紫乃はきみを気づかうが、言葉と裏腹に嬉しそうだ。

「でも、前にね、校長先生が言ってた」

校長と紫乃は個人的な付き合いはないものの、同時期に同じ高校に通った先輩後輩という関係があり、きみが高校に通うようになってきみの保護者として高校を訪れた際にお互いの存在を確認しあっていた。

校長は聖歌隊のかつての部長であり、今でも聖歌隊の顧問の一人という立場にある。校長から紫乃にきみの退学についての連絡なり相談があるかもしれない、と危惧していたのだが、それはなかったようだった。

「きみちゃんになら、うちの聖歌隊まかせられるって」

少し誇らしげな紫乃の顔を見ながら、きみはぎこちない笑みを顔に貼りつけたまま動けなくなった。

「きみちゃんは立派だよ」

紫乃の言葉にきみの顔から笑みがはがれてしまった。それを誤魔化すためにラザニアを急いで食べた。いつもとびきりおいしいはずのラザニアはまるで紙でも噛《か》んでいるように味を感じられなかった。

ラザニアのお代わりを紫乃に勧められたが、お腹の調子が悪い、と断ってきみは二階の自室に戻った。

仮病ではなかった。本当に胃のあたりがむかむかして吐き気がしていた。それは自己嫌悪という病だ、ときみは机に突っ伏した。

机の上にはきみが投げだしてしまったモノがそのまま残っている。

聖歌隊の副部長からもらった〝肩たたき券〟、もう終わってしまった聖歌隊の野外コンサートのビラ、暇さえあれば読んでいた物理の問題集、聖歌隊の顧問教師が異動した際に手渡されたお礼の手紙……。

嫌いだったわけではない。厭《いと》わしいとも思ったことはない。だがどれもこれもが少しずつきみの気持ちを圧迫していた。それがどんな〝圧迫〟なのかをきみは言葉にできなかった。そもそも誰もきみに圧を加えようなどと考えていない。〝肩たたき券〟をくれた副部長の板東《ばんどう》は、練習時間の調整や部員同士のトラブル解消にてんてこ舞いしていたきみが「肩凝っちゃう」と漏らしたのを覚えていて、〝肩たたき券〟をプレゼントしてくれたのだし、手紙をくれた笹木《ささき》先生も学年の半ばで異動になったことで、きみに負担をかけることを詫びるための気づかいの手紙をくれたのだ。

どちらも間違いなく善意だ。なのにきみはコンサートが近づく中で、聖歌隊を辞めたい、と考えたことが何度かあった。きみ自身もそのはっきりした原因はわからない。原因がわかっていればそれを取り除くことができたかもしれない。しかし、きみは聖歌隊のことを考えるだけで気がふさぐのだった。

もし、聖歌隊を辞めたら、と考えると部員たちの顔が一つ一つ頭の中に浮かび上がってくる。その顔には落胆や怒りや嫌悪が浮かんでいるように思えた。

学校でそんな顔や視線にさらされるのは耐えがたい。

するとまったく考えもしなかった大それた言葉が頭の中に浮かんだ。

「学校を辞めたい」

それはすべてを解決する魔法のように思えた。学校を辞めることが、これから先の人生で、大きな損失になることは容易に想像できた。だが冷静に損得をはかれるような状態ではなかった。

解き放たれたい、ときみは心底望んだ。そしてすべてを投げだした。

好きな物理も数学も、歌うことも、仲間や教師たちの信頼も……。

机に突っ伏したままで、きみは独り言をつぶやいた。

「おばあちゃん、私はそんな〝立派〟な人間じゃないよ」

退学してきみの気持ちは穏やかになった。なのに、それがとてもつまらないものに思えてしまうことが不思議だった。

きみは机からゆっくりと頭を上げた。

目の前にある〝ニュートンのゆりかご〟に目をやった。

五つの磨き上げられた金属の球が針金で吊るされている。その鏡面のような球体の中に自分の顔が映っている。悲しげな顔をしているはずだが、球面なのでネズミのように見える。滑稽だ。

手を伸ばして一番右側の金属球を持ち上げて放した。メトロノームのように規則正しくリズムを刻んでくれる。

球面の中に映ったネズミのような自分の顔を見ながら、いつのまにかきみは頭の中で〝音〟を探っていた。それはいつかどこかで聞いた音ではなく、きみの頭の中から湧きでてくる〝音〟だった。

翌朝、きみは夏の制服を身につけて、ギターを背負って家を出た。

もちろん向かう先はアルバイト先であるしろねこ堂だ。

朝から夏の陽差しが照りつけていたが、しろねこ堂の庭は隣のビルの陰になって幾分涼しく感じられた。

きみは店の二階に上がって制服からTシャツと短パンに着替えると、二階に山積みになっている蔵書を店舗の書棚に並べる仕事に没頭した。

午後一時過ぎに紫乃手作りの弁当でお昼をすませると、その日はレジカウンターの中の椅子には座らずに、書棚の前で立ったままでギターを弾きはじめた。

教会でのルイとトツ子との演奏会では立ったままで演奏した。今までほぼ座って演奏していたから、エレキギターの重量を肩で支えることがなかったのだ。ほぼ一日まるまる立ったままで演奏すると、ひどく肩こりしてしまう。聖歌隊の副部長の板東にもらった肩たたき券を使用したいと思うほどの肩こりだった。

調べてみるときみのギターは四kgもあり、かなり重い部類のギターだった。そこで演奏前に肩周りと背中の筋肉をほぐす運動をしてから、立ったままでの演奏に慣れるために椅子に座らずに演奏することにしたのだった。

とはいえ出入り口から目につく書棚の前だと、入店してきた客は立ってギターを弾いているきみの姿といきなり出くわすことになる。そんな姿を目にしたら、客はびっくりして引き返してしまうような気がした。

とはいえレジカウンターの中では狭くて座ってギターを立てないとスペースが確保できない。そこで店の端にある奥まった書棚の前で入り口に背を向けてギターを弾くことにしたのだ。

それでも異様な風景になるが、ドアの開く音がしたら演奏をやめてカウンターの中にギターを隠せばいい。

きみはギターを弾きはじめた。それは〝アヴェ・マリア〟ではなかった。まだ名もない曲で、昨晩、ほぼ徹夜してきみが作曲したものだ。

レジカウンターの上にきみはノートを広げている。ノートには手書きの五線譜があって、そこに音符がいくつか書きこまれている。さらに、その下にはきみが思いついた言葉が端整な文字で書かれている。どうやら歌詞のイメージのようだ。

きみはノートには目を向けずに頭の中にあるイメージにしたがってハミングしている。弦を押さえて爪弾く。コード進行がはっきりしないので、まだぎこちなくて、音楽とはいえないが、きみは次第に自分の曲に心が癒されるような気分になっていた。まるで音楽が自分に寄り添って肩に手を回してくれるような……。

演奏が次第に〝音楽〟に聞こえるようになった頃、きみはドアの開く音を聞いた。ハミングを止めてギターを肩から下ろしていると、背後から声をかけられた。

「きみちゃん」

驚いてきみが振り返ると、そこにルイが立っていた。満面の笑みを浮かべて小さく手を振っている。かわいらしい、ときみは思ってしまった。

ルイはもう期末試験を終えて午前授業だ、と聞いていた。きみの心に小さく痛みが走った。期末試験が終わったときの解放感も、そのあとにやってくる夏休みもきみには無縁になってしまったのだ。

ルイが通う高校を知ってきみは驚いた。同じ中学からその高校に進んだのは一人だけだった。あまり目立たない男子だったが、その超進学校に合格したことで脚光を浴びて、卒業間近に彼女ができた、ときみは聞いていた。

ルイはその男子とはかなり違った印象だ。目立たないかもしれないが、それはルイが大人しいからだろう。背も高いし顔だちも端整だが、それを鼻にかけない……というより、もしかすると、それに気づいていないのではないか、ときみは思った。

きみはギターをレジの後ろに置くと、二階への階段に腰かけた。

ルイは蓄音機の前で立ったままで、書棚の本に手を伸ばしながら尋ねた。

「さっき弾いてたのってなんの曲？」

きみはためらったが、隠しても仕方ない、と白状した。

「今ね、曲作ってたんだ」

ルイが驚いて「うそっ！」と珍しく大きな声を出した。

「僕、まだだよ。すごいな」

ルイが嬉しそうだ。これが失望に変わらなければいいのだけど、ときみはネガティヴな気持ちになりそうになるのを抑えて、明るい声を意識した。

「後で送るね。トッ子にも聞いてもらわなきゃ」

ルイはレジカウンターの上に置かれているきみのノートに目を向けている。だがノートをのぞき見ることに羞恥を感じたらしく、頬を赤らめてすぐに視線を逸《そ》らした。

「でもあんまり明るい曲じゃないかも」

まるで悪事を告白するように口調が暗くなってしまうのをきみは感じていたが、今度は変えることができなかった。


トッ子は学校の聖堂の信徒席に座っていた。夕方の陽差しが西向きの窓から射しこんで聖堂の中はかなりの気温になっているが、トッ子は暑さを感じている様子はない。

膝の上にはノートがある。〃水金地火木土天アーメン〃の歌詞と楽譜を書きつけたノートだ。

いつかどこかで完成したオリジナル曲を客の前で披露したい、とルイが言いだした。なのにルイは勉強が忙しいのか、なかなかオリジナル曲が上がってこない。一方のきみは曲を送ってきてくれた。きみのハミングとギターの演奏付きだ。とても美しい旋律だった。きみの〃色〃を想起させる涼しげなメロディだ。だが、どこか寂しげなのが、トツ子には気になっていた。それも〃きみらしさ〃ではあったが。

トツ子はきみの曲を聞いて、聖堂にやってきたのだ。こうやってオリジナル曲ができ上がって週に一度、教会に集まって演奏をする。それは奇跡のようなことだ、とトツ子は感じていた。その喜びを感謝するために聖堂を訪れていた。

「日暮さん」

その声の主を見ずとも、それがシスター日吉子であることが、トツ子にはわかった。

トツ子は顔を上げた。日吉子は端整なたたずまいで立っていた。

「日吉子先生」と会釈をした。

「お隣、いいですか？」

教室などでは決して日吉子が口にしない言葉だ。

トツ子は緊張したが「はい。もちろん」と応じて長椅子を横に移動して日吉子のスペースを作った。

日吉子は音もなくトツ子の隣に腰かけた。いつもトツ子は無駄のない日吉子の身のこなしに見とれてしまう。トツ子は少しでも慌てると手足が無駄に動いてしまってみっともない、と常々感じるのだが、これは意識していても止《や》められない。

隣に座った日吉子からなにか話があるのか、とトツ子は緊張していたのだが、日吉子はマリア像を見ているばかりで口を開こうとしない。

トツ子がなにか話さなくてはならない、とそわそわしながら考えはじめていると、日吉子が「日暮さんは」と呼びかけた。

「あ、はい」とトツ子はまたも浮ついてしまう。

「夏休み中、ずっと寮に？」

去年も夏休みはまったく帰省しなかった。正月には帰るが、冬休みすべてを家で過ごすわけではなかったし、春休みもゴールデンウィークも寮で過ごしている。届け出をしているので決して違反しているわけではない。

だがそれが異様に映るようで、教師やシスターばかりではなく、寮生たちからも「なんで帰らないの？」と聞かれることが多かった。

だが帰省しないことに特別な理由があるわけではなかった。トツ子は「聖堂が近くにあるから」と答えると不思議そうな顔をする人が多かったが、なんとなく興味を失うようで、それ以上は尋ねてこない。

これまで日吉子に帰省しない理由を問われたことはなかった。

「あ、はい。ちょっとやりたいことがあって……」

日吉子の表情に変化はない。

「そうですか」と告げた後に日吉子の横顔に笑みが浮かんだようにトッ子には見えた。

「それも一つの選択ですね」

日吉子の言葉にトッ子はあやうく泣きそうになった。トッ子と家族の間に確執があるのではないか、あるいは虐待があったのではないか、と心配する教師もいた。それを否定すると、今度はトッ子の精神状態を憂慮する言葉を口にする教師もいたのだ。

悔しかった。辛かった。少しはみだしているのかもしれないけれど、私は健康です、と言いたかった。でもトッ子はただ黙りこんだだけだ。それが精一杯の抵抗だった。

日吉子の「一つの選択」という言葉が身に沁《し》みた。

トッ子は日吉子の横顔に見入ってしまった。

どうしたらこんな人になれるのだろう。心にわだかまりがなく、誰にでもまっすぐに向き合える人に。

長く凝視してしまったようで、日吉子がトッ子に顔を向けた。

「やりたいこと、というのは？」

日吉子に問われてトッ子は嬉しくなってしまった。

ひざの上に載せてあったノートを開いて見せる。これまで誰にも見せたことはない。歌詞を作る際のアイデアがいくつも断片的に書き綴《つづ》ってあるのだ。恥ずかしい言葉もある。だが日吉子になら見せられる、とトッ子は思った。

「あの……曲を作っていて」

日吉子はトッ子の作詞作曲ノートをしっかりと見て、目を見開いた。

「まあ、新しい聖歌を」

日吉子の顔には小さく驚きがあった。

慌ててトッ子は訂正する。

「そ、そんなわけ……」

ちょっと声が大きくなってしまってトッ子は口をつぐんだが、日吉子のように背筋を伸ばし、前を向いて座りなおすと日吉子を真似て低い声で訂正した。

「そんなすごいことはしてなくて、これは私の気持ちというか、幸せなことを歌った曲で……」

日吉子の真似はうまくいかなかった。いつものようにトッ子の言葉は最後には曖昧になり宙に消えてしまう。

トッ子はすべてを説明したいと思ったのだ。そのためにはトッ子が見ている〝色〟について語らなければならない。だがその話をすれば人を怒らせたり、悲しませたり、憎まれたり、イライラされたり、どこかがおかしいと思われたり、嫌われたり……。

「善きもの。美しきもの。真実なるものを歌う音楽ならば……」

日吉子の冴えた横顔をトッ子は目を見開いたまま見つめていた。

「……それは聖歌と言えるでしょう」

日吉子はゆっくりと顔をトッ子に向けた。その顔には微笑みがあった。美しいものを音楽にしたいと思ったのは間違いなかった。きみの美しい〝色〟を曲にしたかった。

その瞬間にきみが送ってくれた曲が頭の中で響いた。やはり寂しさやもの悲しさを感じさせる。きみはどんな気持ちで曲を作ったのだろう。

トッ子は日吉子に尋ねずにはいられなかった。

「悲しかったり、苦しかったりする曲は、聖歌ですか?」

切羽詰まった物言いになってしまった。

だが日吉子はトッ子の顔をまっすぐに見つめたまま優しく語りかけた。

「心の苦しみを歌うのも、聖歌だと私は思いますよ」

そう言って日吉子はトッ子の目を見つめながら続けた。

「受け入れることです。きっとその歌が日暮さんを守ってくれるのではないでしょうか」

そうだ。悲しい気分なのに、無理に明るく元気な曲を作ることは不自然だ。でも……。

トッ子はきみが苦しんでいることに心を痛めていた。その原因はなんなのか……。中途退学したことなのか、それとも……。トッ子にはその理由がわからなかった。ただ日吉子の言葉がトッ子の胸に響いた。

きみの曲は悲しげだったが、美しい。悲しげなことも含めてそれは〝美しい〟のだ。その瞬間にトッ子ははっとした。自身が作った曲の基調は〝喜び〟だ。しかし、そこには苦しかった気持ちや悲しさも雑然としながらも押し込められている。そのことにトッ子は気づかされた。

トッ子は身体に震えが走るほどに感動していた。日吉子にすべてを語りたい、と切実にトッ子は思った。だがその禁忌を破れば、きっと日吉子を巻きこむことに……。

トッ子は両手をギュッと握って自分を励ました。

「実は、私……」

日吉子はしっかりとトッ子の目を見て、次の言葉を待っている。そこに一切の偏見はない。虚心にトッ子に向き合ってくれているのがひしひしと伝わってくる。

「バンドを組んでいるんです」

トッ子は〝色〟を日吉子に告げるつもりはなかった。だがバンド活動をしていることを日吉子には隠さずに伝えたかった。

トッ子を見つめる日吉子の目が大きく見開かれた。驚いているようだ。こんな顔をする日吉子をトッ子は見たことがなかった。いつでも平静で慎み深いシスター日吉子なのに。

トッ子は不安になった。校則にはバンド活動の禁止はなかった。異性との交際は禁じられていたが、異性との交流は節度を守って慎むべきである、と明記されていた。ルイとバンドを組むことは〝異性との交流〞にあたるのではないか……。いや、〝節度を守って〞ということであれば許可されるのだから、それはクリアしていて……。

日吉子の見開かれた目が普段通りに戻った。そして口元に微笑が浮かんだ。慎み深い小さな笑み。

日吉子はなにもトッ子に告げなかった。バンド活動の許認可の権限を日吉子は持っていないのだろう。

だが日吉子の笑みはトッ子を勇気づけた。

宗教の時間に担当のシスター樹里が読み上げて、クラスの全員が唱和する聖書の言葉が、日吉子の言葉に重なった。

「昼、太陽があなたを打つことはなく、夜、月があなたを打つこともない」

シスター樹里は、唱和する生徒たちの間を歩きながら聖書の言葉を告げる。

トッ子は唱和することを忘れるほどにその言葉に感銘を受けていた。知っていたはずの聖書の言葉も、なにかを経験することで、まるで違った印象になることがある。

「主はあらゆる災いからあなたを守り、あなたの魂を守ってくださる」

トッ子は日吉子がそっと微笑む姿を思い起こしていた。あのすばらしい〝色〞に包まれた日吉子の姿。

「主はあなたの行くのも帰るのも守ってくださる。いまよりとこしえに」

シスターを神格化することは厳に慎まなければならない。それはトッ子にもわかっていた。

トッ子の作った曲がトッ子自身を守るだろう、と言ってくれた日吉子の微笑みがトッ子の救いになった。祈りたくなるほどにありがたかった。

日吉子は花瓶に活《い》けたマーガレットを手に、渡り廊下を歩いていた。

遠くから聖書の詩編一二一を唱和する声が響いてくる。トッ子のいる三年A組で宗教の授業が行われているはずだ。

日吉子は足を止めて窓ガラス越しに庭に目をやった。緑が夏の陽差しを浴びていた。日吉子はしばらくまばゆいばかりの草々の緑に見入っていた。朝から陽光が強いが、草はしなびたりもせずに生き生きとしている。

今日も暑くなりそう、と日吉子は微笑を浮かべた。

8

梅雨が非常に短く、降雨量が少なかったために水不足が懸念された。七月の夏休みに入ってからは連日猛暑日を記録したが、その暑さに耐えきれずに起こるようなゲリラ豪雨が全国で多発して少なからぬ被害が各地で起きた。

犠牲は大きかったが水不足となることはなかった。とはいえ連日猛暑日は続き、九月の新学期になってからも猛烈な暑さが衰えることはなかった。

教室に冷房装置のない虹女では緊急事態として、いくつかの大型扇風機を購入して各教室に設置した。それでも熱中症で倒れる生徒が出たほどだ。

幸い寮にはエアコンが完備されていたので、夏休みを寮で過ごしたトッ子は熱帯夜に苦しめられることはなかった。

毎週日曜日に行われた島の教会での演奏会では、エアコンがなかったので暑かったが、島の最高気温は三〇度をわずかに超える程度だったので猛暑日は数えるほどしかなかった。なにより海風が吹き抜ける教会は快適だった。

夏休みの間に、トッ子は新たにもう一曲を作曲し、ルイもついに曲を完成させていたが、作詞が苦手らしく歌詞はつけられていなかった。

まだバンドの名前は決まっていなかったし、演奏のレベルはとても人前で披露できるようなものにはなっていなかった。

しかし、三人とも充実していた。教会の中に響きわたるハーモニー。その一瞬の輝きが三人を魅了していたのだ。

九月も半ばを過ぎ、下旬になっても最高気温が三〇度を下回る日はほとんどなかった。時折猛暑日になることさえあった。

教室の扇風機は稼働し続けていた。


さすがに九月も下旬になれば、夜には窓を開ければエアコンを使用しなくても涼しいんじゃないか、とスミカが言いだした。だがサクは頑強に反対した。

「もう九月は秋じゃないんだよ。気温見てみなよ」

たしかに夜の九時を過ぎているのに、外気温は二四度もあった。熱帯夜の一歩手前だ。寝苦しい夜になるだろう。

「そうだね。我慢することないか」とスミカはエアコンを切らなかった。

トツ子たち四人は窓際に並んで座ってカフェスタイルで菓子を食べていた。夏休みに帰省した際に買ってきた土産の菓子がまだ残っていたのだ。

窓越しに虫の声が庭から聞こえてくる。暑いといっても秋は近づいているのだ。

今日のもっぱらの話題は、修学旅行のしおりだった。これも秋の一大イベントだが、出発は一〇月に入ってすぐなので、それほど気温が下がるとも思えなかった。ただ修学旅行の行き先は日光《にっこう》なので、いくぶん涼しいのではないかと担任の教師は予想していた。昔は寒いくらいだったのよ、と三〇年前に同じ時期に日光への修学旅行を経験した教師は楽しげに笑った。

トッ子の部屋の四人は誰も日光を訪れたことがなかった。

旅行のしおりを眺めていると、サクが「エ、ヤバ……」と震える声を出した。

みんながサクの手にしているしおりをのぞきこんだ。

そこには、観光名所のいろは坂のイラストがあった。手描きイラストには、いろは坂の見どころが描かれていた。かなり細かい説明がなされているのだが、そのイラストはいろは坂の恐ろしさも描きだしていた。

中禅寺《ちゅうぜんじ》湖畔とふもとの街を結ぶその坂は、上りと下りを合わせると四八もの急カーブがある急な坂道なのだ。〝いろは四八音〟になぞらえていろは坂と呼称されたのだ。

そこをバスで上って、下るのだ。バスであっても渋滞しないかぎりかなりの速度で飛ばすので、乗り物酔いする人は酔いどめ薬は必ず持参すること、としおりには大きく書かれている。

「いろは坂ヤバイ」とサクがイラストに描かれた坂道を指でなぞっている。

それを見ながらトッ子は戦慄していた。

「くねくねじゃん」とスミカが追い打ちをかける。

「これ、ずっとバス移動？」とシホも少し震える声を出した。

上下左右に揺らされるのが、乗り物酔いの最悪のパターンだった。どこかでスイッチが入ってしまえば、それはとどめようがなくなる。揺られるたびに坂を転げ落ちるように悪化していく。しかも四八もの急カーブだ。バスに乗ってしまえば逃げだすこともできない。代替の乗り物もないし、徒歩で上り下りすることもできない。

乗り物酔いがあるので、ふもとで待っています、とトツ子は決して言いだせない。たとえ言えたとしても「酔いどめ薬があるから、とりあえず乗ってみたら」などと言われたら……いや、教師は必ず言う。そしてあらがえなくてそのまま流されてバスに乗りこんでしまうのは間違いない。そして、なにをしようが必ず酔う。

地獄だ、とトツ子はすでに酔いの苦しさを感じて、目が虚ろになっていた。


きみの祖母である紫乃がパートとして働いているのは、自宅から歩いて五分ほどの場所にある老舗《しにせ》そば屋だった。以前は常連とは言えないまでも、月に一度は志郎ときみを連れて訪れていた。この店の天ぷらそばとかやくごはんのセットがおいしくて、通ったのだ。

市立病院で医療事務として長年働いていたが、定年退職を迎える二カ月前に、そば屋の女将《おかみ》さんに店を手伝ってもらえないか、と誘われた。

紫乃は定年退職の話を女将さんに話した覚えがなかったが、貯蓄と年金を頼りに老後を過ごすことは心細かったこともあり、なにかパートをしたい、と思っていた矢先のことだったので働くことになったのだ。

　配膳と簡単な仕込みの手伝いなどの仕事なので紫乃は苦にならなかった。人気店ではあったが、常に満席というようなこともない。

　午後一時を過ぎたところで店の客は二組になった。近所の工場で働く常連客と、女子高校生が三人だけだ。

「天ぷらそば、おまちどう」

　大ぶりなえび天が二本載ったそばを常連客に届けると、背後で「修学旅行さあ」という女子高生たちの声が聞こえた。

　制服が孫のきみと同じなので虹女の生徒だ、とは思っていたが、同級生だったようだ。店にこれまできみと同じ虹女の生徒がやってくることはほぼなかった。学校からは路面電車を使わなければならないのだ。

　紫乃は女子高生たちの会話に耳を傾けた。

「うちら、班一緒だよね？」

「うん、一緒、一緒」

「日光ってなに見るんだろ？　猿とか？」

「猿、かわいー」

　取りとめのない彼女たちの話は、取りとめなく別の話題に移っていった。

紫乃はきみが修学旅行の話題をまるでしなかったことにいまさらながら気づいた。学費や修学旅行の費用はきみの母親がすべて管理して支払っているはずだが、修学旅行となるとそれなりに身の回りの支度が必要になるはずだ。

紫乃はテーブルを拭きながら、修学旅行は一〇月だったはずだ。昔から日光を訪れていた。夏服で行くのだったか、それとも秋服だったか……と思案した。

雑談しているきみの同級生たちに尋ねてみようか、と思ったが、携帯を三人でのぞきこんで「おもろ」などと盛り上がっている様子を見て、諦めて紫乃は厨房《ちゅうぼう》に向かった。

きみは鬱陶しさに包まれていた。怒りでもない。悲しみでもない。ひたすらに鬱陶しくて何事も手につかない。

朝は紫乃の弁当を手にして、制服姿でしろねこ堂に向かう。日曜日以外のすべての時間をしろねこ堂で過ごしているのだ。

祖母の紫乃にはコンクールに向けて聖歌隊の練習が毎日あるので帰宅が遅くなる、と言ってある。紫乃は疑うようなことはなかった。

だが紫乃が急にクリーニング店から制服を取ってきた。秋服だ。長袖のワンピースなのだが、これにベストとジャケットを羽織ると〝冬服〟になるのだ。

「ジャケットどうする？　日光は寒かったって覚えがあるの。ジャケットがあった方がいいんじゃない？」

「ううん、秋服だけで大丈夫。いざとなったらパーカーも持っていくし」

紫乃は首をかしげた。

「修学旅行中は〝授業の一環〟だからって、私服は禁止されてたんじゃない？」

きみは動揺したが、それを表情には出さない。

「うん。ジャケットを持っていくよ」

「それがいいわ。明日取りにいってくるから」

「ありがとう。ごめんね」

「他に足りないものはない？　下着とかソックスとか……パジャマは新品あったよね。一度洗濯しておいた方がいいから籠に入れといて……」

きみは心苦しくて紫乃の顔を見られなかった。

そして、修学旅行の期間、どこでどう過ごすかを考えていた。ずっと向き合うことを避けていた問題だった。

答えが見つけられないまま、鬱陶しさがきみの心を覆っていた。

しろねこ堂でも蔵書を本棚に並べることもしなかった。ギターの練習もしなかったし、作曲も作詞もする気にならなかった。ルイやトツ子からメッセージが届いても、短い返信しかできなかった。

薄暗いしろねこ堂の店の中にいると、その鬱陶しさが膨らんでしまうように感じて、きみは店の前の庭で時間を潰していた。実がついて色づきはじめたオリーブをぼんやりと眺め、プランターの花に水やりをし……。

客は一人も来なかった。

店の入り口の脇にあるセールの情報を告知する黒板があるのだが、そこに情報を書いたのはきみだった。この情報を書き換えた方がいいんじゃないか、どういう文言がいいのだろう、ときみは黒板の前にしゃがみこんだ。

きみはただ黒板を見つめているだけだった。陽が傾いていくことにも気づかずに。


恒例になっている日曜日の島の教会での演奏会に行く時間の確認を朝一番でトッ子はきみにした。だが返事が来ない。ここ数日、きみのラインでの反応がおかしかった。もともときみのメッセージは短めだったが、優しい言葉だった。なのにここ数日の返信はそっけなかった。そして演奏会には〝行けない〟とだけ午後に返信があった。理由もなにも書かれていなかった。トッ子は〝別の日でもいいけど、都合のいい日はある？〟と尋ねたが、返信がなかった。

だが夕方に〝ごめん〟とだけきみから返信があった。

〝既読2〟となっているのでルイもトッ子ときみのやりとりを目にしているが、控えめなルイはあえてメッセージを書きこまないでいるようだった。

トッ子はもうメッセージを送らなかった。

放課後に、トッ子はしろねこ堂に向かった。

細い路地を入り、急なコンクリート製の階段を上がると、しろねこ堂の庭が見えてきた。

庭できみがしゃがんでいた。黒板の前で動かない。その背中を夕陽が赤く照らしている。

しばらくその悲しげな後ろ姿に見入っていたトツ子はおずおずと声をかけた。

「きみちゃん……」

きみはひどく緩慢な動きでしゃがんだまま振り返った。

「トツ子……」

きみの顔はいつものように綺麗で、その〝色〟も美しかった。だがきみの目には光がなかった。感情が抜け落ちてしまっているように見えた。

トツ子は恐る恐る、きみに近づいた。

「なにかあった？」

トツ子の問いかけに、きみの表情が揺れた。

だがきみは無言のままだった。

・きみはあたりが薄暗くなっていることに気づいて、店の照明を点《つ》けた。すると庭にも明かりが灯った。店の二階からコードを延ばして、庭の壁際にある大きな木にくくりつけてあるのだ。そこに十数個の電灯が等間隔で配置されて、淡いオレンジの光が庭を照らしている。これはオーナーが業者に委託して取りつけたものだ。

夏の終わりには営業時間を午後八時までに延長したのだ。暗くなるといくらか涼しく出歩く人も多いだろう、と踏んだようだった。

庭は無駄なスペースになるので、古い机を庭に出して、そこにセール品のレコードや書籍を並べた。

たしかに夜になると、会社帰りのサラリーマン風の客がやってくるようになった。それでも売り上げが伸びるというほどではなかった。

客用に庭に用意した木製のベンチにきみとトッ子は並んで座って、美しい庭を眺めていた。きみは相変わらず口を開かない。膝を抱えてじっとしている姿は、トッ子を拒否しているようにも見える。

気まずかったが、そこに救世主が現れた。

トッ子をしろねこ堂に導いたあの大きな白猫だった。トッ子ときみの間に空いたベンチのスペースにひらりと飛び乗ったのだ。そしてトッ子に身体をこすりつける。

トッ子は緊張を忘れてでれでれの笑顔になって、白猫を撫でた。

「トッ子になついてる」

ようやくきみが口を開いた。きみの顔にも笑みが戻っていた。

「そうなのかなあ?」とトッ子が答えると、まるで返事をするように白猫が「ニャー」と鳴いた。

「ニャーですねぇ」とトッ子は白猫と会話している。

トッ子が白猫の頭から背までを撫でると気持ち良さそうに目を細めている。

猫は心地よさそうに目をつぶってトッ子に撫でられるままになった。

様々な虫の鳴き声が庭を満たした。トッ子もきみも黙って白猫を見つめていたが、トッ子がきみに顔を向けた。

「きみちゃん、何回もきいてごめんね。なにかあった？」

白猫を見ながら微笑していたきみの表情が硬くなった。トッ子に視線を移したが、すぐに逸らしてしまう。

「ううん」と言いながらきみはうつむいた。

やはりなにかあったのだ。だがそれを言いたくないのだとしたら、もうこれ以上は追及しない方がいい。だけど、そのままにしていたらきみが離れていってしまいそうで、トッ子は不安になった。

トッ子は庭に視線を戻した。話題を変えて場を和ませたいと思った。

「あ、そうだ。私、来週……」

そこまで言うときみが続けた。

「修学旅行、だよね」

きみの表情が暗くなっている。

「うん」とトッ子は明るく答えてしまったが、きみの気持ちを考えると場違いだったと気づいて口を閉ざした。乗り物酔いをしそうで恐い、という話をしようと思っていたのだ。

あたかも励ましているかのように、白猫がトッ子の膝の上に乗ってきた。白猫がトッ子の顔を見つめる。

「トッ子……」

一瞬、トッ子は白猫に呼びかけられたような錯覚に陥った。

だがその声は隣に座るきみのものだった。顔を向けるときみが電灯に照らされた庭を見ながら続けた。

「引かないで、聞いてくれる？」

「うん」とトッ子はきみの横顔を見やった。悲しげだ。

「私まだ、おばあちゃんに学校辞めたこと、言えてないんだ」

トッ子は反応してはいけない、と思いつつも小さく息を呑んでしまった。

きみから、おばあちゃんと二人暮らしで、アーティストの母親とは離れて暮らしていることは聞いていた。おばあちゃんは母親のような存在だ、ともきみは言っていた。

そんなおばあちゃんに学校を辞めたことを内緒にできるものだろうか、なぜ話さなかったのか、いや、話せないのか、とトッ子は驚きつつ謎が頭の中で渦巻いていた。

きみが夜の帳《とばり》が落ちはじめた空を見上げた。トッ子も同じ方角を見やった。

まだ空は真っ暗ではなかった。かすかに青みがかって見える。きみのコバルトブルーのようだ、とトッ子は思った。

「修学旅行の間は、どこかに家出しよっかな」

きみが空を見上げたまま、軽い調子で告げた。だがその横顔は悲しげだ。

トッ子はかける言葉を見つけられなかった。

「なんか、おばあちゃんに本当のこと言うのが、恐い」

トッ子はやはり何も言えない。言えないままに「どうしよう?」と頭の中で同じ言葉がぐるぐると駆けめぐっていた。

「傷つけちゃう……」

きみは抱えていた足を地面に下ろした。

トッ子は胸を衝《つ》かれていた。きみがどんな理由で学校を辞めたのか、と尋ねたことはなかった。あれこれ憶測しようとしても、それはわからなかった。だが少なくとも校内で耳にした校則違反が見つかって退学なんてことじゃない、とトッ子はそれだけは確信していた。

だがなにか理由があって辞めたはずだ。その理由がなんであれ、学校を辞めるような思いを抱えた孫娘の気持ちを察せずにいたことを知れば、きみの祖母はきっと傷つく。それをきみは恐れている。そして、もうきみは引き返すことができない状態になっている。

なんとかしてあげられないか。もし、なにかできることがあるとしたら、修学旅行期間を安全に過ごす方法を……。

　トツ子が白猫を撫でながら、考えていると、隣できみがベンチから立ち上がった。

「あ……」

　声を上げたきみの視線を追うと、階段を上がってくる人の姿があった。初老の夫婦だった。客だろう。夫婦は店に入っていく。

　きみは立ち上がった。

「お店、見てくるね」

　きみはトツ子にそう言って笑顔を見せた。

　店の中で「いらっしゃいませ」と客に声をかけている。

　きみの笑顔も客にかけた声の調子も平静だ。そこにさっきまでの翳《かげ》りは一切感じられない。だがそれが逆に痛々しかった。

　なんとかできないか……。

　修学旅行に行っている間、寮の部屋は空いていることになる。窓の鍵を開けておいて、きみがそこから侵入して寮で過ごす。幸いなことに虹女の修学旅行は県内でも異例の二泊三日という短いものだった。熱湯や火を寮の部屋で使うことはできないが、食事は加熱が不要な菓子などを大量に用意しておけば、なんとかなる。トイレも共同ではあるが、宿直のシスターに見つからないように注意すれば可能だ。

　いや……窓の施錠は必ず宿直のシスターが確認するので、窓からきみが一人で侵入することは無理だ。そもそも学校の周囲に巡らされた高い壁や施錠された門が立ちはだかる……。

そのとき、トツ子の脳裏にあのくねくねした日光のいろは坂のイメージが浮かんだ。

「あ！」

トツ子は思わず大きな声を上げてしまった。

トツ子のベッドには大量の菓子が集められていた。それはサクとスミカとシホが机の中にストックしていた菓子の数々だった。

ベッドで横たわっているトツ子の額には熱さましのシートを貼り付けてある。これはシホの持ち物だったものだが、トツ子は発熱していない。

トツ子は弱々しい笑みを浮かべている。ベッドの周りで心配そうな顔をしてのぞきこんでいる森の三姉妹が次々に声をかけた。

「大丈夫？　トン子」とシホが眉根を寄せている。

「お土産、買ってくるからね」とサクも心配してくれる。

「うん」と困ったような顔でトツ子が笑った。

「じゃあ、行ってくるからね」とスミカが手を振る。

さらにサクは「机の中のお菓子も食べていいからね」とまで言ってくれた。

三人ともバックパックを担いでいる。今日は修学旅行の初日なのだ。二泊だけだから荷物は少ない。

昨夜から「少しお腹が痛い」と伏線を張っていたトツ子だった。朝になってかなり腹痛がひどくて朝食は食べられそうにない、とスミカに告げると、スミカは宿直のシスターに報告してくれて、トツ子は修学旅行の参加が見送られることになったのだ。

三人は心配そうにトツ子を見ながら「お大事にだよ〜」と部屋を後にした。

三人の姿が見えなくなり、廊下の足音が聞こえなくなると、トツ子はフトンにもぐりこんで十字を切ると、手を組んだ。

「主よ！　お許しください！」

トツ子のいろは坂ときみの家出。この二つが合致してトツ子は腹痛になった。もちろん仮病だ。森の三姉妹の心配そうな顔がトツ子の良心を刺激していた。そして信仰心が揺らぐ。

だがこれしかやりようがなかった、と心の中のどこかでトツ子は思い、同時にわくわくしている自分に気づいて、罪悪感が増した。


その夜、約束通りにトツ子は学校の裏手にある通用門に向かった。そこは虹女の門の中で唯一、鍵がない門だった。鍵ではなくかんぬきが校内側に設置されているだけなのだ。だが門自体は頑強で学校の周囲を囲む塀と同じく四メートル近くの高さがある。手がかりも全くなく、外からよじ登ることは決してできない。

だが学校内に〝手引き〟する者がいれば、かんぬきの棒を外して簡単に校内に忍びこめる。

「すいきんちかもく」

パジャマ姿のトッ子が門の外に向かって小声でささやいた。

「どってんアーメン」と門の向こうからきみが合い言葉を告げた。

トッ子はかんぬきの太い棒をずらして、重い門を内側に開いた。きみが顔をのぞかせた。いつものパーカーを着て少々緊張しているような顔をしている。手には黒いカバンを提げていた。

トッ子は唇を上げてニヤリと悪漢風の笑みを見せた。

「ようこそ。秘密の園に」

トッ子はきみを招き入れると、門を閉じて、足音を忍ばせて、寮へと向かった。

トッ子ときみは忍者並みに身をかがめると、真っ暗な校庭を一直線に小走りに進んで、寮の前までたどり着いた。

「静かに、だよ」

寮の廊下の窓からの明かりが前庭を照らしている。窓の下でトッ子ときみは身をかがめたままで、息をひそめる。

廊下の照明は午後一一時まで、灯されている。宿直のシスターが巡回するためだ。それ以降は消灯されて、なんと灯油のランプを手にして深夜の巡回は行われているのだった。

寮に入ったばかりの一年生は明け方近くにトイレに起きて、ランプを手にして廊下を歩くシスターの姿を見て、〝幽霊だ〟とパニックを起こして悲鳴をあげてしまい、騒動になったことがあった。

今夜は、トツ子以外の三年生の寮生は全員修学旅行に参加しているが、一、二年生の寮生は部屋にいる。巡回はいつも通りに行われるはずだ。

廊下の前を無事に過ぎれば、トツ子の部屋の窓に到達できる。

前にトツ子、後ろにきみ。腰をより深く折って、足音を立てずに進んでいく。

だがトツ子の背後で音がした。きみが枯れた枝を踏んだ音だった。

先を行くトツ子は息を止めて耳をそばだてた。

「ん？」と窓の中から声がした。そして半ば開いていた窓に手が伸びるのが見える。シスターが窓を開けて、物音がした庭をのぞきこもうとしているのだ。

トツ子は息だけの声で「猫」ときみに指示した。

「ニャーウ」

きみの絶妙な猫の鳴き声が庭にかすかに響く。しろねこ堂の主が、猫の鳴きまねがうまいことをトツ子はとっさに利用したのだ。

窓にかかったシスターの手をトツ子は見つめていた。

シスターの手は動きを止めて、やがて引っこめられた。成功だ。窓を開けられて、のぞきこまれたらトツ子たちの企みはひとたまりもなく消え失せていた。

なお慎重に歩を進めると、トツ子は走りだして、一つだけ開かれている寮の窓に飛びついて、苦労して上半身を室内に入れることに成功したが、下半身がなかなか室内に入らず、じたばたしていた。ところが水泳のばた足のように足を動かすと、トツ子の下半身も室内に消えた。

トツ子はすぐに窓から顔を出すと、周囲に目配せしてから、きみに手招きをした。

きみは素早く動いて、寮の窓に一気に飛びつくと、そのまま部屋に入りこんだ。

トツ子ときみが入った窓は、普段はトツ子と森の三姉妹がお菓子を食べる窓際のカフェスタイルの長テーブルだった。

きみはスニーカーを脱いで、パーカーのポケットに押しこむと、テーブルから床に降り立った。

「お邪魔します」

きみは部屋の様子をしげしげと見ている。

「かわいい部屋」

きみが寮の部屋を見るのははじめてのようだった。

トツ子はきみがやってくる前から、困っていることがあった。

「きみちゃん、お腹すいてない？」

するときみは小さく首を振った。

「あ、うん。大丈夫」

トッ子が予想している答えではなかった。きみは修学旅行に出かける体で家を出て、アルバイトに向かった。つまり祖母手作りの弁当を食べていないだろう、ときみは思っていたのだ。

「私、お腹こわしたことにしてるから、食事、オートミールで」

トッ子は夕食として食堂から届けられたオートミールの空き皿を指さした。

綺麗に食べ終えているが、燕麦《えんばく》を牛乳で煮て粥《かゆ》状にしたオートミールをトッ子は好きではなかった。しかし、それを夢中で食べてしまうほどに空腹だったのだ。

森の三姉妹からもらった菓子には手をつけられなかった。罪の意識が空腹より勝ったのだ。

オートミールを昼と夜に食べたものの、健康そのものの胃腸はずっとトッ子に空腹を訴え続けている。

どうやらきみは昼も夜もどこかで食事をしていたのだろう。思えばきみはアルバイトをしているのだった。外食は当たり前にできるはずだ。

するときみが持ってきたお泊まり用と思われる大きな黒いナイロン製のカバンのジッパーを開けた。

「トッ子の方がお腹すいてるんじゃない」

トッ子は顔が赤らむのを感じていた。図星だった。

きみはカバンの中から、コンビニのレジ袋を取りだした。中にたっぷりと詰めこまれているのが見て取れる。

「私、いろいろ買ってきてさ」

レジ袋の中身が透けて見える。それは明らかにお菓子の類《たぐい》だ。

「エー！」とトッ子はこおどりしてレジ袋を見つめる。

「迷惑かけるおわび……」

「ううん、いいのに〜」とトッ子は慌てて両手とともに首をふる。

きみが視線を落とした。どうかしたのか、とトッ子が思っていると「トッ子、ごめん」ときみが神妙な声で謝った。

「そんな、そんな、私もバスに乗らなくてすむから〜。修学旅行に行ってたらほんとに具合悪くなってたかも……」

きみを寮に招くためには修学旅行を〝ズル休み〟すると決めたのはトッ子だった。だがそれも〝地獄のいろは坂バス〟を回避するためでもあったし、なによりきみと二人で過ごせることはトッ子には魅力的なアイデアだった。トッ子がそのことを伝えるときみは当初は躊躇していたが、トッ子の説得に応じて笑顔になった。きみはトッ子の乗り物酔いがひどいことを毎週の島への渡航で誰よりも知っているのだった。

トッ子はバスに乗ることを想像するだけで、吐き気が襲ってきた。やはり行かないという選択は間違っていなかった。

トッ子は後ろめたさを振り切って元気な声で宣言した。

「サクたちもお菓子いっぱい置いてってくれたから、パーティーしよ！」

一瞬、きみの顔にひるんだような表情が浮かんで、トッ子は心配になった。だが直後に「うん」と笑顔になった。

きみは慎重なのだ。そんなきみがなぜ学校を……とトッ子は思ってしまったが、すぐにその思いを振りきった。

「悪いことしちゃおう」とトッ子はニヤリと笑いかけた。きみも楽しそうに笑みを返す。

きみが買ってきてくれたポテトチップのコンソメ味とのりしお味を同時に二袋開けてしまった。普段なら決してしない〝悪いこと〟だ。コンソメとのりしおを同時に口いっぱいに頬張るのは最高に〝背徳の味〟だった。さらにチップスを大量のコーラで胃袋に流しこむ〝悪事〟も気分がよかった。

トッ子の部屋で一番人気の地位を二年間も独占し続けているコミック『天使もいいかもね』の全八巻をトッ子がサクの机から持ちだして、テーブルの上にドサリと置いた。定期的に「天使、読みたくなっちゃった」と誰かが言うと、全員で回し読みするということが、この二年間で一〇回以上も発生するほどに、このコミックは中毒的に愛されてきた。きみにも中毒してもらいたい、とトッ子は密かに考えていたのだ。

本当はBGMが欲しかったが、スピーカーで音楽を流すと、シスターたちの居室や宿直室に聞こえる可能性があるために、トツ子ときみは一つのイヤホンを二人でシェアして、音楽を大音量で流した。しかもその曲は未完成のトツ子の〝すいきんちかもくどってんアーメン〟ときみのタイトル未定の曲だった。教会での演奏の高揚が思いだされて二人はハイテンションになっていた。

トツ子は幼いころに母親にもらったデザイン定規を机の奥から引っ張りだしてきた。丸い円盤に空いた穴にボールペンの先を差しいれて円を描くと、下に置いた紙に複雑な図形が描かれるのだ。それがまるで自転している惑星の光跡のようで、トツ子はそれを思いだしたのだ。昭和の時代のなつかし玩具だったが、きみには新鮮だったようで、二人で夢中になって描いた。

さらに校則で禁じられているマニキュアで、トツ子がきみの右手の爪をすべてコバルトブルーで綺麗に塗った。するときみがトツ子の人差し指をエメラルドグリーンに塗って、その中に器用に小さな白いハート模様を描く。

さらにスナック菓子のカールをお互いに投げ合い、口でキャッチして……。

本来ならゲラゲラ笑ってはしゃぐシーンだったが、二人は極力静かに声を抑えていた。それでも時々、笑い声が制御できないことがあった。

トツ子はきみがこれほど手放しで笑い声をたてる姿をはじめて目にしていた。嬉しかった。

しばらくはしゃいだあとに、トツ子ときみはカフェスタイルのテーブルに並んで座り、静かにコミックを読んでいた。まずトッ子が読んで、隣のきみに回す。きみはかなり気に入ったようで〝早く次を回してくれ〟と手でトッ子に催促するようになった。

二人はまるでむさぼるように『天使もいいかもね』を読みふけっていた。

すると、部屋のドアをノックする音が響いた。

トッ子ときみは顔を見合わせた。

消灯の時間ではない。

するとさらにノックの音がした。

トッ子に負けず劣らずに、きみも慌てだした。

応答しなければ、腹痛であるはずのトッ子の体調を心配してシスターが入ってくるだろう。

「日暮さん？」

ドアの外からシスターの声がした。トッ子は身を硬くして、声をひそめてきみに耳打ちした。

「日吉子先生だ」

きみも目を見開いて驚いている。

トッ子は迷うことなく、窓際のテーブルの上の菓子とジュースの残骸をすべてビニール袋に押しこんで隠した。

さらにトッ子は自らのベッドに身を隠すように身振りできみに命じた。

きみが足音を立てないように移動してベッドにもぐりこむ。トッ子がフトンをかけたが、あきらかに人の形に膨らんでしまう。そこでひつじの大きなぬいぐるみをきみの上に置いて隠した。

トッ子は背筋を伸ばして、ドアに向かった。堂々としていればバレることはない。自ら余計なことを口にしなければボロもでない、と自身を励ましながら。

トッ子はテーブルの上にあったオートミールの入っていた食器とトレイを手にしてドアを開いた。

ドアの前には、シスター日吉子とシスター樹里が並んで心配そうに立っていた。

「はい」とトッ子は弱々しい笑みを浮かべた。

「なにか声がしたけれど……」と樹里が部屋の中をチラリと見やった。

「あの……独り言です」

日吉子と樹里は納得したようには見えなかった。

「起きていて大丈夫ですか?」と日吉子が抑えた声で尋ねた。

「あ、今、これをお届けしようと思いまして……」

トッ子は手にしていたオートミールの皿とトレイを持ち上げて見せた。

「廊下に出しておいてくれればいいのに」と樹里はトッ子の作戦に見事にはまった。

だが日吉子は疑わしげにトッ子のベッドを見ている……ように見えた。

あまりに長い凝視にトッ子は不安になっていく。

「それより具合は？」との樹里の問いかけにも「まだちょっと……」と日吉子を見たまま気もそぞろになって答えた。

「かなり良くなりました」と言えば良かった、とトッ子が後悔していると、樹里が告げた。

「明日の朝一番で病院に行きましょう」

病院に行って検査をすれば仮病とバレてしまう、とトッ子は危惧していた。今朝は修学旅行の出発でのドタバタに紛れて病院行きは免れたが、明日も具合が悪いと言えば病院に行かされる可能性が高い。その間、きみはどうすればいいのか。そもそも医師に〝仮病〟であることを指摘されたりしてしまうのではないか……。

伏線の必要を感じてトッ子は「あ、でも、朝よりはかなり良くなったので……」と言いかけたが、「ちゃんと診察していただかないと」と先に樹里に言われてしまった。

日吉子の視線がトッ子のベッドにまっすぐに向けられたままだった。トッ子は不安のために視線が定まらなくなっていた。挙動不審そのものだ。

日吉子は〝なにかを〟疑っている。だがフトンの膨らみはぬいぐるみで隠したはずだ。トッ子はそっとベッドを盗み見た。やはりぬいぐるみが目立つばかりで、きみの姿は見えないし、身動きしている様子もない。なのに日吉子はトッ子のベッドを凝視している。まるでそこから目が離せなくなる魔法でもかけられたかのように。

「あの……なにか……」

思わずトツ子は日吉子に問いかけていた。

すると日吉子は魔法が解けたように、身体をビクリと震わせた。

「いいえ」とぼんやりとした声で否定した。

気づいているけど内緒にする、ということか、それとも……。

わからないままに、トツ子は日吉子と樹里にニコッと作り笑いをしてみせた。

日吉子はなぜか動揺しているように見えた。いつも冷静沈着な日吉子が……。

トツ子は逆に心配になってしまった。

「じゃ、ゆっくりお休みしてくださいね」と樹里は意図したわけではなかったろうが、トツ子に助け船を出してくれた。

「はい！」とトツ子は〝病人〟らしからぬ元気な声で応じてしまう。

「お休みなさい」と日吉子は落ち着きを取り戻したようで、いつもの穏やかな声で挨拶すると、樹里と並んで廊下を去っていく。

「ごきげんよう」とこれまたトツ子は元気すぎる声で二人を見送った。

乗り切った！

トツ子は静かにドアを閉めた。

やり遂げた高揚感は、一瞬にして罪悪感に変わった。

「どうしよ？　嘘に嘘を塗り重ねてしまった」

そのつぶやき声を耳にしたらしく、きみがフトンの中から顔を出した。

トッ子を気づかう顔をしている。トッ子はすぐに笑顔を作ってピースサインをしてみせた。

「トッ子……」

「大丈夫。あとで告解するから」

その姿を見ながらも、きみは表情を曇らせたままだ。申し訳なさそうにしている。

消灯時間を迎えていた。部屋の照明を消すと、トッ子ときみはベッドに入った。

きみを他のベッドに寝かせるわけにはいかず、二人はトッ子のベッドに並んで横になっている。少し窮屈だが、ベッドはセミダブルくらいの幅があるので、眠るのには問題がない。

「あ、痛《い》て」

フトンからはみ出た足を入れようとして、ベッドの縁に足をぶつけたトッ子が小さく呻《うめ》いた。

「ごめん」ときみが謝る。

「ううん。ふふふ。ちょっと狭いね。きみちゃんおフトン、ちゃんと入ってる?」

「うん」

トッ子の母が送ってきた予備の新しいフトンをきみがかけている。数カ月前には声をかけることもできなかったのに、お泊まりして一緒のベッドに並んで寝ていることが信じられなかった。しかも向かい合っているのだ。

あまりに近いのでドギマギしてしまう。トッ子は嬉しくて仕方なかった。きみの〝色〟を近くで見たらおかしくなってしまうのではないか、と心配していたことがあったが、美しい〝色〟を間近で見ることができて、トッ子はとても幸せな気分になっていた。

するときみがトッ子の背後に視線を移した。

「なにか書いてある」

トッ子は振り向いて背後を見た。〝GOD almighty〟とベッドの手すりに彫りつけてある文字だった。トッ子は彫りつけられた文字と十字架を指でなぞった。

「これ？　このベッドを使ってた誰かが彫ったみたい。毎日ありがたく拝んでる」

トッ子はそう言いながら彫りつけてある十字架に手を合わせた。

「なんてこった」ときみはぼそりとつぶやいた。

〝GOD almighty〟には〝全能なる神〟という意味だけではなく、〝Oh my God!〟などと同じくスラングとして〝なんてこった〟や〝あらまあ〟など驚きを表現するときに使われることがある。

「ん？」

トッ子はきみの〝なんてこった〟という言葉が気になったようだが、深く尋ねようとはしなかった。

きみもただ微笑しただけだ。

だが急にきみは真顔になった。なにか考えているようだ。

トツ子は黙ってきみの言葉を待つことにした。

きみはかなり長い時間をかけて考えている。その沈黙に耐えきれなくなりそうになっていたトツ子だったが、なんとか自制した。

「ねぇ、トツ子」とようやくきみが口を開いた。

「はい」

「私、トツ子に嘘つかせちゃった」

まるで懺悔《ざんげ》でもするような口調だった。トツ子にはきみの気持ちがひしひしと伝わってきた。きみは祖母の紫乃についた嘘で自らが苦しんでいるのだ。それなのにトツ子に嘘をつかせてしまったことを悔いているのだろう。だがなんと応じれば良いのかトツ子にはわからなかった。ただフトンの中でモジモジすることしかできない。

きみも気まずそうにフトンの中に顔を埋める。

「私……」ときみが懺悔の口調のまま続けようとしたが、口ごもってしまった。

トツ子は起き上がって、きみに顔を向けた。いつになく真剣な顔だ。

「きみちゃん、私、今、すごく楽しくて、うれしいよ」

きみの目が見開かれた。きみも起き上がる。

起き上がった二人は、青白い月明かりに照らされた部屋の中で見つめ合っていた。

トツ子はきみを励ましたかった。なにか……。

「あとね、きみちゃんが言いたくないことは、聞かないよ」

何度も「なにかあった?」としろねこ堂できみに尋ねてしまったことをトツ子は悔やんでいた。どうしてもそのことを伝えたかった。

きみはフトンをはいで、自分の膝を抱えてうつむいた。表情が硬い。

きみはトツ子に胸の内にある苦しみを語ってくれた。あれからずっと考えていたのだが、トツ子なりの答えは一つしかなかった。

「おばあちゃんに話した方がいいと思う」

きみは膝を抱えたまま動かなかった。やがてきみはトツ子をちらりと見た。その目には涙がにじんでいるようにトツ子には見えたが、ぼんやりとした月明かりの下ではさだかではない。

「もし恐かったら、私が一緒についていくから」

きみは「うん」と小さな声で応じた。

「帰ったら、おばあちゃんに話す。ありがとう、トツ子」

きみの声がわずかに笑っているようにトツ子には感じられた。

満月の優しい光が部屋を満たす。いつのまにか、トツ子もきみも寝入っていた。

だがきみが目を見開いた。

「トッ子……」

きみが小声で呼びかけた。

「ンガ」とトッ子は鼻を鳴らして目覚めた。

「どうしたの、きみちゃん」

「ごめん。ちょっと……」

きみの切なそうな顔を見てトッ子はすぐに理解した。コーラを飲みすぎたのだ。


トッ子ときみは連れ立ってトイレに急いでいた。

トッ子たちの部屋からトイレは近いが、部屋を出て廊下を二〇メートルほど歩かなくてはならないのだ。

廊下を歩いてトイレに入っていく二人の姿を見つめている人影があった。宿直で深夜最後の巡回に出たシスターだった。手には灯油のランプがある。ぼんやりとした灯《あか》りでトッ子もきみも気づかなかった。

トッ子ときみがトイレを済ませて廊下に出たところを、宿直のシスターに声をかけられた。

シスターはきみの顔を知っていた。

シスターはその場で叱ったりはせずに、翌朝まできみが部屋で休むことを許可してくれた。だが、きみもトッ子もフトンの中で一睡もできないままに夜明けを迎えた。

翌朝、一番で職員会議が開かれた。主な議題は、トッ子の仮病による修学旅行不参加と、厳禁されている寮生以外の寮への立ち入りと宿泊についてだった。どちらも校則に反することで、トッ子への処分が即座に決定した。きみについては退学していることもあり、処分の対象としない、ということで会議は締めくくられた。


朝食を食堂で食べてから、校長室に行くように、とシスターに命じられたものの、トッ子もきみも食欲がまったくなく、身支度だけしてから校長室に向かった。

廊下を二人で並んで歩いていると、きみがトッ子に「ごめん」と頭を下げた。それはきみが寮に内緒で泊まったことなのか、トッ子にずる休みをさせたことなのか、それとも夜中にトイレに起きだしてしまったことなのか……。

おそらくそのすべてを謝罪する言葉だった。

きみは落ちこんで憔悴《しょうすい》しきっているように見えた。


校長室には、校長専用の木製の重厚なデスクが窓を背にして置かれている。そこに肥満気味の校長が座っていた。校長はいつも表情を読み取ることができない。

デスクの前にあるソファにトッ子ときみが並んで座っている。

トッ子は制服姿だが、きみはいつものパーカーだ。きみはパーカーの袖の中に手を隠し、トッ子は右手の人差し指を左手で覆った。校則でマニキュアは禁じられているのだ。

校長室には、日吉子も立ち会っていた。日吉子は寮の監督官でもある。

身を乗りだしてトッ子が校長に呼びかけた。

「あの……」

校長がうなずいてトッ子に発言を許可した。

「私が、修学旅行の間、泊まったらって提案したんです。きみちゃん……作永さんは悪くないんです」

校長はトッ子の言い分を聞いてから、口を開いた。

「日暮さん、理由はどうであれ、部外者を寮に泊めることは禁止されています」

恐縮してトッ子は居住まいを正した。

「あなたには一ヵ月、毎日反省文と奉仕活動を」

「はい」とトッ子は神妙にうなずいた。

隣の席できみが辛そうな顔をしている。

その様子を見ながら日吉子が「校長」と呼びかけた。

「作永さんにも奉仕活動を」

校長は静かに首を横に振った。

「作永さんはもう本校の生徒ではありません」

日吉子は食い下がった。

「だとしても、彼女にも償う場をお与えください」

校長は少し考える顔になった。

トツ子ときみは言うなれば〝共犯関係〟だった。きみだけが罰せられずにいることは、きみにとって苦しみ以外のなにものでもない。学校内でのルールでのみ処分したとすれば、それはきみを〝排除〟したも同然だった。

校長はきみにもトツ子と同じ〝処分〟をあらためて命じた。

きみは小さく安堵の吐息をついた。

どこかから聖歌隊の歌声がかすかに聞こえてきた。それは〝あめのきさき〟という聖歌だった。聖母マリアの奇蹟をたたえる聖歌だ。

その歌を聞きながら、きみは疲れ切ったようにソファに身を沈めた。


ルイは高校に向かって登校中だった。最近、気づいたことだが、身体を動かしながら勉強すると、効率よく頭に入るということを〝発見〟したのだ。

身体を動かすとはいえ、それは部屋の中ではなかなか難しく、通学の途中に歩きながら参考書を読むようになった。

とはいえ危険な方法でもあるので、車が少ない住宅街の細い路地を選んで登下校するようになったのだ。

今日も順調に英単語を頭に詰めこんでいく。

だがルイは足を止めた。

道端に置かれていたものに目を惹かれたのだ。それはソファだった。クラシカルな装飾がなされた木製の手すりや脚、美しいビロードが座面を覆うソファだった。二人掛けでは少し窮屈だろうか。さらにそのソファの座面にローランド製のキーボードとマイクやコードなどが置かれていた。

〝ここにあるもの　ご自由にどうぞ〟と張り紙がある。

つまりこれは捨ててあるものではない。使えるものなのだろうか。

「やったあ」と思わずルイは声に出していた。

これまでルイが手に入れた中古品のキーボードは有名メーカーのものはなかった。ルイは置かれているキーボードを手にした。使いこまれてはいるが、高級品なのは間違いない。これが故障していなかったら、トツ子に弾いてもらえる、とルイは笑顔になった。トツ子は最初に貸した小さなキーボードで演奏していた。大音量になると音が割れてしまうのだ。

ソファを少し持ち上げてみる。重量は二〇kgないだろう。一人で運べるかもしれない。だが学校に行かなくてはならない。

ソファを諦めて、キーボードとマイクだけもらうのなら、このまま学校に持っていっても問題ないだろう。だが教会での演奏会で休憩時間に、きみとトツ子に床に座ってもらうのがルイは気になっていた。ましてこれからは寒くなる。もしこのソファがあったら、二人に快適に過ごしてもらえるだろう。

ルイは放課後まで取り置きしてくれるように頼むために、ソファを出したと思われる目の前の大きな家に向かった。

取り置きをしてくれたばかりか、島まで運ぶと聞いた六〇代の男性はワゴン車にソファなどを詰めこんで、港まで送ってくれた。そればかりか、船への積みこみまで手伝ってくれたのだ。

おまけに島に船が着くと同乗していた近所のおじさんたちがソファを教会まで運ぶのを手伝ってくれた。「こんなもの何に使うんじゃ」などと問われたらどう返答しようかとルイは危惧したが、誰も聞いてこなかった。

人々の優しさに触れてルイは感激しながら、同時に非力なのを痛感させられた。

教会の前まで運んでもらったソファを教会の中に運びこむのに、ルイの体中が悲鳴を上げたのだ。足はよろけるし、手が震えている。

だがソファを壁際に設置すると、それはまるで最初からそこに置かれていたかのように教会と調和して見えた。

すぐにマイクが生きていることを確認しようとした。

マイクをパソコンにつないで、モニターを見るとマイクが音を拾っていることが表示された。高性能なキーボードにマイク。ライブにも堪えうる性能だ。

興奮していた。まるで天からの贈り物のようだった。

キーボードも試してみる。やはりこちらも完全な状態で音を奏でることができた。キーボードの鍵盤の一つぐらいは反応しないのではないか、と危惧していたのだが、まるで問題がなかったのだ。トッ子は喜んでくれるだろう。

携帯が振動していた。

ルイはいまだにガラケーだった。スマートフォンはあまり必要としていなかった。母親や学校や塾との連絡ならガラケーで充分だったからだ。高校の同級生たちとラインでやりとりをすることはない。

とはいえノートパソコンにラインはインストールしてあるので、トッ子たちとは一応つながることができる。

携帯を開いて「トッ子ちゃん」とルイはつぶやいた。

トッ子からのショートメールだった。

〝きみちゃんと私、しばらくの間、練習にいけません。ごめんなさい〟とあった。

ルイの頭の中は疑問符だらけになってしまった。なにがあったのか? なにか二人を怒らせるようなことをしてしまったのか……。

すぐに理由を聞こう、とルイは携帯を取り上げたが、しばらく文案を考えていたものの、メッセージを打てなかった。

ルイは恐れていた。もし、今、トッ子ときみとの関係が絶たれたりしたら……。ルイは携帯を手にしたまま動けなかった。

車窓に広がる稲田が美しかった。ようやく秋の気配となり、稲穂も色づいている。まもなく刈り入れがはじまるだろう。

トッ子は実家に向かうため、新幹線に乗っていた。在来線と特急の乗り継ぎの方が安くなるのだが、乗車時間が倍ほどになってしまう。母親に「新幹線で帰って来なさい」と言われてトッ子は甘えた。

久しぶりの帰省だった。学校から母親に「修学旅行を仮病で欠席した」と連絡がいったのだ。トッ子が母親に電話を入れて詫びると、母親は怒っていなかった。

ただ「久しぶりだから、帰って来なさい」と告げられたのだ。

断る理由がなかった。

新幹線だとわずかに一時間半ほどで最寄り駅に到着する。そこから徒歩一〇分ほどのところに実家があった。

日暮家は、市内の高級住宅街と呼ばれる一画にある。

地上二階建ての鉄筋コンクリート製の住居は広壮で、豪邸の多い中にあってもひときわ目を惹くしゃれた家だ。

さらに地下の部分にバレエスタジオがあった。近隣の子女が通う立派な施設だ。

トッ子の祖父は、親の代から引き継いだ事業を大きく成長させて財をなしていた。トッ子の母の結婚を機に、この場所に土地を買い求め、娘夫婦と同居したのだ。トッ子の母には妹がいた。彼女はバレエのコンクールで何度も入賞を果たした才能の持ち主であり、祖父は地下にバレエスタジオを作って、そこをトッ子の母の妹のバレエ教室にしたのだった。

トッ子が幼いころからバレエに夢中になったのは、生まれつき家の下がバレエスタジオだったという要因が大きい。二歳半から教室に通うことが可能という教室の規定があった。教室で学ぶことを二歳ごろから望んでいたトッ子だが、四歳になるまで入室を許さなかったのは教室の主催者であるトッ子の叔母だった。優秀なバレリーナだった叔母は、厳しい指導者でもあった。身内であるトッ子を特別視することは決してなかった。

叔母の厳しさをトッ子は感じたことはない。バレエは楽しかった。ただ成長するにつれて自分の踊りが周囲より劣っていることを感じるようになってからは苦しかった。

トッ子が小学四年生で、教室を辞めたのは〝先生〟である叔母に宣告を受けたわけではない。自分と他者との踊りの違いに気づいてしまったからだった。それに気づいてしまうともう踊れなくなった。常に羞恥心と苦しさがつきまとって邪魔をするのだ。

久しぶりに帰省したトッ子は家の前の道路に立った。そこから見下ろすと地下にあるバレエスタジオが見える。階段を下りると、そこは小さな広場になっていてベンチが並んでいる。スタジオの前はガラスで覆われていて、バレエのレッスンを見学できるようになっているのだ。

トッ子は地下には下りずに少し身を隠すようにして教室の様子をのぞいていた。小学校の低学年らしき女の子たちが、バーに手を置いて、ポーズを取っている。

叔母は三年ほど前にフランス人男性と結婚して海外に移住しているために、現在教室の主催者は叔母の後輩にあたる女性だった。トッ子は面識がない。

厚いガラスなので内部からの指導の声や音楽は聞こえてこないが、トッ子は見ているうちに苦しくなってきた。

このスタジオで自分が踊っていたときの苦しさが蘇ってしまう。


自分が他の子供たちと違っていることにトッ子が気づいた瞬間があった。

バーレッスンをしていてバランスを崩して転びそうになった。

スタジオには次のレッスンのために、床に座って柔軟体操をしているお姉さんたちがいた。お姉さんと言っても小学校の高学年ぐらいだった。彼女たちは転びそうになったトッ子を見ていた。

そして彼女たちは笑っていた。幼かったトッ子にはその笑みの理由がわからなかった。しかし、レッスンを続けながらも、気になってお姉さんたちを何度か見やった。その度にお姉さんたちがトッ子を見ていた。視線が合ったのだ。

そしてお姉さんたちは同じような顔で笑っていた。

今はそれがうまく踊れないトッ子を嘲笑していたのだ、とわかる。だが幼かったトッ子にはその笑みの意味がわからなかった。

それなのにトッ子は苦しくなった。笑われていることが恐くなった。

心が小さく硬くなって縮こまってしまうように感じていた。

心の中に差した影は次第に大きくなっていった。それでもトッ子は踊り続けた。

だがそれまでのように踊れなくなった。周りを意識せざるをえなかった。その結果見えてきたのは、自分は踊りがうまくない、という残酷な認識だった。

それを自覚せざるをえなくさせたのが〝笑み〟だったのだ。

トッ子は意識していなかったが、自宅に帰省をしなくなった理由の一部分はこのスタジオの存在にあったのかもしれなかった。

だが踊る少女たちを見ているうちにあることに気づいた。つまらなそうに踊っているのに、うまい子もいれば、楽しそうにぴょんぴょん跳ねてしまって遊びの延長になってしまっている子もいる。トッ子が幼いころは後者だった。

身を隠していたトッ子は階段を下りて、教室のガラスの前にまでやってきた。

「トッ子」

後ろから声をかけられた。

振り向くと母が階段を下りてくるところだった。

トッ子は母に似ていた。丸顔に丸い目。そして母は最近少し太ったように見える。

「おかえり」

ばつが悪くて、トツ子はしばらく母の顔を直視できなかった。それでもどうにか顔を上げて、「ただいま」と消え入りそうな声で答えた。

きみはしろねこ堂にいた。平日の午前中は客が訪れることはまずない。レジカウンターにギターを置いて、硬く張ったギターの弦をゆるめると、ラジオペンチのニッパーで弦を切断した。

ギターを兄から引き継いで以来、弦の交換などしたことがなかった。だが最近、弦にサビが目立つようになっていた。どこか音もひずんでしまうことも気になった。ネットで調べると、二、三週間ごとに弦を交換するべき、というものがあった。

もう一年以上も、弦の交換はしていないはずだ。

だが、交換してちゃんと音が出るのか、ときみは心配だった。新たな弦のチューニングには時間がかかってしまう。そうなるとしばらく演奏会ができない。だからこの時期を選んで弦を交換しようと思い立ったのだ。

反省文の提出とごみ拾いの奉仕活動で、日曜日に島で演奏会を開くことができなくなった。反省文はそれほど時間がかかるとは思えなかったが、虹女周辺一帯の広範囲のごみ拾いはかなりの時間がかかった。平日は早朝に虹女前にきみとトツ子が集合して、一時間ほどごみ拾いをした。そして日曜日は、朝から清掃範囲を拡大して二時間以上も時間をかけて広範囲を清掃することを課せられたのだ。

きみはかつての同級生や聖歌隊のメンバーと顔を合わせるのを恐れていたが、早朝ということもあって、顔見知りには一度も出会わなかった。

ただ島で演奏会をする時間が奪われてしまった。それはきみにとって思いがけないほどの喪失感だった。ごみ拾いをしながらトッ子と演奏会やルイや作曲について話すことが多かったので、恐らくトッ子も同じ喪失感を味わっているようだ、ときみは思っていた。だがそれを言葉にしてしまうと、トッ子が気に病むだろうと思って、きみは控えた。

祖母の紫乃には、虹女から帰宅してすぐにきみはすべてを語った。紫乃は驚いてはいたが、叱るようなことはなかった。「そうなの」とつぶやいて紫乃は吐息まじりに微笑してくれた。ただ紫乃が見せてくれた笑みは悲しげだった。「なぜきみは私に相談さえしなかったのだろう」と紫乃が思っているであろうことは間違いないときみは感じていた。そして紫乃は「きみを挫折させてしまった」と自分を責めているのではないか……。

それを感じながらも、きみはなにも言葉にできなかった。ただ重ねて「ごめんなさい」としか言えなかった。紫乃は「ううん」と首を横に振りながら微笑んでくれた。その微笑みがきみには辛かった。

「こんにちは」

ギターの弦の交換に集中していて、きみは店に客があったことに気づいていなかった。声がした方に顔を向けた。「いらっしゃいませ」と言おうとしたが、息を呑んだ。

書棚の前で五冊ほども古書を胸の前に抱えて立っていたのはシスター日吉子だった。学内と同じくベールで頭を覆い、修道服を身につけている。

きみはまごついていた。叱られるのではないか、と不安になった。

だが日吉子は笑みを浮かべると「作永さん」と呼びかけてくれた。

きみは日吉子のそんな柔らかな笑みをはじめて目にした。


トッ子と母は、バレエ教室前のベンチに並んで腰かけていた。

「あの……ごめんね」

トッ子が詫びた。いつもの元気はない。

休みになって帰省しなくとも干渉せず、母からも父からも直接に連絡してくることもほとんどない。それはトッ子の希望であり、修道生活に入る一環として必要なこと、とトッ子が両親に頼んだことだった。

それを〝家族を捨てること〟と感じて傷つく親がいるともトッ子は聞いていた。だが両親はトッ子を信頼して受け入れてくれた。だがその信頼を裏切ってしまったのだ。

「修学旅行のこと？」

「うん」

「久しぶりに連絡が来たと思ったら」と母は吐息をついた。

「ごめんなさい」

母はトッ子の横顔を見つめていた。トッ子は母の顔を見ることができなかった。恥ずかしかった。

「トッ子」と母の声が優しく呼びかける。

トッ子はようやく母の顔を見ることができた。母は微笑していた。

「バスが苦手だから、大丈夫かなって思ってた」

それでも母は連絡してこなかった。娘との約束を守ってくれたのだ。それなのにひどい校則違反をやらかしてしまった。乗り物酔いにかこつけて、サボったんだ、と叱られても仕方なかった。

隣で母がまた吐息をついたが、それは笑みを含んでいた。

「かばってあげたくなるようなお友達が、できたんだね」

トッ子はなにも言えなくなった。胸を衝かれていた。

「本当はたくさん叱らなきゃって思ってたんだけど」

トッ子は母の顔に浮かんだ優しい笑みを見ながら、泣きそうになった。だが泣かなかった。泣いてしまったら、トッ子の中のなにかが溢れだしてしまうような気がしたのだ。

母は、トッ子の潤んだ瞳から、バレエスタジオに目を移して弾んだ声を出した。

「ねぇ、かわいいね。トッ子もあんなだったんだよ」

トッ子もスタジオに目を向けた。

多様だった。入ったばかりなのだろうか。周囲の子供が踊るのを見つめるばかりでままるで踊ろうとしない子がいいる。その前で綺麗にターンを決めている同い年ぐらいの子も、る。少々自慢げに見えた。

「覚えてる？」

母親の問いかけにトツ子は「うん」とうなずいた。忘れようとしても忘れられない記憶だ。

意外なことに母親はとても嬉しそうな声を出した。

「くるくる回ってね。楽しそうでね」

周囲の目など気にしないで、一人で踊っていたころのことだ。楽しかった。ただ踊ることが楽しかった……。

幼いトツ子を魅了した青い〝色〟をまとった美しいお姉さんのバレエを見たころ。あんな風になりたいと頭の中で想像して踊っていた。純粋に楽しかった。

あのお姉さんは、しばらくすると教室に姿を見せなくなった。海外の高名なバレエ学校に進学したのだ。だがその後、彼女はその学校からバレエ団に入って表舞台に立つことはなかったようだ。

学校を中退したのか、別のバレエ団に入ったのか、それとも怪我《けが》で……。

その経緯をトツ子は知らなかった。知りようがなかった。あれほど人を魅了する踊りを見せる人でも挫折をするのだ、とトツ子は悲しくなった。彼女が踊りを楽しんでいることが幼いトツ子にもわかった。顔が輝いていたのだ。それもトツ子を魅了した理由の一つだった。

だが、もし、彼女が一流のバレエ学校の中で劣等感を抱いて〝楽しむ〟ことができなくなっていたとしたら……。

それはとても悲しいことだったが、それでもトッ子はお姉さんがどこかで踊っていてほしい、と願っていた。昔のようにあの美しい青い〝色〟を従えて輝く笑顔で踊っていてほしい……。


しろねこ堂には座ってじっくり本を吟味したいという客のために、小ぶりなテーブルと椅子がレジの脇に用意してある。きみが勤めるようになってから一人も利用した客はなかったが、その第一号がシスター日吉子になった。

腕に抱えていた五冊の古書――いずれも翻訳物の古典的な名著ばかりだった――から一冊を決めきれずに、困っているようだったので、きみがテーブルに案内したのだ。日吉子はテーブルにつくと本を開いて読みはじめた。本を大切に扱っているのがきみにもわかった。読書好きなのだろう。

二階には流しがあった。住居だったころのなごりのようで、かつてフルサイズのガスコンロがあったと思われる部分には食器棚が置かれて、流しの脇に小さな一口のガスコンロがあるだけだった。そこで小さなケトルでお湯を沸かして、きみはマグカップに熱湯を注いだ。店の食器棚には、缶入りのインスタントのレモンティーがあった。おいしかったので、時折きみも飲んでいる。

マグカップを階下まで運ぶ。

日吉子はテーブルに向かって一心不乱に本のページを繰っている。

テーブルにカップを置くと、日吉子が顔を上げた。

「すみません」とマグカップを見やってから頭を下げた。

「興味深い本がたくさんあって」

五冊もの本を手にして、それを立ったままで読み比べて選ぶのはなかなかに難しい。

きみがテーブルを勧めると、日吉子はさらに本を二冊追加したのだった。

「全然。たくさん試し読みしていってください」

日吉子は笑みを浮かべて会釈すると、本の続きを読みはじめた。

きみはレジカウンターの中に入った。もうギターの弦の交換は終えていた。チューニングはさすがに客の前では音を出しづらくて、そのままレジの壁に立てかけたままになっている。

その代わりにカウンターの上に無地のＡ４用紙を置いた。

それは明朝、校長に届ける予定の〝今日の反省文〟だった。反省の内容は必ずしも修学旅行に関することではなく、日々感じている反省を綴るというものだったが、なかなか筆が進まない。例えば仕事中にギターの弦の交換をしたことは反省に値することなのか？　だが探しても他に仕事はない。蔵書を書棚に並べる作業はとっくに終えていたし、店の前の掃除や、店内のほこり取りも午前中に終えている。そもそも弁当を食べ終えたのが一二時三〇分で、昼休みの残りの三〇分で弦の交換をしたのだから、〝反省〟するようなことでもない。

となると、ほとんど売り上げのないこの店からアルバイト代を受け取ることを反省しなければならないのだろうか？　いや……。

結局、きみは寮に無断で入ったことについて書きはじめた。そしてそれはトッ子に嘘をつかせることになってしまったことを〝反省〟するものになりつつあった。

反省文はおおよそA4用紙一枚を埋めるほどの分量、と指示されていたが、半分ほど埋まったところで、日吉子がレジに本を一冊持ってきた。他の六冊は脇のテーブルの上に置かれている。

「作永さん、これに決めました」

日吉子が一冊の本をレジカウンターに差しだした。児童文学に分類されているが、大人から子供にまで愛される古典的名作だった。

「そちらの本はカウンターに置いておいてください」とテーブルの上の〝選ばれなかった本〟をきみは指さした。

「それはいけません。私が戻しておきます」

日吉子の毅然《きぜん》とした態度にきみは黙ってうなずくしかなかった。

「ありがとうございます。五〇〇円になります」

レジを打って選ばれた一冊を紙袋に収めて、テープで口を留める。

「反省文ですか」

日吉子がレジカウンターに置かれた書きかけの反省文を見ていた。恥ずかしく思ったが、いずれにしろ学校に提出するものなのだ。

「はい」

日吉子は反省文から目を離すと、きみを見やった。

「反省文、というのは少し堅苦しい言い方ですね」

日吉子の意外な言葉にきみは返事ができなかった。校長にきみにも〝償う場をお与えください〟と進言したのは日吉子にほかならないのだ。だがそれはきみにとって救いの言葉だった。もしトツ子だけに〝罰〟が与えられたとしたら、きみは心苦しくて苦悶《くもん》し続けていただろう。

日吉子は反省文にあまり意味がない、と思っているのだろうか、ときみはもう一度日吉子の顔を見つめた。

日吉子は首を少し傾げて考える顔をしていた。その顔は少し楽しげに見えた。

「なにかこう、もう少し、心が軽くなるような……」

なおも日吉子は首を傾げたままで考えている。きみは黙っているしかなかった。

日吉子の顔が輝いた。とても楽しそうなのだ。日吉子のこんな表情をきみは見たことがなかった。

「心の内を歌にしてみるのはどうでしょう?」

日吉子の言葉にきみは度肝を抜かれていた。慎ましやかながらも教条的で超然とした雰囲気の日吉子をきみは好きになれなかった。だが日吉子は〝教条的〟などではなく〝規則なんてくそ食らえ!〟というような弾《はじ》けた人だったのでは……いや、まさか……。

きみは涼しげな日吉子の顔を見つめた。

「歌に……」とかろうじて復唱しただけで、きみは呆然としていた。

すると日吉子は一つうなずいて、きみをさらに驚かせる発言をはじめた。

「日暮さんとバンドを組んでいるのでしょう?」

「……はい……」

すると日吉子が「ああ、いけない。そうでした」と少し慌てだして、肩から下げていたバッグから紙の束を取りだして、カウンターに置いた。

カラフルなチラシだった。そこに大きく書かれている文字を見て、きみは身をすくませた。

「このチラシをこの辺りのお店に置いてもらおうと、今日はうかがったのでした」

日吉子は頬を少し赤らめて微笑んだ。どうやら照れ笑いのようだ。

「私ときたら、素敵な本に目を奪われてしまって……」

きみはチラシを一枚手にした。

「聖バレンタイン祭……」とつぶやく。

虹女にとって〝聖バレンタイン祭〟は〝文化祭〟のような一大イベントだった。各教室に〝出し物〟があり、校庭にはテントが立ち並んで寒い時期ならではの、温かい飲食物が販売される。そして各部活も〝出し物〟を提供する。

聖歌隊は聖堂で聖歌を歌い、その後、体育館でも聖歌を披露することになっていた。

きみが次期部長に指名されたのも、聖バレンタイン祭の体育館コンサートが終わった直後だった。〝コンサート成功の一番の功労者〟として、当時の部長に称賛されたあとに「次の部長に作永さんを強く推挙します」と宣言されてしまった。

部員ばかりか校長をはじめ顧問たちが盛大な拍手でこれを受け入れた。

きみがその場で辞退することなど決してできない〝圧〟があった。

この瞬間からきみはさらなる〝重荷〟を背負ってしまったのだ。

チラシを見ながら思いを馳《は》せていると、日吉子が語りだした。

「毎年のお祭りなので、作永さんも……」

「はい」

日吉子の視線が動いた。きみはその視線を追わなかったが、日吉子がなにを見ているのかわかった。後ろに立ててあるギターを見ているのだ。

すぐに視線がきみに戻ってきた。日吉子の顔には再び微笑があった。だが今度はその顔に、まるでいたずらを企む少女のような表情があった。

「作永さん……」

きみは少し恐れていた。日吉子がなにを言いだすのか、予想がつかなかった。

「日暮さんと一緒に出てみませんか？」

しばらくきみには日吉子の言葉の意味がわからなかった。〝出てみる〟？〝トッ子と〟？

ようやくきみは聖バレンタイン祭に体育館で行われるコンサートのことだと思い至った。毎年、バンドを組んでいる在校生や卒業生が発表の場にしているのだ。在校生の参加は年々減っていて、卒業生の常連バンドがメインになりつつあった。

だがきみは現役生徒や卒業生以外の〝外部バンド〟が参加しているのを見たことがなかった。

「卒業生も参加できるのですよ」と日吉子はきみの思いを察したかのように告げた。

「私は卒業生では……」とつぶやくような調子になった。

日吉子は表情を変えずに小さく首を横に振った。

「あなたはこの学校を卒業したのです」

日吉子はまっすぐにきみの目を見つめて続けた。

「あなた自身のタイミングで」

きみは動揺していた。これまで日吉子がこんな型破りな言葉を口にするとは夢にも思っていなかった。やはり日吉子はロックで言えば〝パンク〟で……。

まっすぐに見つめ続ける日吉子の視線に、きみは耐えきれずにうつむいてしまった。

「それに作永さん、あなたを慕っていた生徒たちも、あなたが元気にしているところを見たいと思いますよ」

きみは顔を上げられなかった。誰にも告げずにすべてを放りだして逃げてしまったのだ。そんな簡単な話ではない。平気な顔でみなの前に現れることなど決してできない。裏切りの代償……憎しみ、嫌悪、怒り……。

「あなたは嘘をついた」

日吉子の言葉にきみはびくりと身体を震わせた。嘘……。きみの目が大きく見開かれる。

「おばあさまを欺いて、寮に忍びこんだ。だけれども、そのすべては罪であって罪ではないのです。あなたはただ思いやっただけです」

きみは顔を上げた。日吉子はきみをなおも見つめている。強く優しいまなざしがきみを包むようだった。だがきみは日吉子の優しい言葉を受け入れる余裕がなかった。沈黙することで、その優しい言葉を拒絶しようとしていた。

すると日吉子は慰撫《いぶ》するように、一つ小さくうなずくと、続けた。

「作永さん、その嘘はあなた自身を傷つけましたね」

トッ子はたっぷりの土産を〝森の三姉妹〟たちのために買ってから、新幹線に乗りこんだ。きみとルイにも土産を買おうと思ったのだが、帰省していたことをきみが知れば、またきみが負担を感じることになりそうなので買わなかった。ルイに会えるのは奉仕活動がなかったので、これも買わないことにしたのだ。一カ月後まで日保《ひも》ちする菓子類はあまりおいしそうなものがなかったので、これも買わないことにしたのだ。

日帰りであることを母に伝えると、思いの外、母はがっかりした顔をしたし、隣で聞いていた父は悲しげに深いため息をついた。

そこで慌てて、トッ子は明日から修学旅行を仮病で休んだ罰として課せられた奉仕活動があることを説明したのだ。

夕方になると、車を運転するのが苦手なはずの父が、トッ子を駅まで送ると言いだした。歩いて行けるからいいよ、とトッ子が何度言っても聞かなかった。

駅で別れるときも口下手な父はなにも語らなかったが、別れ際に満面の笑みでちぎれそうな勢いで手を振り続けてくれた。そして母は「なにかあったらすぐメールしてね」と声をかけてくれた。

トッ子は電車の中で一人になると泣きそうになった。変てこな犬の大きな絵が描かれたTシャツを着て、飛び跳ねるようにして手を振ってくれた父、そして「メールして」と言ってくれた母。母はきっと「家に戻ってきなさい」と言いたかったはずなのに我慢してくれたのだ。

別れたばかりなのに、トッ子は父と母に会いたくなっていた。

「私たちは何度でも歩き直すことができるのです」

まっすぐにきみを見つめる日吉子の言葉は力強かった。

「イザヤ書四三章四節の言葉です。〝私の目には、あなたは高価で尊い。私はあなたを愛している〟」

きみはその言葉の優しさに胸が熱くなるのを感じた。広く人を尊ぶという心。それはきっと他人だけでなく自分も尊ぶということだ、と日吉子先生は言っているのだろう、ときみは思った。そして歩き直す。そんなことが自分にできるだろうか……。

9

朝も早い時間だと、息が白くなる日が増えた。秋は短く一気に冬の様相だ。

トツ子ときみの奉仕活動は途絶えることなく、続けられていた。

道端に捨てられたごみの多さに辟易《へきえき》しながらも、ごみ拾い用のトングの扱いにも慣れてきた。なによりトツ子もきみもおしゃべりをしながら、散歩のように朝の時間を過ごすことが楽しかった。

今日はトツ子がトング担当で、その後ろできみがごみ回収用ビニール袋の担当をしている。トツ子がポテトチップスの空袋をトングで拾いあげて「ほい」ときみが両手で広げている袋にいれた。

当初は二人ともトングを持って、それぞれがビニール袋を持つスタイルだったのだが、分担した方が効率がよいことに途中で気づいたのだ。

それほどに路上に捨てられたごみは多かった。

「今日で、奉仕活動終わっちゃうね～」

トツ子はため息まじりにぼやいた。きみと毎日一緒に活動ができたことは、喜びだった。そして、毎朝、かなりの量のごみが出ることを実感できたので、活動を終えてしまうと、いったいこの大量のごみはどうなるのだろう、と心配にもなっていた。

きみも心配しているようでごみ袋の中にたっぷり入ったごみを見ながら「うん」と応じた。

先を歩いていたトツ子が「あ」と足を止めた。公民館前にある掲示板だ。

そこには虹女の〝聖バレンタイン祭〟のチラシが貼ってあった。しろねこ堂で日吉子がきみに見せたものと同じチラシだ。

チラシを見ながらきみがトツ子にぼそりと告げた。

「日吉子先生が出てみないかって」

なかなか切りだせずにいたようで、打ち明けるような口調だった。

「え？」

トツ子が驚きの声を上げた。

日吉子がしろねこ堂を訪れて、本を買ったという話はきみから聞いていた。だが〝聖バレンタイン祭〟に出ないか、と誘われたという話をトツ子は聞いていなかった。

修学旅行を仮病でサボり、寮に〝部外者〟を誘いこんだトツ子と、寮に入りこんだ〝部外者〟であるきみのバンドを日吉子は校内のイベントに参加するように誘ったのだ。

驚きだ。

きみが澄ました顔を作って、日吉子らしき口調を真似た。

「〝あなたたちが聖歌を奏でるならば〟」

あまり似ていなかったが、トツ子には合点がいった。たしかにトツ子が作曲をしている、と聖堂で打ち明けたとき、日吉子は「善きもの。美しきもの。真実なるものを歌う音楽ならば、それは聖歌と言えるでしょう」と言っていた。

それでもトツ子は思わず「うっそ〜！」と大きな声を出してしまった。これはラッキー以外の何物でもない。いつかルイが「いつかどこかで完成したオリジナル曲を客の前で披露したい」と言っていたのを思いだしたのだ。

これは願ってもないチャンスだ。

日曜日の午前中にノルマとしている分量の課題を、ルイは机に向かって解いていた。ルイは自制が利く方だ、と自負していたが、その日はどうにも落ち着かず、ノルマをこなすと早々に部屋を出て、教会に向かってしまった。

教会の鍵を借りに行くと、曲がった腰を伸ばしながら田口は鍵を手渡してくれた。

「戻しは、今日は何時くらいになる？　六時から、わしもばあさんも出かけるから、誰もおらんだら、鍵はポストにいれといてくれ」

「はい」と答えてルイは教会へと小走りで向かった。

ルイは教会に入るやいなや、オルガンを演奏した。きみの曲にアレンジを加えたいと考えているうちに、絶妙のアイデアを得たのだ。少し演奏を足すことになるが、全体のイメージを壊すことはなさそうだった。演奏してみると、やはり良かった。それはきみがしろねこ堂で何度も練習していたアヴェ・マリアのフレーズだった。これをきみの曲に忍びこませる。もちろんアレンジは加えるが、きみの曲のベースにマッチしそうだった。オルガンでコードを演奏したものをマイクで録音した。それをスピーカーで流しながら、テルミンを用意して、主旋律を弾いてみる。

丸一カ月をかけてアレンジをしてきたので、全体の流れも整ってきた。きみの澄んだ歌声とのハーモニーはきっと最高になる。

「ルイくん！」

アレンジに夢中になっていて、船着場まで迎えに行くと言っていたのだが、すっかり抜けてしまっていた。

待ちきれなくなってトッ子ときみが教会に直接やってきたのだ。

教会の入り口に二人の姿があった。一カ月ぶりに見るきみとトッ子に変わりはないようで、〝しばらくの間、練習にいけません〟というメッセージをトッ子からもらって、ルイは理由を尋ねるのが恐かった。だがトッ子からすぐに〝理由〟が長文で届いたのだ。読みながらルイはほっとするとともに、「一カ月は長いなあ」とつぶやいてしまったのだ。その後、きみからも連絡があった。こちらは〝ごめんね〟と一言だけのメッセージだったが、ルイは〝その一カ月の間に、きみちゃんの曲に少しアレンジ加えていい？〟と確認すると〝お願いします〟と返事があった。

早くアレンジした曲をきみとトッ子に聞かせたかった。自信作なのだ。

きみとトッ子の姿を目にして、ルイは飛び上がって喜びを爆発させた。

それはもう押しとどめようのない興奮で、ルイは二人に全速力で駆けよった。

いったん解放してしまった喜びのまま、ルイは両手を大きく広げてきみとトッ子を抱きしめた。

「久しぶり……」と言いかけたトッ子の言葉はルイの「ワ～イ！」という歓喜の叫びにかき消されてしまった。

きみもトッ子もルイの大喜びに戸惑った様子だ。二人とも〝ハグ〟の習慣はない。まして男性とのハグは経験がなかった。

さすがにルイも二人が戸惑っていることに気づいて、ハグしていた腕を放す。少し恥ずかしくなった。だがルイは喜びを抑えられなかった。ルイはトッ子ときみの手を取った。それだけでは済まなかった。ルイはその手を上下に振って、ぴょんぴょんと跳ねながら回りはじめたのだ。

「やっと会えたよ～！　久しぶり！　ワ～イ」

回りながらトッ子は「はい、はい」と合いの手を入れて、ルイに同調しているが、きみはあまりのことに言葉を失っている。

ようやく、ルイの興奮が収まって、飛び跳ねることはやめた。

ていないようだ。


「元気だった？」

ルイの問いかけにトッ子はうなずいたが、きみは固まっている。ルイの声も耳に入っていないようだ。


落ち着きを取り戻したルイがトッ子に新しい——と言っても拾い物だが——キーボードを披露した。早速、ルイはトッ子を隣に座らせて操作方法を教えはじめた。

トッ子がきみをちらりと見やった。きみは新たに設置されたアンティークらしき素敵なソファに座ったまま放心状態で、まっすぐに正面を見たままだが、その目がなにかを見ているわけでもなさそうだ。どうしたんだろう、とトッ子が思っていると、不意にルイが頭を深く下げた。

「奉仕活動、お疲れさまでした」

どうやらルイはまだ少し興奮状態のようだった。頭の下げ方も深すぎたし、いつもより声が大きい。

「反省文、たくさん書きました」とトッ子が応じた。

ルイがウンウンとうなずく。

トッ子はこの一カ月の〝進捗状況〟の報告を続けた。

「あと、〝水金地火木土天アーメン〟の二番とか、作りかけだけど……」

考えてみたが、それ以上のことは思いだせない。大した〝進捗状況〟じゃないな、と思ってトッ子はルイに問いかけた。

「ルイくんは？」

ルイは天井を見上げて少し考えた。

「う〜ん、僕は塾に行ったり、模試受けたり……」

つまらなそうな顔で話していたルイの顔がぱっと明るさを取り戻した。

「あ、そうだ。きみちゃんが作ってくれた曲、少しフレーズを足してみたんだ」

トッ子がソファに座ったきみに視線を移すと、「きみ」の名が出たことで、驚いて目をぱちくりさせている。まるで夢の中にでも迷いこんでいたかのように。


きみが「聞きたい！」と言いだして、ルイがノートパソコンを用意して、ルイのフレーズ追加版のお披露目が行われた。

ノートパソコンの前に三人が並んで床に座っていた。ルイが真ん中でノートパソコンを操作し、ルイを挟んで右手にトッ子、左にきみが座っていた。

ルイが再生をはじめると、聞き慣れたきみのタイトル未定の曲が流れた。もの悲しいが冴えた美しさを感じさせる旋律だった。

やがて、そこにルイが付け加えたフレーズが入る。

「♪ララーリラー……」

なんとルイは楽器ではなく自分でスキャットしているのだ。その歌声が優しかった。

突然にトッ子はあるイメージを抱いた。丸く青い球体。〝水金地火木土天アーメン〟を作曲しているときのモチーフになったきみの青い惑星のようだった。

青い球体が音楽に合わせて静かに回っている。少し悲しげに。ところがそこに淡くて透き通ったような緑の帯が現れた。そして青い惑星に触れた。青い惑星を緑の帯が膨れ上がってそっと包んでいく。

それはきみとルイの〝色〟だった。きみとルイが作った曲が、トッ子にそんなイメージを抱かせているのだ。

はじめて島の教会を訪れた日、ルイがテルミンで〝アヴェ・マリア〟を演奏し、きみがギターで合奏した。それを思いだすだけで、きみの頭の中に青と緑の〝色〟が並んでバレリーナのように回転するイメージが湧いた。それはトッ子にとって最高の喜びをもたらした。だが今は違った。すばらしいのは間違いない。だがなにかが違うのだ。トッ子にはそれがなんなのか、わからなかった。

「少し悲しい気がしたから」

ぼそりとルイがつぶやいた。

悲しげに感じられたきみのメロディを包むように、ルイのスキャットがミックスされていく。ルイのスキャットがメロディを飛翔させた。美しかった。

二人の〝色〟は混ざりあい、溶けて、高揚していく。

トッ子は、ルイの横顔を見た。透明感のある美しい緑。そしてきみに目を移す。澄んだコバルトブルー。二人の〝色〟が共鳴して、一つの曲を作り上げたのだ。

この感覚を味わえるのは、自分だけなのだろうか？　この曲のすばらしさは誰でも〝耳〟で感じることができるのだろうか？

トッ子は二人の顔を何度も交互に見やった。

二人の顔にも驚きと同時に陶酔があるような気がした。

恐らく二人も、メロディとメロディが混ざりあうことで誕生したハーモニーの美しさに感動しているのだ、とトッ子は感じていた。


最終便の船に乗りこんで、トッ子は「夜だね」ときみに告げた。日の入りがこの一カ月で早くなっているのだ。夜の海は黒くて大きすぎて、トッ子は少し恐かった。だがその晩は違った。

あの晩、きみと二人で寮のベッドで浴びたような青白い月光が海面を優しく照らしている。幻想的な美しさだった。さらに本土が近づいてくると、海面には街の光が様々な色や形で映りこんで揺れる。

トッ子もきみも黙ってその美しさに見入っていた。きみとルイの作った曲が頭の中でリフレインしていて心地よかった。その心地よさを壊したくなかった。きっときみも同じ気持ちだろう、とトッ子は確信していた。

トッ子はその日も船酔いをしなかった。

10

それからは毎週、日曜日に朝一番の船で島の教会を訪れて最終便のギリギリまで、演奏の練習をするようになった。虹女の聖バレンタイン祭のコンサートでバンドとして参加するための練習で、熱が入った。ただトッ子もきみも超進学校である高校の三年生であるルイの受験が気になった。トッ子が受験の話を振っても、ルイはまるで人ごとのように「大変だよねぇ」などとつぶやいて、その話に乗ってこない。どうやら受験する大学をあまり言いたくないようだ、とトッ子もきみも感じて、以来、その話はしなくなった。

トッ子は虹光女子大学に進学することを決めていた。付属高校からの内部進学となるので外部入試ほどの厳しさはなく、内部試験の点数と内申の成績ですでに合格が決まっていた。進学はするものの、同時に修道会への参加も考えている。大学で教員の資格を得ると同時に、シスターとして信仰の道を歩もうと……。つまり修道女であり、国語教師でもある日吉子のようになりたい、とトッ子は思っているのだ。

大学には進まずに修道会に入って信仰のためだけに生きてみたいという気持ちもいま

だにどこかにあったが、帰省した際に母に相談すると「トッ子は夢中になると、あたしがなにか言っても無駄でしょ？　でも、迷ってるなら、一言だけ。自分で道を狭めない方がいい。人は変わるからね」と言われた。

恐らく母の念頭にあったのは、トッ子のバレエへの熱中と、挫折だ。突然に空に広がる暗雲のように、バレエスタジオで一人踊れなくなったときのことが思いだされた。まだ幼かった心が小さく硬くなってなにもできなくなる苦しさが、いまだに心をさいなむのだ。そしてお姉さんたちの冷たい視線と〝笑い〟……。

きみは、しろねこ堂でのアルバイトを続けると言っていた。そして、「バンドも続けられるのかな？」とつぶやいた。

トッ子は「続けられるよ、それは絶対だよ」と応じたが、大学と修道会の二本立ての暮らしの中で、これまで通りに行き来ができるのか。そもそも島には大学がない。ルイが本土の大学に進めば、島を離れて住むことになるだろう。それでも続けることができるだろうか？　島の教会を借りることができるだろうか？

トッ子はきみを誘って、しろねこ堂のある商店街のイベントスペースにできた特設のクリスマスマーケットに出向いていた。

次の日曜日は今年最後の演奏練習になる。演奏会の後に小さなクリスマスパーティーをすることが決まって、菓子とプレゼントを買いだしに来たのだった。

マーケットには人が溢れていた。菓子は定番のサンタのブーツに詰め合わされた菓子セットに決まった。

だがプレゼント選びが難航していた。三人にそれぞれ一つずつ小さな贈り物を用意しようと思っていたのだが、自分へのプレゼントと考えるとあまり楽しくない。

きみも同じ気持ちのようで、テントの中にずらりと並んでいる種々のクリスマスプレゼントに手を伸ばすことがなかった。

だがトツ子ときみは同時に足を止めた。テーブルいっぱいにスノードームが並べてあるブースがあった。いずれもクリスマスをモチーフにしたものだが、趣向を凝らしていて楽しかった。手に取って振ってみると、沈んでいたスノーパウダーやラメがキラキラと舞い散るさまが綺麗だった。カラフルなラメに二人は惹きつけられた。

次々とスノードームを手にして品定めしていく。

「綺麗だね～」とスノードームを眺めながらトツ子が感嘆の声をあげた。

「うん」ときみもトツ子が手にしたドームの中をのぞきこむ。

ドームの中には、もじゃもじゃとした毛並みの大型犬がサンタの帽子をかぶって雪景色の中で舌をペロリと出している。しかもサンタ犬はピアノを演奏しているのだ。

その犬の優しげで人懐こい笑みが、ある人を思い起こさせた。

「ルイくんみたいだね。かわい～！」とトツ子は思わず大きな声になってしまった。

絶対に似ている、とトツ子は思ったが、隣で見ているはずのきみの反応がない。

見ると、きみは黙ったまま同じスノードームを見つめていた。

横顔がいつものきみじゃない、とトッ子は思った。いつでも涼やかなきみがなにかおかしい。〝色〟はいつも通りに綺麗なコバルトブルーだが……。

どことなく朱色のような……。

きみの顔が朱に染まっているのだ。

そしてなんだか困ったような顔をしていた。

トッ子はきみに提案した。

「ねぇ、これ、二人でルイくんにプレゼントしようか、クリスマスに」

スノードームをきみの前に差しだすと、きみは目を凝らして、見入っている。

やはり顔が赤い。きみはトッ子の視線から逃れるようにうつむくと「うん」とか細い声で答えた。

それは異変と言えたが、きみの表情はどこか嬉しそうで、でも照れくさそうでもあり、しおらしく見えた。いったい、きみになにが起きているのか、トッ子にはわからなかった。

「きみちゃん？」

トッ子が呼びかけると、きみは恥じらうような笑みをトッ子に向けた。

そしてさらに顔が赤くなっていく。もう破裂してしまいそうに見えた。

その瞬間にトッ子の頭の中にイメージが広がった。それはスノードームの中のラメのようだった。きみのコバルトブルー色のラメがきらめいて踊っている。

綺麗で、かわいくて、有頂天なのに、不安そうで、可憐《かれん》で、いじらしい……。

それがきみのどんな感情を表しているのかトッ子にはわからなかった。そんな気持ちを経験したことがなかったからだ。


トッ子にしては珍しく、昨夜はあまりよく眠れなかった。でも気分は悪くないのだ。一晩中考えていたのは、これまでに一度も見せたことのなかったきみの姿だった。帰りの路面電車の中では普段通りのきみに戻っていたものの、クリスマスマーケットで見せた姿はやはり特殊な印象をトッ子に与えた。だが、それがなんなのか……。

一晩中考えているうちに、いくつか気になったことを思いだした。トッ子ときみとルイがはじめてしろねこ堂で出会ったあの日、トッ子はきみとバンドをやってます、などと口からでまかせの嘘をついた。おまけにルイをその架空のバンドに誘ったのだ。ところがルイは参加したいと言いだした。一番トッ子が驚いたのは、きみが「やりたい」ときっぱりと言い切ったことだった。トッ子はきみに笑われておしまいだと思っていたのだ。

ルイが参加したことで、きみはバンドをやりたい、と思ったのではなかったか。

そして教会で〝アヴェ・マリア〟をルイがテルミンで弾きはじめたとき、きみはギターを持ちだして、ルイと合奏した。あの積極性も意外だった。そして二人の演奏がシンクロしたときにトッ子に見えた二人の〝色〟のハーモニー。きみの作った曲にルイのアレンジを重ねたときにでき上がった緑と青の〝色〟の美しい融合……。

そして昨日の一人で照れて困って嬉しそうだったきみの様子。トッ子はきみから発せられる特殊な感情を全身で受けた。それはトッ子だけが見ている〝色〟に似ていた。トッ子はまだ経験したことがなかったが、少しばかりの憧れはある……。


素敵すぎた！


早朝の寮の食堂で、サクがトッ子の帰省土産の明太子《めんたいこ》を持ちこんで、それでごはんのお代わりをしてスミカに笑われた。一方のスミカはトッ子の帰省土産の豚骨味のカップラーメンを大事にとっておいてあり、ここぞ、という空腹時に食べるという計画を語った。シホが「そういえばトッ子をトン子って呼ぶようになったのって、去年の正月の土産に豚骨味のカップラーメンをもらってからじゃない？」と言いだした……。

だがきみのことに気を取られているトッ子の耳は〝森の三姉妹〟の朝食の席でのおしゃべりをすべて聞き流していた。

一二月も下旬になると心底寒くなってきた。一一月の早朝とは比べ物にならないほどに息が白い。

ルイは教会でクリスマスパーティーと演奏練習の準備をしていた。紙製の三角帽子を三つ用意して教会の隅に隠した。ケーキは少しがんばって、手作りした。ルイがケーキを作ったのははじめてだ。ネットで〝ブッシュドノエル〟の作り方を検索して、見よう︎見まねで半日かけて作ったのだ。だがお手本に比べると、いびつな形になってしまった。だがどうにか〝クリスマスの丸太〟のようには見えた。さらに百円均一の店で購入してきた飾りをケーキに飾りつける。

飾りつけをしながら、聞くとなく聞いていたラジオで天気予報が流れた。

「〝夕方から夜にかけて雪になる地域があります〟」

ルイは窓辺で外の様子を眺めた。曇天で陽差しはない。かなり気温も低いので雪になる可能性は高い。だがこれまで島で大雪になったことはほとんどない。雪が積もったのはルイが小学生のころに一度あっただけだ。

それでもそのときには船の運航がかなり遅れたのだった。

時計を見ると、午後一二時を過ぎていた。携帯できみとトツ子にも知らせておこうと電話を入れた。

だがもう船に乗ってしまったようで、電波が届かない。

小さなクリスマスツリーとサンタの人形を窓辺に置いて、用意していた電気ストーブを〝強〟にした。朝早くからストーブを点けていたのでかなり教会の中は暖まっていたが〝弱〟にすると冷気が忍び寄ってきたのだ。今日は本当に冷えこんでいる。

トッ子ときみは島に向かう船の上にいた。船にはすっかり慣れたようで、トッ子はきみと並んで座っていた。酔いに脅える素振りもない。

厚い雲が垂れこめていて、いまにも降りだしそうな空を見ながらトッ子が携帯を取りだした。天候を確認しようとしたのだが、やはり電波がない。

トッ子は隣で曇り空を見つめているきみの様子をそっとうかがった。

クリスマスマーケットで見せた不安定な様子はまったく見られない。いつものように涼やかな面差しは美しいコバルトブルーの〝色〟があって〝朱〟で頬が染められるようなこともない。

だがその横顔にはわくわくしているような〝期待〟があるようにトッ子には見えた。

トッ子が足踏み式のオルガンを演奏して、クリスマスソングの定番〝ジングル・ベル〟を三人で歌った。

するとトッ子が急に姿勢を正して「じゃ、練習しましょうか」と言いだした。

きみとルイがすぐに楽器の準備をはじめた。

虹女の聖バレンタイン祭にバンドとして出演することが決まってから、三人が作曲した楽曲をブラッシュアップする作業が進んでいたが、ルイが悩んでいた。

ルイは曲をほぼ完璧なまでに磨き上げたものの、タイトルと歌詞がつけられなくて悩んでいる、と教会で演奏に入る前にきみとトッ子に泣きついてきたのだ。

「タイトル、〝反省文〟というのはどうでしょう？」

きみがいきなりいつもと違う調子で切りだしたので、トッ子は意表を突かれたが、その口調がシスター日吉子に似ていると思った。

しろねこ堂を訪れた日吉子がきみに〝反省文〟を歌にしてみたらどうでしょう、と告げたという話を思いだした。

「〝善きもの美しきもの真実なるもの〟を歌った曲はすべて聖歌だとシスターが言ってました」

トッ子も日吉子の言葉を引用していた。

ルイはしばらく考えていたがノートに〝反省文〜善きもの美しきもの真実なるもの〜〟と書きつけた。

「なんか、このタイトルいいな」

ルイは目を閉じてしばらく天井を向いていたが大きく嘆息した。

「でも、やっぱり詞が出てこない〜！」

嘆く姿を見ていたきみが意外なことを申しでた。

「ルイくんの曲を聴きながら、浮かんだ詞があって。私が書いてみる」

きみはその翌日に詞を書いて、ラインで送ってきた。なんと詞には〝GOD almighty〟

が入っていてトッ子はなんだか嬉しくなってしまった。

そして歌詞の最後にある一節。〝私はあなたを愛してる〟は、有名なイザヤ書四三章四節聖書から引用されたのだ、とトッ子は思った。きみも宗教の授業でシスター樹里から教わっていたはずだ。自分を愛しなさい、肯定しなさい、という聖書の教えだ、とトッ子は理解してときおり思いだす言葉だった。

だがすぐにきみが頬を赤く染めてモジモジしている姿をトッ子は思いだしてしまった。〝私はあなたを愛してる〟という詞の前にあった〝叫ぶ心の声〟という歌詞にきみの想いがこめられていることをトッ子は感じて切なくなってしまった。

だがきみからのラインを最後まで読み進めて、トッ子は凍りついた。〝ルイくんとトッ子もこの曲の二番と三番の作詞をお願い〟とあったのだ。

時間がかかったものの〝反省文～善きもの美しきもの真実なるもの～〟の二番と三番の歌詞をどうにかルイもトッ子も完成させていた。だが聖バレンタイン祭のコンサートで披露するのは、三人の作った曲を一曲ずつ演奏することに決めていたので、ルイはきみの歌詞だけを披露する、ときみとトッ子に申し訳なさそうに告げた。

曲を演奏する順番も決まった。最初にルイの〝反省文～善きもの美しきもの真実なるもの～〟。続けてきみの〝あるく〟。そして最後にトッ子の〝水金地火木土天アーメン〟となった。

クリスマスの演奏練習は、はじめて本番と同じ順番で行われたから、三人とも気合が入っていた。実際にこれまでで一番タイトで熱のこもった演奏になった。

三人とも、教会の窓の外で雪がちらほら舞いだしたことに気づくこともない。

〝水金地火木土天アーメン〟を演奏していると、ルイが「トッ子ちゃん」と声をかけた。

いったん演奏が中断した。

ルイはトッ子のそばにきて、キーボードのスイッチ類を指さした。

「最後、八小節分、このツマミをちょっとずつ右にひねってみて」

キーボードの上部には複雑にスイッチ類が配置されており、へたに触ってしまうといきなりピアノからサキソフォンの音色に変わってしまったりするのだ。恐ろしくてトッ子は決して触れないようにしていたほどだ。だがルイに指示されればやらざるを得ない。

「ここ？」とトッ子は触れないように恐る恐る指さす。

ルイがうなずく。

「覚えられるかな」とトッ子はなおも不安そうにしている。

「じゃ、シール貼っとこう」とルイはすぐにシールをポケットから取りだした。

きみは一人でギターリフの練習を繰り返しながら「♪すいきんちかもくどってんアーメン」と小さな声で歌っている。楽しそうだった。

予定していた午後三時を過ぎて練習を終えた。いくら練習しても、足りないような気がしてしまう。三人とも同じ気持ちだった。だがそれと同時に楽しくて仕方ないのだ。誰も「休憩しよう」と言いださないほどに。

だから「あ」と時計を見て午後三時半を過ぎているのに気づいてルイが声をあげた瞬間、トツ子もきみもため息をついてしまった。それでもやはりクリスマスパーティーはしたかった。午後六時の最終便の時間を考えれば、パーティーの実質的な時間は一時間半ほどしかない。

トツ子ときみは演奏をやめて、教会の隅にルイが準備してくれていた折り畳み式のテーブルと椅子の用意をした。

ルイが飾りつけをしたブッシュドノエルを持ってくると、きみとトツ子が拍手で迎えた。三人でテーブルセッティングをすると、頭に三角帽子をかぶって席に着く。

きみがトツ子に目で合図を送った。トツ子はカバンの中からプレゼントを取りだして、きみと二人で前に座ったルイに差しだした。

「メリー・クリスマス！」

「え？　なに？　僕、なんにも買ってこなかった」

トツ子ときみが同時に首を横に振った。

「二人でいろいろ見てたら、どうしてもこれをルイくんにあげたくなっちゃって」

トツ子が説明すると、きみが大きくうんうんとうなずいた。

「そうなの。なに？」

「開けてみて」

ルイが嬉しそうに包みを開けた。

「うわ」とルイがスノードームを取りだして見ていたが、ゆっくりと振った。ドームの中でルイ似の犬に雪が降りかかっている。

「この犬、ピアノ弾いてるんだ！」とルイが感嘆の声をあげた。

「なんかルイくん思いだしちゃって」ときみがはにかみながら告げた。また頬が赤く染まっている。

「嬉しいな。ありがとう」

ルイが大切そうにスノードームをテーブルに飾った。

ペットボトルに入った紅茶をトツ子が紙コップに注ぐ。

三人で乾杯を済ますと、トツ子が窓の外を見やって「雪、綺麗だね」と弾んだ声をだした。実際はクリスマス当日ではなかったが、ホワイトクリスマスははじめての経験だったのだ。

窓からの景色は薄く雪が積もっていて、昼に見た景色とは一変していた。

降りしきる雪はかなり横殴りで風が強そうだった。

「このますごく積もったりして……」ときみが少し不安げにつぶやいた。

それと同時に、ルイの携帯から着信音が聞こえた。

ルイの顔色が変わった。携帯を確認して、震える声でトツ子ときみに伝えた。

トッ子はきみと顔を見合わせたが、そのまま言葉を交わすこともできなくなった。

「欠航だって」


虹女の食堂で、スミカがおやつを前にしてタイマーを見ながら箸を手にして待ち構えていた。おやつを部屋で食べることは禁止されていなかったが、熱湯は食堂にしかないのだ。スミカはトッ子からの帰省土産であるカップの豚骨ラーメンを、ついにおやつとして食べようとしていた。スミカはまさに空腹の極みにあった。なにしろ寝坊をして朝食を食べ損ねた上に、さらに昼食の時間まで寝過ごしてしまった。同室のサクとシホ、それにトッ子はそれぞれ早朝から外出していて、誰も起こす人がいなかったのだ。

空腹で目覚めたのは久しぶりのことだった。

島ほどではないが、窓の外に見える校庭にも雪が降り積もりはじめていた。

タイマーが鳴って、スミカは「トッ子、いただきま～す」と手を合わせると、勢いよく麺をすすった。

「うま～」と麺を咀嚼しながら思わず声をあげた。

さらに一口、とカップに顔を近づけた瞬間に、携帯にメッセージの着信があった。スミカは携帯画面を一瞥して食事を続けようとしたが、文面を読んで素っ頓狂な声を上げた。メッセージはトッ子からだった。

「エエ～！」

修学旅行のサボリ&作永きみを寮に宿泊させた〝罪〟で食らった奉仕活動を終えたばかりのトッ子の最大のピンチだった。

その声を食堂の前を通りかかった日吉子が聞きつけて、入ってきた。

スミカはカップ麺がのびるのもかまわずに、携帯に次々と寄せられるシホやサクのトッ子へのメッセージを見ていて、日吉子がやってきたことに気づいていないようだ。

「どうしました?」

日吉子が携帯に夢中になっているスミカに問いかける。

スミカは〝しまった!〟という顔になったが、隠せるはずもない。

観念してスミカはありのままを告げた。

「トッ……日暮さんが、雪で島から帰れないみたいで……」

そう話している間にも、シホとサクから、トッ子の外泊がバレないようにするためのアイデアがメッセージとしてラインに次々投稿されてくる。派手な音をたてて着信を伝えるので、日吉子も自然にメッセージを目にしている。

〝作永さんを隠したときみたいに、トッ子の代わりにぬいぐるみをベッドに寝かせておくのは?〟というシホのアイデアを日吉子はじっと見ていた。

「ヤバ……」とスミカは携帯の画面を手で隠したが、すでに遅かった。

「八鹿《やつしか》さん、今すぐ日暮さんに電話をしてください」

日吉子は怒っているようには見えないが、有無を言わさぬ決然とした態度だった。

島の教会ではちょっとしたパニックが起きていた。

いち早く行動を起こしたのはルイだった。トツ子ときみを家に招いて暖かいリビングのソファに泊まってもらうことも考えたが、ルイはバンドのことを母に話していなかった。日曜日の演奏会の時間は塾の自習室で過ごしていることにしていたのだ。更にそのバンドのメンバーが同じ年齢の女性二人で……。無理だ。まもなく大学入学共通テストだというのに、女性二人とバンドを組んでいたばかりか、クリスマスパーティーを旧教会で開いていたなどとは決して言えない。

家に泊めるのは無理だ。だとすれば泊まるのは教会しかなかった。

今日は外来は休診だが、昨夜、脱水症状を起こして運びこまれて、処置室で〝入院〟しているお年寄りがいるので、母は朝から付きっ切りなのだった。

今なら、まだ処置室にいるはずだ。その隙に必要なものを教会に運びこんでおこう、と家に一人で向かったのだった。

ありったけの毛布類と自分の寝袋、水、食料、ろうそく、菓子……。

考えつくものを手当たり次第にリュックに詰めこみ、毛布は両手で抱えられるだけいっぱいに持って、教会に向かった。

きみは外に出て、電話をしていた。祖母の紫乃に島を訪れていること。船が欠航になって今夜は帰れなくなって、島の友人の家に泊まることを報告した。

紫乃は「ちょっと待って」と言って、携帯を操作しているようだ。島の名と欠航した船会社の名を告げたので、その確認をしているのだろう。

今まで紫乃はきみの言葉を疑うようなことはまるでなかった。だが、きみが学校を密かに辞めていたことで、紫乃はきみの言葉を信じられなくなっているのだろう。きみは大切なものをなくしてしまったような気がして悲しくなった。

「わかった。寒くなるらしいから暖かくしてね」

紫乃はそう告げて電話を切った。

きみはしばらく雪が降りしきる中に立って、雪に煙る海を見つめて大きなため息をついた。


「あ、もしもし、スミカちゃ……」

トツ子は着信のあった携帯に応じたが、すぐに「〝日暮さん〟」と呼びかけられて息を呑んだ。

日吉子の声だった。

「〝八鹿さんから、お話を聞きました〟」

トツ子は「日吉子先生……」とつぶやくことしかできなかった。

「〝そこから帰れないのですね？〟」

やりと見える。

「はい」

トッ子は降りしきる雪を窓越しに見ていた。外には雪に降られているきみの姿がぼん

「〝一人でいるのですか？〟」

「いえ、作永さんと……もう一人、影平さんというバンドの……」

「〝無事ですか？〟」

日吉子の優しい声にトッ子はようやくリラックスすることができた。緊張で硬くなっていた表情が緩む。

「はい。それは、とても無事で……」

今日はどうあっても寮には戻れない事態になってしまっている。

「無事なのですが、今日は帰れなくなってしまって……」

トッ子は先を続けられなくなった。無断で外泊することは、奉仕活動に値する違反だった。もちろん届け出などしていないし、今からできるわけがない。船の運航停止が理由だとして報告すれば、その船でどこに誰と行っていたのかが問われるだろう。またもきみの名が出て、さらに男子も一緒であることが発覚すれば、奉仕活動レベルではない〝処分〟が出てしまうかもしれない。

電話の向こうで日吉子が沈黙している。

トッ子は不安に包まれていた。卒業を間近にして、大きな違反を立て続けにすれば、

それは大学に報告が行くかもしれない。内定の取り消しなんてこともあるかもしれない。それに修道会でも迎え入れてもらえなくなる可能性もある。

「〝……合宿……〟」

日吉子がつぶやいた。

「え?」

「〝あなたたちは、今日、合宿をしているのです〟」

電話の向こうの日吉子の声が楽しげに聞こえた。

「合宿……」

「〝今、あなたたちがそこにいることには、意味があると考えてください〟」

〝神の思《おぼ》し召《め》し〟という言葉がトツ子の脳裏をよぎった。

「〝決して自分たちを責めることのないように、作永さんにも、もう一人の方にも、そう伝えてください。後は私に〟」

日吉子先生が〝合宿〟としてトツ子が外泊することを認めてくれ、寮に届け出をしてくれる、ということだろう。

「日吉子先生、ありがとうございます」

「〝身の安全だけは第一に考えてください〟」

トツ子がもう一度感謝の言葉を告げようとしたが、電話は切れていた。

トツ子は大量の毛布を運びこんできたルイと、祖母に電話をかけ終えて戻ってきたきみに日吉子からの言葉を伝えた。

「合宿」とルイは感心したようにつぶやいた。

だがきみはどこか悲しげな顔をしている。きっとまた嘘をつかせてしまった、と自分を責めているのだ、とトツ子は思った。

「日吉子先生が〝決して自分たちを責めることのないように〟と二人にも伝えてください〟って」

きみがトツ子を見つめていた。

トツ子がきみに笑顔を向けた。するときみの顔に小さく笑みが浮かんだ。

教会に一応電気は通っているのだが、電力会社と契約しているアンペア数が最低なのだ、とルイが言う。実質的には使用されていない建屋なので、当然といえば当然だろう。小型家電類の使用を想定しているだけだ、という。

だから小さな電気ストーブを使用するだけで、ブレーカーが落ちるギリギリなので、電子楽器を演奏しているときには、ストーブの電源を落としていた。

「毛布とかたくさん持ってきたから一晩くらいは大丈夫でしょ」とルイは笑顔だ。

毛布は厚手のものが十枚ほどあった。床に毛布を敷いて、その上に横になってみたが、ストーブを点けていてもすきま風を感じてしまって寒かった。

きみとトッ子はソファで並んで座って毛布にくるまって仮眠することにした。

「本当にありがとう」ときみがルイに礼を告げた。

ルイが不思議そうな顔をしている。

「うん？　僕もここにいるよ」

これにはきみばかりか、トッ子も驚いてしまった。

「え？　ルイくんは家に帰った方がいいよ」

ルイは首を振った。

「だめだよ。ここで二人だけにするのは心配だし」

たしかに自分が逆の立場だったら、一人だけ家でぬくぬくと眠るのは気が引ける。それにルイははっきり言わないが、どうやらお母さんにはきみとトッ子のことを内緒にしているようなのだ。

それでも、トッ子は戸惑っていた。特にきみは挙動不審で、うろたえているように見えた。

だがルイの一言で気分が和んだ。

「それに〝合宿〟なんだから」

にっこり笑ったルイに釣られて、トッ子が笑い、きみも笑いだした。

雪がやむ気配はなかった。それでも風が収まって、穏やかな雪模様になっている。

ルイの携帯が鳴った。トツ子ときみに「ちょっと」と教会を出た。

電話はルイの母からだった。

「うん、そう。うん、大丈夫」

「〝大丈夫って、風邪ひくわよ。家に泊まればいいじゃない。誰が来てるの？〟」

ルイは教会の庇《ひさし》の下に立っていたのだが、雪が降りかかってくる。

「僕、友達ができたんだ。だから合宿する」

満面の笑みを浮かべたルイの声には喜びが溢れていた。

「〝寒くない？〟」

「大丈夫だよ。家からいろいろ持ってきた」

「〝いつの間に〟」と母が呆《あき》れた。

腸炎で脱水症状を起こしていた女性は、どうにか持ち直して小康状態を保っていた。

しかし、今夜も処置室で付きっ切りで看護が必要だった。

週明けには本土の病院で検査入院になる。

「旧教会にいるから」

ルイはあえて母に伝えた。その方が母は安心するだろう、とルイは思ったのだ。

つまり心配して訪ねてきたりしないだろう、と踏んだのだ。

「〝ちゃんと暖かくしなさいよ〟」

「うん、わかった」

ルイは電話を切ると、庇の下を歩いて入り口に進んだ。すると窓に張りつくようにしてトッ子ときみがルイを見つめていた。

目が合うとトッ子ときみが心配そうにルイの様子を見ていた。

ルイは笑顔で一つうなずいてみせると、トッ子ときみはほっとしたような笑顔を見せた。


電気ストーブをつけていないと寒さが忍び寄ってくる。だからそれ以上の電源を使えない。そもそもこの教会には照明がなかった。かつてはランプとろうそくでミサを行っていたのだ。そのランプも今はない。照明器具がないので、家から学習机のライトや懐中電灯を持ってこようと思ったが、ライトを点けると契約アンペアを超えてブレーカーが落ちる可能性があったし、懐中電灯がみつからなかった。ルイはろうそくをかき集めて持ってきたのだ。

転倒しても床に火が燃え移ったりしないように、大きめの皿にろうそくを立てて、床やテーブルに二〇本も火を灯した。隅に暗闇があると怖いんだよね、とルイが言いながら教会の中にろうそくを満遍なく置いていく。

すると部屋の中がぼんやりと明るくなった。トッ子ときみが教会を見渡して感嘆の声をあげた。美しく幻想的だった。

時間は午後一〇時になろうとしている。だが興奮しているようで、誰も眠そうにしたりしていない。

自然と三人はテーブルを囲んで座った。外の風はすっかり収まったようで、しんしんと雪が降り積もっている。静かだ。

テーブルの上のろうそくの揺れる炎が三人の顔を照らしだしているが、背景はほんのりと明るいだけで、この世に三人だけしか存在しない、という錯覚にとらわれそうになる。

クリスマス間近の教会の夜ということもあっておごそかな雰囲気になっていた。

「二人は春からどうするの？」

ルイが尋ねた。軽い調子ではない。ろうそくに照らされたルイの顔には憂いがある。

「春から……」とトッ子が復唱して、迷った。

きみがしばらくしろねこ堂でのアルバイトを続ける、とは聞いていた。だがトッ子は大学に進むことは話していない。修道会に入ろうと思う、とだけしか伝えていないのだ。

きみは高校中退という扱いになっている。大学に進学するには、高等学校卒業程度認定試験に合格しなければならない。優秀なきみだから、きっとそれも考えているはずだ。

だが、トッ子はそこまで踏みこめなかった。ここでいきなり〝虹女大学〟に進むことを表明するのは違う、と口をつぐんでしまった。

きみも黙っている。

「僕は大学に進学する」

まるで告白するような調子でルイが告げた。トツ子もきみも超進学校のルイが大学に進学するのは当たり前と思っていた。実際に塾に通っていたし、模試を何度も受けている。ただこの数カ月のルイの様子を見ていると、とても勉強に打ちこんでいるとは思えなかった。自身で作曲していたし、トツ子ときみの曲をアレンジしてくれているが、それはとても時間をかけてくれていると思われる丁寧な〝仕事〟だったし、メッセージを送ったときのレスポンスも早い……。

音楽大学に進むんじゃないか、とトツ子はきみと話していたのだ。教会での演奏の初日でトツ子ときみは、ルイの音楽的な知識とセンスに魅了されたのだから。

ルイはきみとトツ子を見やってから、告白を続けた。

「家、島で古くからずっと続いているお医者さんだから」

トツ子は島で見かけたルイと同じ髪色をした女性の姿を思いだした。しゃんと背筋が伸びた美しい女性。女医さん、と思うと合点がいった。

「それを継がなきゃって思ってて」

ルイの表情は冴えない。トツ子はある逸話を思い出した。それは親戚のお兄さんに聞いた話だ。医師になるためにずっとうつむいて受験勉強をしたせいで、顔がひどくむくんでしまった、のだという。お兄さんはそれでも受験に失敗したが、浪人して無事に医学部に入学した。そのお兄さんのお父さんも医師だった。

トツ子はルイの顔を見やった。むくんでもいないし眠そうでもない。お母さん譲りの綺麗な顔だ。

これまでバンドの練習のためにルイの受験勉強の時間をたくさん奪ってしまった……と思っていると、ルイが言葉を継いだ。

「本当はここでバンドの練習してること……っていうか音楽を作ったりしていることも家では内緒にしてる」

ルイの寂しげな瞳が、部屋の隅に片づけられている楽器に向けられている。

「家を継ぐの、僕しかいないから」

医師の子は医師になることが多い、となにかで見聞きした覚えがトツ子にはあった。それは医師になるためにはそれだけのお金が必要で、〝普通〟の家の子はなかなか医師になることができない、というのだ。ただし、国立大学の医学部なら私立医大に比較すると〝タダ〟みたいな金額になる、とも言っていた。

「母親に心配かけたくなくて。塾に通うために街に出て、その度に街のリサイクルショップで機材を買い集めたりして、ここでこっそり修理したりして、演奏してた」

そのときの楽しさを思いだすのか、ルイの顔に微笑が浮かんだ。やはり医学部に進むことを放棄して音楽の道に進むつもりなのか……。

「古本屋さんでいつもきみちゃんがギター弾いてるの見てたんだ」

きみの頬がまた赤く染まったが、ろうそくの灯りに照らされて、きっとルイは気づいていない、とトツ子は思った。

「あのとき、勇気出して声かけて本当に良かった」

ルイの顔にやっと楽しげな、いつもの手放しの笑みが戻ってきた。

「今、すごく嬉しいんだ」

ルイの笑顔に一片の曇りもなかった。勉強を邪魔してしまった、と思いかけていたトッ子はほっとしていた。音楽を楽しみながらも医大を狙っているということなのだろう。

きみもそう思っているようで、微笑している。

「私」ときみが口を開いた。きみが自分から語りだすのは珍しい。

トッ子もルイもきみに顔を向けた。

「まだ考えてなかった。この先のこととか」

たしかにきみは「私、アルバイト続けるんじゃないかな」とまるで人ごとのように言っていたのをトッ子は思いだしていた。

きみは膝の上に置いた手を組み合わせて、モジモジと動かし続けている。まるで言葉をそこから紡ぎだそうとしているかのように。

「いろいろ、順番間違っちゃったなって思ってる」

告白するような口調になっている。ルイもきみが高校を中退してしまったことは知っているので、口を挟んだりはしない。

きみはしばらく黙って考えているようだ。トッ子は苦しくなっていた。無理して言わなくてもいい、と言ってあげたくなった。だがきみはぽつりぽつりと語る。

「私、家から出て、お兄ちゃんと一緒におばあちゃんに育ててもらっててね」

これはルイの知らないことだ。一度ルイが好きな食べ物の話をしていたとき「おばあちゃんの料理が好き」と言っただけだ。

きみは秘密にしているわけではなく、個人的なことを話すことを控えているようだ、とトッ子は感じていた。それはきみが謙虚だからなのだ、とトッ子は理解していた。

「すごく大切にしてもらってるから、期待に応えたくて。本当は全然いい子じゃないのに……」

きみちゃんはいい子だよ、トッ子は言いたかった。だがそれがきみを励ますことにはならない、とどこかで感じていた。ルイも黙ったままだ。

「なんか……申し訳なくなって……逃げちゃった」

トッ子はあの光景を思いだしていた。それは虹女のシンボルとも言える噴水池の前でたたずんでいたきみの姿だ。おそらくきみが虹女を去る日のことだった。

池を見つめて動かないきみの顔には表情がまるでなかった。

あれは虹女を去る……去らざるを得ない心境になってしまったきみの心の表れだった。

もうなにも考えたくない……。

そして美しい青い〝色〟をまとって歩き去った。一度も振り返らずに。

するとルイがきみに問いかけた。

「学校、辞めたこと後悔してるの？」

優しく包むようなルイの声音だった。いたわっているような。

きみはしばらく考えてから小さく首を振った。

「わからない」

きみはまた黙ってしまったが、自分を励ますように顔を上げると続けた。

「でも、自分で決めたことだから、こんなにウジウジしてるのは、違うと思う」

そんなこと言わないで、みんなウジウジしてるよ、とトッ子は言いたかった。だがそんなことを言っても慰めにはならない。

三人がそれぞれの思いの中で沈黙していた。

ただろうそくの炎だけが、ゆらゆらと揺れる。静寂が三人を守ってくれているように感じられた。

トッ子はルイときみを交互に見た。ろうそくのかそけき灯りでも二人の〝色〟が見える。

「きみちゃんとルイくんは、すごく綺麗だよ」

唐突な言葉にルイもきみも驚いてトッ子を凝視している。

トッ子は照れくさそうにしながら、決意していた。この二人になら話せる、と。

「穏やか、というか、澄んでいるというか。そんな〝色〟してる」

きみとルイが考える顔になった。なにかの比喩だと思っているようだった。

この二人なら大丈夫、とトッ子は自分を鼓舞した。

「私……」と臆してしまって言葉に詰まった。小学生の同級生の　〝なっちゃん〟に〝色〟を告げたとき、彼女が一瞬見せた複雑な表情……。

トツ子はもう一度、きみとルイを見た。二人とも穏やかな顔でトツ子を見守ってくれている。この二人にだけは知ってもらいたい。

「私、人のことを〝色〟で見ちゃうクセがあって……変な人に思われるから、秘密にしてるんだけど」

そこまで言って、トツ子は、きみとルイの反応を探った。怖かった。

だけど〝クセ〟なんて言って逃げてしまった。もっときちんと話したい。でも怖い。

「色が見えるってどういうこと？」

ルイが助け船を出してくれた。

「その……。ルイくんは緑色、きみちゃんは青色。その人が持ってる〝色〟を感じる、みたいな、感じで……」

言えた。また二人の反応が気になった。二人はウンウンとうなずいてくれた。でも理解してもらえたとは思えない。だがトツ子の話を聞いて、それを茶化したり怒ったりせずに受け入れてくれた。それで充分だった。照れながらも、トツ子はそっと安堵の吐息をついた。

また静寂が三人を包む。

「なんかすごいね」

ルイが明るい声を出した。

「僕たちは今、〝好き〟と〝秘密〟を共有してるんだ」

トッ子がきみを見る。トッ子ときみは同時にルイを見た。ルイがちょっと照れくさそうにしているのが、なんだかおかしくなって、トッ子が吹きだすときみも笑って、やがてルイも笑ってしまって、三人で笑いだした。

三人の中にいつのまにかあった緊張が一気にほぐれる。

「ルイくんかっこいいこと言った」とトッ子がからかう。

ルイも笑いながらも照れくさくなったようで顔を手で覆ってしまった。

するとルイが「あっ、そうだ」と立ち上がった。

ソファの上にあるラジカセに向かう。なんとこの年代もののラジカセは六本もの単一電池で作動するのだ。

「気象情報を……」

そう言いながらルイはスイッチを入れたが、ラジオの音は聞こえずに雑音だけが聞こえてくる。

「電波つかまえるの、難しいんだ」とルイがアンテナを動かしている。

するといきなり音楽が流れだした。

トッ子が身体を震わせた。あたかも電流が身体を貫いたように。

「どうしたの?」とルイが心配してくれる。

「ジゼル？」と音楽を聞きながらルイに尋ねた。

「好きな曲なの？」

「うん。憧れの曲」

ジゼルはトツ子の記憶を呼び覚ました。陶酔と憧れと挫折がトツ子の中に蘇る。

だがろうそくの淡い灯りがトツ子を大胆にしていた。かつて見たバレリーナの絵画がろうそくのような灯りの下で描かれているのを思いだした。美しいというより魅惑的な絵だと子供ながらに感じたものだ。

ジゼルで踊る高校生のお姉さん。そして彼女の青い〝色〟を従えて踊る姿は壮絶なまでに魅力的で、幼かったトツ子を魅了したのだ。

「小さいころバレエ習ってたの。うちの一階がバレエ教室で……」

笑っている年長のお姉さんたちの視線が、トツ子を突き刺した。あの時、トツ子は不安になった。だが心に感じたはずの〝痛み〟に向き合わなかった。ただ逃げだした。でも、今、トツ子はその痛みを受け止めることができた。挫折……。あんなに完璧に見えたきみも逃げだした。いつも優しくて完璧に見えるルイも進路で苦悩している。

「でも、私、あんまし、上手じゃなくてね。辞めちゃったんだけど」

はじめてトツ子はバレエのことを人に話したのだった。そして〝上手じゃなくて〟と口にしたのもはじめてだ。母にも父にも話したことがなかった。

ルイときみは時折うなずきながら、トツ子の打ち明け話を真剣に聞いてくれている。

トッ子は解き放たれたような気持ちになっていた。

ラジオから流れる〝ジゼル〟が優雅なエンディングを迎えた。

「この曲で踊るの。夢だったんだ〜」

するとルイが「トッ子ちゃん」と笑顔を向けてきた。

「この曲、弾けるかもしれない」

ルイは隅に置いてあるテルミンを取りだして、ストーブのコンセントを抜くと、テルミンのコンセントを接続して、スイッチを入れた。

ルイはテルミンの前で右手と左手を少しずつ動かしながら、音を探っている。やがてルイは自在に手を操りながら、ジゼルを奏ではじめた。

トッ子は立ち上がった。揺れる炎に照らされる教会がトッ子の背中を押した。踊れる。ここなら、二人の前なら踊れる。

トッ子は一歩踏みだした。爪先を伸ばして静かに美しく。

ルイの奏でるジゼルに合わせて、ターンしてみる。照れくさい。だがもう少し。踊れた。楽しい……。

だがトッ子は最後まで踊れなかった。急に照れくさくなって笑いだしてしまった。

「なんかこんな感じで……。難しいことはできなくて……ちゃんと習ったわけじゃないから、〝目コピ〟で」

ルイが笑う。

「〝目コピ〟って〝耳コピ〟みたいなこと?」

「そう」

するときみがきみらしく控えめに拍手を送ってくれた。

それでトツ子は充分だった。自信などもてるわけもない。自分の踊りがひどいのは〝お姉さんたちの意地悪な笑顔〟を見なくてもいずれ知ることになったはずだ。

でもそんな自分を少しだけでも認めて踊りを披露することができたのは、きみとルイがいてくれたからだ。


演奏とバレエが高揚をもたらしたのだろう。三人が眠りについたのは、午前一時だった。トツ子ときみはソファに浅く腰かけて、厚い毛布を数枚、身体に巻くようにして眠った。ルイは少し離れた場所に毛布を敷いて、その上で寝袋に入った。

ストーブは点けっぱなしにしていたので、室温はそれなりにあったようで、凍えて眠れないということはなかった。

一番先に寝入ったのはトツ子だった。久しぶりに踊ったバレエで疲れた……というより心地よい解放感に浸って心穏やかに眠りについたのだ。

翌朝、一番に目覚めたのはトツ子だった。きみは隣ですやすや眠っていた。

ルイは横になったときとまったく同じ姿勢のままで寝入っている。

窓から射しこむ朝陽がまぶしい。雪はやんだようだ。

きみを起こさないように、そっと毛布を外してソファから立ち上がった。身体のところどころがいくらか痛むが、それほどひどくない。意外なほどにすっきりした目覚めだ。

トツ子は足音を忍ばせて、教会の出入り口から外に出た。

一面の銀世界だった。朝陽を受けてキラキラと輝いている。スニーカーで雪を踏んでみる。キュッキュッと音をたてて、くるぶしが埋まるほどに積雪していた。

キュッキュッと雪を鳴らしながら歩く。楽しかった。

すぐに目の前に海原が広がった。美しい。昇ったばかりの太陽の光が海上を照らして輝いている。

「ありがとう」と感謝したくなるような景色だった。

運航を再開した船で、トツ子ときみは島を離れた。朝一番の船は知り合いの乗船率が高いから、とルイとは教会で別れた。

いつもなら、ルイは「またね～」と両手を大きく頭の上で振って見送りをしてくれるのだ。トツ子も手を振るがさすがに大きな声は出せない。きみに至ってはうつむき加減で顔の前で小さく手を動かす程度だ。ルイからは見えないほどの〝さよなら〟だ。きみが目立つことが苦手なのをトツ子はこの数カ月で知った。そんな彼女が学校の中では〝リーダー〟のように扱われた。しかも、白か黒かの判断をゆだねられて、ときに反対意見を切り捨てて決断しなくてはならなかったはずだ。苦痛だったろうし、居心地が悪かったのだろうな、ということはトツ子にもわかった。ただきみが〝いい子じゃない〟と言っているのは、ちょっとわからなかった。きみはその謙虚で奥ゆかしいところも含めて間違いなく〝いい子〟だった。

ただ一つだけ気になっていることがトツ子にはあった。ルイが医大に進んだとしたら、島を離れることになる。県内にも国立の医大はあるが、島から通うことは現実的ではない。だとしたら、バンドを続けることはできるのだろうか。それが気になっていた。だがきみの気持ちを考えると、そんなことをきみに問いかけることは決してできなかった。

トツ子ときみは黙ったままで海を見つめていた。

トツ子は寮に戻ると、真っ先に職員室を訪れた。日吉子に礼を告げたいと思っていたのだ。トツ子の姿を目にすると日吉子は立ち上がってトツ子の前までやってきた。

「聖堂へ」と日吉子は告げて、トツ子を伴って聖堂にきたのだった。きっと他の教師やシスターたちには会話を聞かせたくなかったのだろう。

「昨日はありがとうございました」

聖堂の信徒席に並んで腰かけると、すぐにトツ子が頭を下げた。

「いえ。〝合宿〟はどうでした？」

「はい」

トツ子はマリア像を見ながら続けた。

「〝変えられないものを受け入れ、変えられるものを変える勇気〟というのが少しだけわかったような気がしました」

過去は変えられないかもしれない。でも、その過去の呪縛から逃れることは可能だと知れた晩だった。きみとルイの前でバレエを踊ったことが、まるで夢のように思いだされた。あの瞬間は生涯忘れることのない思い出になるはずだ。

隣で日吉子が手で十字を切って「アーメン」と唱えた。

きみが帰宅すると祖母の紫乃は昼食の支度をしていた。

食事の支度が一段落したところで、きみは紫乃に話があると申しでた。

ダイニングテーブルを挟んできみと紫乃は向き合って座っていた。

紫乃の顔に笑みはない。無表情というよりは、少し怒っているように見えた。

相談もなく学校を辞めたこと、それを黙っていて、よりによって寮にもぐりこんだこと。それについて謝罪はしたが、昨夜はいきなり外泊だ。これまでなかったことだし、そんな異変が立て続けにきみの身に起こっている。心配もしてくれているだろうし、怒っていてもおかしくない。

それを覚悟の上できみは紫乃に頼みごとがあった。

「ずっと黙っててごめん」

きみが謝ったが、紫乃は黙りこんだままだ。

「心配かけてごめんね」

さらにきみが謝るが、やはり紫乃は無言のままだ。

「隠し事してごめんね」

さらにきみは謝罪をするが、紫乃は動かない。

「実は、私、バンド組んでて、今度演奏するんだ」

紫乃は表情一つ変えないままだ。

「すごく楽しいの。見に来てくれる？」

思い切って告げたきみの言葉は虚《むな》しく消えていく。流しに水滴がポタリと垂れる音がやけに大きく聞こえた。

紫乃が動いた。席を立って料理の続きを作りはじめたのだ。

きみは「ごめんね」と口の中でつぶやいたが、もうそれ以上はなにも言えずに、立ち上がると部屋に向かった。


奇《く》しくもきみと同じ時間に、ルイと母親はダイニングテーブルを挟んで座っていた。

「ずっと黙っててごめん。大学はちゃんと行く」

毎週日曜日、塾で自習をするといって出かけていた息子が、旧教会に〝友達〟と集まって演奏をしていたことを聞かされて、母親は絶句した。怒っているというより絶望しているようにルイには見えた。

さらに旧教会に〝大量〟の楽器を買いこんでいたことも、ルイは母に告白したが、母親の唇がわなわなと震えていることに気づいた。

「でも、僕、ずっと音楽が好きで……」

ルイは母の様子を探った。ルイが音楽好きなことを母は知っているはずだ。母はルイの顔を見て身構えているように見えた。ルイにはその理由がわからなかったが、ようやく気づいた。母はルイが音楽の道に進みたい、と言いだすのではないか、と恐れているのだ。だがバンドを組んでから行われた直近の模試の結果、志望大学に入れる可能性が高いという判定が出ていることを、母親も知っているはずだった。受験勉強に関して言えば手抜きはしていない。寸暇を惜しんで学んでいるが、ルイにとって音楽は呼吸や食事と同じく欠かせないものなのだ。

だが、母はそれを〝ゆるみ〟と捉えているのだろう。

「出会った子たちとバンドを組んでて、今度、お客さんの前で演奏するんだ。母さんに、来てほしい」

ルイの切実な訴えに、母は返事をしなかった。時計を見上げると席を立った。診療時間になったために、無言のまま階下の診療室に向かってしまった。

ルイはトツ子にもらっていた〝聖バレンタイン祭〟のチラシに〝一五時に虹女の体育館で演奏します〟と書いて、いつも母が座るダイニングテーブルに置いた。

夕飯のときにテーブルを見ると、チラシはなくなっていた。

きみも紫乃から確たる返事はもらえなかった。ただルイの真似をして〝聖バレンタイン祭〟のチラシにメッセージを書いて紫乃が愛用のリビングのソファに置いておいた。

翌日、確認するとチラシはなくなっていた。

ルイから「練習時間を増やしたい」との要望が出たのだが、トッ子ときみが却下した。

ルイが医大を志望していることを聞いていたし、教会を借りて練習させてもらっている島の医療の担い手であるルイが受験に失敗したら、それは恩を仇《あだ》で返すようなものだ、と考えたのだ。

それにかなり完成度は上がっていて、今まで通りに練習していれば二月半ばまでには満足のいく演奏ができる、とトッ子もきみも感じていた。

ところがルイは、しろねこ堂の閉店時間を見計らって来店し、そこにトッ子も呼びだして、リサイクルショップで、ステージ衣装を買おうと言いだしたのだ。

だが〝ステージ衣装〟のイメージがトッ子もきみも湧かず、何軒か見て回ったが、買ったのは結局、ルイだけだった。なんとペラペラの淡い紫色のスーツに胸元に大きなレースの飾りがついたシャツ、そして白いエナメルの靴をすべてリサイクルショップで揃えてしまったのだ。

トッ子は〝昔のマジシャン〟〝昔の演歌歌手〟と思ってしまったが、決して口には出せなかった。ルイはそれを一五〇〇円で手にした。ルイは安い、と喜んでいたが、トッ子には高い買い物にしか思えなかった。

週に一度の練習は相変わらず島の教会で行っていたが、一人での練習も肝心だった。三人とも、時間さえあれば一人で練習をしていた。

毎週、集まるたびに、トッ子ときみの腕前が上がっていることにルイがいち早く気づいて称賛してくれた。そんなことも励みになるのだった。

そして、二月に入ってから聖バレンタイン祭の実行委員から、唯一の在校生でありバンドの代表となっているトッ子のところにバンド名を教えてほしい、と依頼があったが、なんとまだバンド名は決まっていなかった。

急遽、ビデオ会議が開かれて、ルイの案にトッ子ときみが同意して即決した。

トッ子がノートにペンで大きく書きつけた。

〝バンド名　しろねこ堂〟

トッ子は〝森の三姉妹〟と日吉子には、発表する曲を事前にパソコンで聞かせていた。森の三姉妹も日吉子も聞きたい、と望んだからだ。

事前に曲を知っている人が会場にいることは重要だ、とルイが言っていた。海外の有名なバンドの逸話だったが、会場の一部でも盛り上がっていると、それはやがて会場全体に広がっていくものだ、というのだ。

「もちろん、曲が良いっていうのが大前提だけどね」とルイは照れて頬を赤らめた。

聖バレンタイン祭の当日、好天に恵まれ、朝から気温が上がって、春を実感できる陽気になった。

シスターや保護者たちが校庭にたくさん張ったテントでは豚汁やうどんなどの温かい食事を提供していて、生徒たちの長い列ができていた。

体育館では午前中の聖歌隊の聖歌や演劇などの〝おとなしめ〟のプログラムが披露された。午後にはマジックショーからはじまり、中には漫才を披露する虹女の生徒もいたりした。だが暖かい陽気もあって、暖房設備がなく寒い体育館に集まる人の数は少なかった。

トツ子たちは体育館の準備室に設えられた〝控室〟で出番を待っていた。

トツ子は悩んだ末に〝晴れやかなよそ行き〟と思っている服を数少ない私服の中から選んだ。オフホワイトのスカートに同色のジャケット姿だ。たしかにバンドマン風ではない。それを身につけて〝森の三姉妹〟に披露すると三人とも言葉を失ったように見えた。「かわいい」という当たり障り無い言葉も出てこないようだった。トツ子が不安になっていると、サクが「ピアノの発表会だね」と絶妙な突っ込みを入れた。

これには〝森の三姉妹〟のみならず、トツ子もおなかを抱えて笑ってしまった。

きみは半袖のTシャツの上に袖無しのGジャンを羽織っている。そのどちらもきみの兄がロックバンドに参加していたときのもので、細身のきみにはオーバーサイズだったが、それもロックバンドのロックンローラー風でクールだった。ところが当のきみは椅子に座ったまま両手で顔を覆って、小刻みに足で〝貧乏ゆすり〟をしていた。

ルイは淡い紫のスーツにレースのシャツ、そしてヒールのある白いエナメルの靴を履いている。トツ子は〝昔風〟の衣装を心配していたが、これが柔和な美男子のルイには似合っていた。スタイルの良さもあって、〝攻めてる〟ファッションブランドの懐古趣味的な服にも見えた。つまりルイはモデルのようなのだ。

そんなルイはずっとノートパソコンを操作していた。

「ねえねえ」とルイが声をかけた。トツ子ときみに声をかけたつもりのようだが、反応したのはキーボードの〝おさらい〟をしていたトツ子だけだった。きみは顔を覆ったままの姿勢で動けないようだ。

「僕たちのバンドのアカウント、作ったんだ～」

ルイがノートパソコンの画面をトツ子に向けた。

そこにはバンド名とアイコンに白猫のイラストが入ったアカウントがあった。

まだそれは骨組みだけのもので、メンバーや書きこみなどはまったくない。

「わ、すごい。しろねこ堂！」

「今度、作った曲、アップしてもいいかな？」

「え～！」とトッ子は驚愕の悲鳴をあげた。

「インターネットの世界に私たちが！」

いまどきSNSに上げることは、普通のことだが、ネットに疎いトッ子には一大事に思えた。だが同時にネットに曲をアップしたことで、メジャーになっていくバンドも世界中に存在しているのも事実だ。

「せっかくだもん。誰かに聴いてもらいたいよ」

「わ～！　それすごいね。ね、きみちゃん……。どしたの？」

きみは顔を覆ったままで口の中でなにかつぶやいている。

「良かったのかな」と言っているように聞こえた。

「ん？　なにが？」

きみは顔を覆ったままだが、その声できみが泣きそうになっていることがわかった。

小声でひどく早口だ。

「私、よくよく考えたら学校辞めてるのに、ライブなんてして、良かったのかな」

小さい声だがトッ子はどうにか聞き取れた。トッ子は心配になったが、同時におかしくなってしまった。

「なに言ってるの、きみちゃん。そんなやる気マンマンの格好して！」

きみは覆っていた手を顔から放して、ぽかんとした顔でトッ子を見た。

きみのGジャンの背中にはでかでかと〝Rock it!〟と荒々しくペイントされている。

それは〝やってやるぜ！〟や〝やっちまえ！〟という意味に使われるスラングだった。舞台を前にしてナーバスになっているきみには似合わない言葉を背中に背負っていた。だがきっときみの心は〝やってやるぜ！〟なのだ、とトッ子は思っていた。きみがその意味を知らないとは思えなかったのだ。きみが寮に泊まったとき、トッ子のベッドサイドに彫りこんであった〝GOD almighty〟を見て「なんてこった」とつぶやいたのがトッ子は気になっていた。辞書で調べてみた。〝全能なる神〟という意味もあったが、これもスラングで〝なんてこった〟という使い回しをするということがわかったのだ。〝GOD almighty〟と彫りこんだ先輩と同じく、きみもきっとロックンロールの魂を持っているはずだ、とトッ子は思った。

「きみちゃん、僕なんて完全に部外者だよ」とルイが吹きだした。

トッ子も吹きだして、きみにもようやく笑顔が戻った。

笑っていると「日暮さん、きみちゃん」と控室の開きっぱなしになっている出入り口から声をかけられた。

そこにはきみのかつてのクラスメイトで同じ聖歌隊の玉川と、やはり聖歌隊の三年生のメンバーが二人立っていた。玉川はきみの後を引き継いで、聖歌隊の部長になっていた。

トッ子は彼女たちを知っていたが、トッ子の名前を知っていたことに驚いていた。同じクラスになってもトッ子の名を知らないままに、一年を過ごす同級生がたくさんいるのだ。

「元気？」と玉川がきみに声をかけた。

きみは戸惑っているように見えた。だが突然、きみは立ち上がった。そして聖歌隊の三人のもとに駆けよった。

「わ〜、きみちゃんの服カッコイイねぇ」と玉川が褒めたが、きみの耳には届いていないようだった。

聖歌隊の三人の前に立つと、きみは「急に……」と言いかけたが声が裏返ってしまった。

きみはごくりと生唾を飲んで続けた。

「あの……急に黙って辞めてごめんなさい……それから、今日、演奏させてもらうことも……」

そこまで一気に告げてきみは頭を下げた。

聖歌隊の三人は顔を見合わせ、玉川が「会えてうれしいよ」と言うと、他の二人は大きくうなずいた。

トツ子からきみの顔は見えなかったが、すくめられていたきみの肩がゆっくりと下りるのが見えた。ずっときみの心に引っかかっていたことなのだろう。謝罪できたことで、少し楽になるといいのに、とトツ子は祈るような気持ちになった。

「みなさん、そろそろステージに移動してください」

日吉子が控室の前からトッ子たちに声をかけた。日吉子の隣にはステージの進行係の生徒が進行表を手にして控えている。

現役二年生のバンドが二組、ドタキャンしてしまったようで、しろねこ堂の出番が三〇分繰り上がることになったのだ。

控室からステージの袖に移動したトッ子たちは、ステージ担当のスタッフが機材を設置してくれるのを待っていた。

トッ子があらためて、初対面になるルイを日吉子に紹介した。すでに〝影平さん〟が実は男性であることは告白済みなのだ。その際に日吉子は「そうですか」と眉一つ動かさずに応じただけだった。

「日吉子先生、こちらが影平ルイくんです」

トッ子の紹介に、ルイが少し緊張した様子で一礼した。

「影平です！　今日はありがとうございます！」

緊張のせいか、念願のステージ演奏を前にした昂《たかぶ》りのためか、ルイの声は普段よりも大きくなっていた。

「楽しみにしています」

受ける日吉子はいつも通りのクールさだ。

「今日、演奏する曲、事前に日暮さんに聴かせてもらいましたが、〝反省文～善きもの美しきもの真実なるもの～〟のギターリフがすばらしいですね」

〝反省文～善きもの美しきもの真実なるもの～〟は、ルイが作曲した曲だ。日吉子の言葉にインスパイアを受けてそのタイトルになったのだ。日吉子もきっと気づいているはずだ。

いきなり日吉子の口調が熱を帯びだした。

「あのギターリフに続いての、ミュートしながらのストローク、とても胸に響いてきました。私としては、さらに……」

「先生、お詳しいですね」とトッ子が過熱する日吉子を止めた形になった。

日吉子は我に返って、頬を真っ赤にしている。

「機材チェックお願いします」とステージ担当のスタッフがトッ子たちに呼びかけた。

ルイが「はい」とステージに向かって、きみも続いた。

トッ子もステージに向かおうとしたが「実は」と日吉子に声をかけられた。

「私もあなたたちぐらいのときに、少々ロックなバンドを……」

振り返って日吉子の顔を見た、トッ子は驚きで目を丸くした。顔を赤らめたままの日吉子がひどく動揺して、まるで告解でもしているかのようだ。

「恐れ多くも〝GOD almighty〟というバンド名で……」

トッ子の中でこれまでの様々なことがつながった。日吉子も同じ虹女の卒業生だった。寮生活だったのだ。トッ子のベッドの手すりに〝GOD almighty〟と彫ったのは日吉子だろう。きみが寮に泊まりにきたあの夜、見回りにきた日吉子が執拗《しつよう》にトッ子のベッドを見ていたのは、きみに気づいていたからではない。あのベッドに見覚えがあったからだろう。〝GOD almighty〟という文字を探していたのだ。

そして、きみも日吉子もロックンロールな魂を持ったクールな〝色〟を持っている。

しかし、最後に日吉子の声は震えて小さくなった。

「できれば消したいのですが」

それがベッドに彫った〝GOD almighty〟の文字なのか、それともロックバンドを組んでいたことなのか、トッ子にはわからなかった。

だが一つだけトッ子にはわかったことがあった。

「先生、変えられないものを受け入れてみる、というのはどうでしょうか？」

日吉子は戸惑ったような顔をしたが、すぐに笑顔になった。そして珍しく「フフ」と声をたてて笑った。

トッ子はすっかり嬉しくなって、きみとルイが待つステージに向かった。

不思議とトッ子はリラックスしていた。頭の中で演奏のイメージをしながら、キーボードの設定を確認していた。

「〝次はしろねこ堂のバンド演奏です。お楽しみください〟」

司会進行の生徒が二人、幕の前で紹介してくれている。それに応じてまばらな拍手が起きた。幕があって観客の人数を確認することはできないが、確実に〝少人数〟だろう。

「ねぇトッ子」とギターの調整をしていたきみが振り向いて、いきなり呼びかけてきた。

「トッ子は何色なの？」

いきなりの質問に驚いたが嬉しかった。きみはトッ子の話を受け入れてくれたのだ。そして考えてくれた。

「実は、わからないんだ」

告白したトッ子は、ちらりとルイの様子をうかがうと、ルイもトッ子ときみのやりとりをしっかりと聞いていたようで、小さくうなずいてトッ子を見た。

「そっか」ときみはいつものクールな様子で答えた。

それと同時にブザーが鳴って、幕が上がっていく。

「あ、はじまるよ」とトッ子が二人に小声で呼びかけた。

きみもルイもまったく緊張している様子はない。

トッ子も観客の様子を確認する余裕があった。

ざっと三、四〇人ほどだろうか。ほとんどが虹女の生徒だ。しかも聞く気がないようで、三々五々床に輪になって座りこんで話している。

ルイがシンセサイザーで重低音のドラムビートを刻んだ。


やってやるぜ！

11

当初は、作曲を担当した曲は、それぞれがボーカルを務めようという流れだったのだが、きみのボーカルがすばらしすぎた。ルイが「すべての曲をきみちゃんに歌ってほしい」と言いだしてトッ子が大賛成したことで、控えめなきみも引き受けた。とはいえきみもボーカルを担当することに喜びを感じていたようで、詞の意味や曲の解釈をルイやトッ子に熱心に尋ねて「ここはもっとシャウトしちゃっていいのかな」などと普段なら決して見せない積極的な姿勢で臨んだのだ。

ステージのオープニングはルイの〝反省文〜善きもの美しきもの真実なるもの〜〟だった。

タイトなドラムビートをベースに、ヘヴィなギターときみの透き通るような歌声が絶妙にマッチした曲だ。

どうやらルイはきみがボーカルであることを計算して作ったのだ、とベースを担当しているトッ子は感じていた。硬質でスリリングなのに分厚さを感じさせる曲調は、聴くものを圧倒する迫力があった。それは〝プロ〟を感じさせる完成度だった。日吉子が夢中になったのも納得だった。

♪あしたは明日も来る　太陽にひかりの道
空はそれでもきらめき艶めき　みんなで一緒にGOD almighty♪

そこできみが観客に背を向けて後ろのスピーカーの前でハウリングが起きない程度に〝荒れた音〟でつんざくギターを響かせた。カッコイイといつもトッ子が感じるフレーズだ。
観客の様子に変化があるように思えた。背中を向けていた生徒の何人かが、ステージに向き直ったのだ。
きみが再びマイクに向かう。

♪あいまいなの 境界の無い
さけぶこころの声まで飛ばして　わたしはあなたを愛してる♪

そこできみが思いきりギターを掻《か》き鳴らす。それまでの静かなボーカルが嘘のように、ギターのハードな音が響きわたる。
そして一曲目が終わった。

静寂がおとずれると、体育館の観客たちの声があちこちから聞こえてくる。

「きみ？」「男の人？　誰？」

「きみ先輩？」「あ、そうだ。他の人たち誰だろう？」

「あ、私、知ってるよ。毎日、一人で聖堂にいる子」

その声はかなり大きくて、トッ子にも聞こえた。侮るような調子があった。でも〝変な子〟と言われなかっただけでも良かった、とトッ子は思った。

すると「トッ子〜！」という大きな声援が体育館の雑音をかき消した。

それは間違いなくサクの声だ、とトッ子にはわかった。〝変な子〟なんかじゃない。日暮トッ子は私たちの仲間なんだ、というサクの想いを込めた声援に、トッ子は胸がいっぱいになった。

その声援に応えるように、トッ子は二曲目のイントロをピアノで奏でる。

二曲目はきみの〝あるく〟だ。

暗いかも、ときみが危惧した曲が静かに滑りだした。

♪灯りを　燈すの　誰かの夢
光より愛に沿う　花となり　咲きたい♪

そこからルイがテルミンで加わる。トッ子が最高に好きなハーモニーだ。二人の緑と青の〝色〟が溶けあう。

観客が全員、ステージに顔を向けていた。音楽に聴き入っているのがわかる。人数が少し増えているような気がした。その中にいつか島で見たルイの母親と思われる女性の姿を見つけた。ルイは気づいているだろうか。

♪灯りは　揺らいで　やわらかく
舞い上がる水のささやきを知り　たたずむあなたへ愛のうた放つ
歩けそう？　聴こえそう？　音の波とこの声♪

〝舞い上がる水〟はきみが虹女を去る日に見つめていた池の噴水だろうか。

あの日から、きみは抜け出そうと……いや、自分を鼓舞しているのだ。歩こう、と。

歌い終えると、きみは再び背後のスピーカーの前でギターを近づけた。今度は明らかなハウリングが起きている。だが騒々しくない。ゆったりとしていて、それはまるで鯨の鳴き声のようだった。切なげだが力強い鯨の咆哮《ほうこう》。

体育館に拍手が起きた。恐らく最初は三人、それが水面に落ちた水滴が作る環《わ》のように体育館の中に広がっていく。

その大きな拍手が呼び水になったようで、体育館に人が増えていく。

軽快なイントロが流れだした。

最後の曲はトツ子の〝水金地火木土天アーメン〟だ。

いきなりのハイテンポで一気に観客が身体を揺らすのが感じられた。

♪水金地火木土天アーメン♪

謎の歌詞に観客から笑う声が聞こえる。だが乗っている。間違いない。

♪きみの色が　ぶち抜きました　私の脳天土天アーメン　ほんとにルイ腺　虹色のカーテン♪

きみの〝色〟がトツ子の〝脳天〟を〝どってん〟したのは事実だ。

♪くるくる回ってきらきらとうとつ　くるくる回ってきらきらと　くるくる回ってきらきらとうとつ♪

バレリーナが回転するイメージだ。そしてそれは太陽系のイメージにつながる。

♪わくわくわくわく♪

きみのリフレインの後ろで、♪わたしは　わたしは惑星♪とトッ子がインする。この一瞬だけトッ子がリードするのだ。

♪水金地火木土天アーメン　昨日のごはんはあったかソーメン　水金地火木土天アーメン♪

ここはゴロの良さだけで選んだ言葉だったが、観客が湧くのがわかった。

間奏で客に目をやると、いつのまにか体育館は満員だった。そして全員が身体を揺らしている。3年C組でやっている幽霊屋敷のゾンビ看護師たちが固まって踊っている。軽食コーナーにいたフライドポテトとハンバーガーの着ぐるみがハネている。シスター二人が手を組んで、クルクル回りながら踊る。森の三姉妹が〝3-A〟のゼッケンをつけたTシャツを着て、派手に踊っている。なんとシスター樹里まで踊っていた。

日吉子は笑顔だが踊っていない、と思ったら、急に踵《きびす》を返して、体育館を出ていってしまった。

でも、決して乗れなかったわけではないことがトッ子にはわかった。去りゆく日吉子の足の運びがリズムを刻んでいた。きっと慎み深い日吉子は人目のない場所で、心ゆくまで乗りまくるつもりなのだ。

♪このままふたりで　宇宙の果てまで♪

演奏を終えると、拍手ばかりでなく歓声があがった。

観客が波うっている。

その中にトツ子の父と母の姿が見えた。二人揃って飛び跳ねて手を振っている。

そしてジャケットの胸元にハートのバレンタインサインをつけた女性がひときわ大きな声で「愛してるよ～」と叫んで片手を突き上げた。

その女性を見て、それまでまさに〃やってやるぜ！〃をやり切ってロックンロール魂全開だったきみが急に照れたようにかわいらしく笑った。

きっとあのロックな服装の女性はきみのおばあちゃんに違いないな、とトツ子は確信した。

いつまでもいつまでも、歓声が終わることはなかった。ルイとトツ子ときみは視線を交わしあって、うなずいた。

万が一の場合に備えて用意していた〃水金地火木土天アーメン2〃をアンコールとして披露することにした。

やってやったぜ！

12

卒業式を終えて、入学式を迎えるまでのわずかな時間、虹女の寮はほぼ無人になる。トツ子のように帰省しない生徒も多少はいるが、新学年を迎えるに当たって、帰省して準備する者が多いのだ。

トツ子は翌日から〝お隣〟と言っていい虹光女子大へ進む。そこでも寮に入ることになっている。本格的な修道生活に入るのはまだだいぶ先になる。

今年の桜は早く、卒業式には開花がはじまった。このままでいけば入学式には散ってしまうだろう、と予想されていた。

だが手入れの行き届いた虹女の中庭に様々な花々が咲き誇っていた。

春の陽光に照らされた花が、その生を謳歌《おうか》しているようだった。

寮の前の中庭にも小さな池があり、真ん中には噴水があった。水面が照り映えている。

トツ子は制服姿でその庭に一歩踏みだした。

トツ子は青空に目を向けて、春の気配に満ちた空気を吸いこんだ。

目を閉じるとダンスフロアのようになった体育館でのライブステージの光景が浮かん

でくる。ルイの弾けた笑顔、きみのシャウトする横顔、そして三人の視線が交差した瞬間。とろけるような歓喜に満たされた。

ルイは東京の大学の医学部に合格したことを、トツ子ときみに報告してくれたが、それがどこの大学なのかは教えてくれなかった。ただ、しばらくはこちらには帰って来れないんだ、とルイは涙ぐんでしまった。

それはしろねこ堂というバンドの休止を意味していた。だがそれが〝休止〟なのか、それとも〝終了〟なのか、はっきりしなかった。そこに触れることを恐れた。明らかにしたくなかった。トツ子ばかりでなく、きみもルイもそう思っていたはずだ。

きみは高卒認定に向けて勉強をはじめた、と報告してくれた。きっと優秀なきみのことだから、合格するだろう。だがきみはどこか暗かった。いや、はっきりと悲しんでいた。ルイと離れてしまうことを。

みんな少しずつ歩みを進めていく。だけど、またきっとどこかで視線を交わせる瞬間があるはずだ。

そしてトツ子はきみには内緒で、ルイにメッセージを送った。

〝東京に引っ越す日はいつですか？　どうやって東京に行くの？　飛行機？　船？　それともバス？　わかったら出発する時間を教えてください〟

すぐにルイから返事があった。

トツ子にできることはそれくらいだった。あまり深入りすると夢中になりすぎて失敗をやらかしてしまう。

閉じていた目を開いた。中庭を照らす陽光がまぶしい。

トツ子は爪先を伸ばして、もう一歩踏みだした。

頭の中にジゼルが流れだした。演奏はもちろんルイのテルミンだ。

心のままに……。

トツ子は憧れのお姉さんのジゼルをトレースしながら、踊りはじめた。

バロネ、ドゥヴァン……。

ブレてもいい。高く飛べなくてもいい。回転が足りなくてもいい。お姉さんじゃなくてもいい。

踊りながら、寮の窓に人の姿が見えた。一人ではない。三人、四人……。

だが少しも恥ずかしくなかった。

笑われるような拙《つたな》いダンスでもいい。もし、笑った人がどこかでなにか慰められるのだとしたら、それは私の喜びです。

ピルエット。

踊ることが楽しかった。もう照れ笑いなどしない。私は幸せだ。踊る喜びを自ら貶《おとし》めるようなことを絶対にしない。

自分の幸せは自分で決める。

どこまでも高く自分は飛べる。

トッ子は青空に向かって飛んだ。手を伸ばしたその先に青空があった。

「見えた」とトッ子はつぶやいた。

空に伸ばした手が赤く見えた。朱に近い赤だった。

一瞬だけ見えた。

それが私の〝色〟。綺麗な赤。私はその〝色〟が好きだった。

トッ子は心を解き放つことのすばらしさを味わいながら踊り続けた。中断することなくフィニッシュまで。

エピローグ

三月半ばの春の海は穏やかだった。

この時期は人の移動が多い。ルイが乗っているのは東京（と言っても実際に到着するのは神奈川の港なのだが）へ直行する大型フェリーだった。長い別れになることが多いのだろう。見送りの人々も埠頭《ふとう》にひしめくように集まって別れを惜しんでいる。

七色の紙テープが船上の人々と埠頭で送る人々を結んでいる。紙テープがはためいて綺麗だった。

ルイは送られる人々の間をすり抜けて、船室を目指していたが、大きなバックパックを担いでいる上に両手にも楽器類を目一杯持ってきてしまったので、なかなか進めない。

やがて出航の時間を知らせるアナウンスがあって、去る人、送る人がひときわ大きな声で別れを告げる。ちぎれた紙テープが風に舞う。

ルイはデッキの少し離れた場所に楽器を置いて、埠頭の人々を眺めた。

トッ子に問われてルイは、出港する時間、場所を知らせた。だがトッ子もきみも姿が見えない。

ルイはデッキに置かれた楽器を見やった。シンセサイザーとテルミン、そしてウクレレ、バックパックの中には愛用のラジカセも押しこめられている。

教会に置いていた楽器類はルイの部屋に回収した。そしてルイは中学校のかつての担任教師であった校長に掛け合って、伝統的に行っていた生徒による校外清掃の一環として〝旧教会〟の清掃を依頼して引き受けてもらうことに成功した。そのことを教会守の〝田口さん〟に伝えると、涙を流して喜んでくれた。

今日も、田口は島の船着場でルイを見送ってくれた。餞別《せんべつ》だ、と島の名物となっている乾めんとあごだしをたっぷりと手渡された。

ルイの東京の住まいは文京区という都内の一等地にある大学の学生寮だった。家賃は光熱費などを含めて六万円と破格の値段で、キャンパスまで電車移動になるが三〇分ほどで通える。しかもまだ造られたばかりの綺麗な寮だった。

そんな寮だからかなりの倍率だった。三倍だと聞いていたが、ルイは入寮が決まった。応募者の家庭の年収が低い順に決まっていくものなのだ。

ルイが入る部屋は個室で六畳より少し狭い。そこにベッド、机、エアコン、洗面台などが詰めこまれている。自分で用意するものはほとんどなかった。

シャワー、トイレ、キッチン、リビングは共用だが、清潔だ。

ただ楽器を部屋で演奏することは許されていなかった。トラブルのもとなのだろう。

それでもルイは楽器類を持ちこまずにはいられなかった。

手すりにもたれてルイはため息をついた。

アイドリングしていた船の機関音が高まる。出港するようだ。

海に突きでた長い堤防に、膝を抱えて座る二人の女性の姿があった。

トッ子ときみだ。

「ちゃんと会わなくて良かったのかな?」

トッ子がつぶやいた。

きみは唇を固く結んでいるがうなずいた。

「またすぐ会えるよ」

きみはそう言って光を反射している海を見つめている。

「だよね」

そう返しながらもトッ子は納得していなかった。だがきみが苦しくなるようなことは決してしたくなかった。

ルイに対する気持ちをきみに問いただしたりはしていない。そんなことはしない、とトッ子はきみに誓ったのだから。

「楽しかったね」

「うん」とうなずくものの、きみの顔色は冴えない。

トッ子はきみに代わってルイが東京に出る日、時間、見送りできる場所まで尋ねていたのだ。きっときみは自分から尋ねることはしないから。

きみたちが住む場所からは電車を乗り継いでもかなりの距離がある大きな港からルイの乗るフェリーは出航するのだった。

そう告げると、きみは見送りに行きたい、と言った。

トッ子はなにか理由をつけて遠慮しようとしたが、「トッ子も行ってくれるよね」ときみに機先を制されてしまった。しかも断る隙を与えぬほどの強さをきみが発揮していた。

だが港に向かう電車内で、みるみるきみの顔が青ざめていった。乗り物酔いをトッ子は心配したが、違った。

「やっぱり見送るのやめたい」

そういってきみはうつむいてしまった。

トッ子なりに説得したが、きみは決して受け入れなかった。それでも引き返そうとは言いださない。やがてきみは携帯を取りだして、港の地図や写真を物凄い勢いで調べはじめた。

そして、きみは港の端にある堤防で見送りたい、と言いだしたのだ。

たしかにそこからなら、大型のフェリーの姿は見られそうだったが、ルイが船室に入ってしまえばルイに別れを告げられない。それ以前に埠頭で待っていれば乗船するルイに直接に会って別れを告げることもできるが、堤防ではそれもかなわない。

つまり、きみがルイに想いを打ち明けることもできない……。

電車を降りると、シャトルバスに乗り換えた。

きみが心配でトッ子は乗り物酔いする余裕もなかった。きみはまるで乗り物酔いしているようにますます顔色が悪くなっていた。

シャトルバスを降りて、トッ子はさりげなさを装って埠頭に向かおうとした。だがきみがトッ子のジャケットのすそを掴《つか》んだ。

そして無言のままきみは港の端にある堤防にまでトッ子を引っ張ってきたのだ。

トッ子はまだ知らなかった。恋することは幸せなことや楽しいことばかりではないことを。いや、恋のほとんどは苦悩でできている。

相手のほんの小さなしぐさや、なにげない一言や表情で、天国に昇る。だが同じなにげない一言で地獄に落とされる。何日も落ちこんで家から出たくなくなる。だがまた会いたいと切望してしまう。

ジェットコースターなどお遊びとしか思えないほどの気持ちの乱高下に翻弄されるのだ。

きみはその入り口でもがき苦しんでいた。ルイの気持ちを推し量ることの恐怖。告白したいという強い想い。だがその結果を、ルイを前にして知ることが怖かった。

もし、埠頭でルイと待ち合わせて顔を見てしまったら、きみは自分がなにを言いだすのかわからなかった。きっとこの苦しい気持ちを吐きだしてしまうだろう。その瞬間のルイの反応を見るのが怖かった。

葛藤していたが、少し離れた堤防で座っていると平静を装えるようになった。

気持ちを押し殺してやり過ごせば、いつかはこの気持ちも収まっていくはずだ。

そうなれば久しぶりにルイが帰省したときに、またあの教会で演奏を楽しめる……。

だが、ルイが帰ってくるのは夏休みだろうか？　医学部の学生に休みなどあるのだろうか？　ルイもしばらくは帰れないと言って涙ぐんでいた。その姿を見てきみも泣きそうになったが、泣かなかった。泣いてしまえば歯止めが利かなくなるとわかっていたから。

東京の生活に慣れてしまったら、私のことなど忘れてしまう……。

きみはそっと嘆息した。

そのとき、遠くに見えるフェリーが汽笛を鳴らした。腹に響くような出港の合図。

トッ子は汽笛を聞いて身体が動いた。立ち上がった。

まだ間に合う。ここから走れば埠頭まではすぐだ。今から走ればルイに手を振って別れを告げられる。きみとトッ子の姿が埠頭にないことにルイが落胆して船室に入ってしまっていなければだが。

「ルイくんの船だよ！　きみちゃん、行こ！」

埠頭に向かって走りだそうとしたトッ子が声をかけたが、きみは埠頭ではなく堤防の先端に向けて走りだした。

　全力疾走だった。トッ子はまるで追いつけないほどのなりふりかまわぬ疾走だ。それでもトッ子はきみの後を追った。堤防の先端から海に飛びこんで、フェリーを追うつもりなのではないか、と思えるほどに猛烈な速度できみは走り抜けていく。

　きみは調べていたのだろう。ルイを乗せたフェリーは堤防に向かって航行してきた。

　近くで見ると圧倒されるほどの大きさだ。

　もし、ルイがデッキに出ていたとしても、それがはっきりルイだ、とわかるほどの距離ではないように思える。しかもデッキにかなりの人が立っていて、ルイの姿を判別できそうもない。

　先を行くきみが先端にたどり着いた。

　肩で息をしながら、フェリーを見つめている。

「がんばれーーーーー！」

　フェリーに向かってきみが絶叫した。応援の言葉だが、それは泣き叫ぶような声になっていた。

　これまでトッ子が聞いたことのないほどの大音声だった。

「がんばれーーーーー！」

　きみはさらに大きな声で叫んだ。それはきみの精一杯の「大好き」の言葉だとトッ子は思った。

ようやくきみに追いついたトッ子は「ルイくーーん！」と呼びかけた。なんとか気づいてほしい。きみが必死で気持ちを伝えようとしている。

気づいて！

トッ子は両手を振りながら、その場でジャンプした。

「がんばってーーーーー！」

きみの声が最後はかすれた。血を吐きそうなほどの絶叫だった。

トッ子は泣きそうになっていた。きみがいじらしくて仕方なかった。

無情にも、フェリーは徐々に堤防から離れていく。

トッ子が携帯でルイに電話しようと思った瞬間、デッキから身を乗りだして、七色の紙テープを振る男性の姿が見えた。

それはルイ……。そうとしか思えない。ブンブンと紙テープを振っている。

きみもそれに気づいているようだ。

もうきみは声をあげなかった。ただデッキで揺れるテープと手すりから落ちそうなほどに身を乗りだしている姿を見つめている。

きみはその姿を目に焼き付けようとしているかのようだった。

そのとき手を振っている人の手からテープが風で飛ばされた。

空に向かって七色のテープが広がっていく。それはまるで青空に描いたメッセージのようだった。

さよなら

きみの叫ぶような激励の言葉を聞き、デッキから身を乗りだして、手を振り続けていたルイが我に返ったのは、フェリーが外海に出てからだった。

気づけば、もう堤防も見えない。

客室に向かいながらルイは、なぜきみとトツ子が埠頭ではなく、堤防にいたのか、とそればかり考えていたが、答えが見つからなかった。

ルイの居室は、客室の中で最も安いもので、言ってみればカプセルホテルのようだった。小さなベッドスペースが二〇床ほど設置されている大部屋だ。ロールスクリーンを下げることで周囲からの視線をさえぎることができるが〝個室〟という感じではない。とはいえベッドにはコンセントがあり、脇には荷物棚があって大きなルイのバックパックと楽器類も収納できた。

ルイはノートパソコンを取りだして、コンセントに接続すると立ち上げた。

きみとトツ子から携帯への連絡はなかった。パソコンのラインアプリを立ち上げたが、しろねこ堂のライングループにも投稿はない。

船内Ｗｉ－Ｆｉがあるのだが、沖に出るとつながらなくなる。すでに動きが鈍い。接続が切れそうだった。

〝見送りありがとう。嬉しかった！〟

それだけ打つと送信した。

すぐにトッ子から返信があった。

〝遠くからの見送りになっちゃったけど、ルイくんが気づいてくれて良かった。元気でね〟

だがきみからはメッセージがない。

きみちゃんどうしたんだろ、とルイは思いつつ、慌てて返信を打ちこんだ。三本立っていたWi-Fiのアンテナが一本になってしまった。切れてしまいそうだ。

〝また演奏したいな。本当にありがとう！〟

どうにか送信できたようだが、船内Wi-Fiが切れてしまった。

だからきみとトッ子からの返信は確認できなかった。


トッ子ときみは、堤防にいた。

トッ子が堤防のコンクリートの上に座って、身体を横たえたきみを膝枕している。

きみは堤防の突端まで全速力で走り、姿が見えない船上のルイに向かって叫んだ。それがきみにできる精一杯の愛の伝え方だ、ときみの後ろ姿を見つめていたトッ子は感じた。

荒く息をするきみの両肩は激しく上下している。洋上のフェリーはどんどんと小さくなっていく。

その後ろ姿がいじらしくも愛おしい、とトッ子は胸がいっぱいになってしまった。トッ子は思わずきみの手を握って引き寄せた。きみが海に吸い込まれてしまう、と思ってしまったのだ。

握った手を引くときみは倒れ込むようにして、トッ子に身を預けた。すぐにきみの身体から力が抜けていく。支えようとしたトッ子だったが、支えきれずにその場で二人共、重なるようにして倒れてしまった。

どうにかトッ子は上半身を起こしてきみを抱き上げようとしたが、きみは全身の力を失っているようにぐったりしている。トッ子はきみをその場に横たえて、自分の膝にきみの頭を乗せた。

きみの顔をトッ子は見つめた。目を開いていたがきみは電池の切れたロボットのようだった。

「大丈夫？」

トッ子が問いかけた。

きみはかすかに首を横に振った。

「このままがいいの？」

トツ子に膝枕されたままのきみが小さくうなずいた。きみの目に涙が浮かんでいる。あまりに切なげなきみの様子に、トツ子は涙がこみ上げてきたが、堪えて振動している携帯を見た。ルイからのメッセージだった。

画面をきみに見せた。

返信のメッセージを打ってきみに見せると、やはり無言のままできみはうなずく。

トツ子はルイにメッセージを送信した。

「きみちゃんの携帯で、私がルイくんになんかメッセージを……」

きみは黙って首を振った。

海の彼方《かなた》を見てもフェリーの姿は見えない。ただ穏やかな春の海が陽光をきらめかせているばかりだ。

ルイから返信があった。

〝また演奏したいな。本当にありがとう！〟

そのメッセージをきみに見せるべきか、トツ子は迷った。ルイからの返信は別離を感じさせた。トツ子も寂しくなってしまった。

するときみがトツ子の携帯に手を伸ばした。見たがっているのだ。トツ子は画面をきみに向けた。

大きく見開かれたきみの目に新たな涙が溢れ、こぼれ落ちた。

トツ子はそんなきみを抱きしめることしかできなかった。

医学部の卒業までに履修しなくてはならない単位は、二五〇以上もあり一般の大学の二倍近くの量だ。さらに日々の課題をこなすと同時に国家試験に向けて勉強をはじめている同級生も多い。

ルイも「一年生のうちにできるだけ一般教養を履修しておけ。臨床実習がはじまると泣きを見る」という寮の医学部の先輩の忠告にしたがって、目一杯受講している。日曜日の今日も、朝から課題に取り組んでいたが、机から顔を上げて、窓の外に目を向けた。都心のビル群が初夏の陽差しを浴びている。今日も暑そうだ。

まもなく夏休みだが、すでにたくさんの課題が出されている。つまり〝夏休みの宿題〟だ。島には中学校の小さな図書館しかない。課題のための資料を探すには本土まで出なくてはならないだろう。膨大な課題の量を考えると、この夏休みに帰省することは難しい。

ルイはノートパソコンを開いた。しろねこ堂のアカウントを確認する。この三カ月ほどで、五〇〇を超すアクセスがあり、アップした曲の再生回数も四〇〇を超えた。一番人気なのはトッ子の〝水金地火木土天アーメン〟だ。

再生回数が一〇〇を超えたときに、ルイが声をかけて一カ月ぶりにトッ子ときみの三人はビデオ通話で〝お祝い〟をした。トッ子もきみも喜んでくれたが、あまり盛り上がらず短時間でフェードアウトしてしまった。ビデオ通話に慣れないからか、とルイは思った。

　これまでも折に触れてラインで近況を報告しあったりしている。

　トツ子は虹女大学での慣れない環境での生活をおもしろおかしく報告してくれたし、きみは高卒認定に出願して、八月に試験がありそれに向けて勉強中であることを教えてくれた。いつものように言葉数は少なくて控えめな投稿だったが、きみの意気ごみが感じられて、ルイは嬉しくなった。試験に合格したら来春には大学受験を予定しているようだった。

　ルイはシャワーのみで浴槽に浸《つ》かることのできない生活が思いの外辛いと投稿すると、二人が心配してくれたり……。

　距離は離れてしまったが、今までどおりに〝つながっている〟とルイは感じていた。

　だがビデオ通話の最後にトツ子の発した一言が気になった。

「ルイくん、勉強すんごく大変でしょ。無理しないでね」

　ルイは「無理してないよ」と応じたのだが、トツ子ときみは気まずそうな顔をして返事がなかった。ルイが「じゃ、また」と告げてフェードアウトしたのだ。

　だから、一カ月後に再生回数が二〇〇を超えたときに、ルイはビデオ通話をしようと二人に声をかけるのをためらってしまった。

　こうやって少しずつ離れていってしまうものなのか、とルイは感じながらも、強い焦燥感があった。

学生寮の共有部分に〝音楽室〟がある。防音がなされていて、楽器の演奏や大きな音量で音楽を再生する学生がいる。ルイはここでシンセサイザーをアンプにつないで演奏していた。そこにやってきたギターを手にした先輩学生に声をかけられて、お互いが知っている曲を演奏した。先輩の演奏はかなりの腕前で、久しぶりの合奏は楽しかった。だが先輩は早々に演奏を打ち切って、音楽室を出てしまった。どことなく不機嫌な様子だった。〝乗って〟いないことを見抜かれてしまったのだ、とルイは思った。

乗り切れなかった理由がルイには、はっきりとわかっていた。

ルイは、あの〝聖バレンタイン祭〟での昂りが忘れられないのだ。

なぜあのとき、録音しておかなかったのだろう、と後悔していた。

ルイは部屋に戻ると、デスクの脇に置かれている古めかしいラジカセの〝再生〟ボタンを押した。

貧弱なスピーカーだが、隣室に聞こえない程度の低音だとそれほど気にならない。

SNSに曲をアップするために、最後に三人が教会に集まって演奏したときの様子をこのラジカセで録音していたのだ。

「〝ボタン、二つ押したよ〟」

トツ子の声がラジカセのスピーカーから流れた。

あの日、SNSへのアップ用の音声出力録音をスタンバイしながら、ルイは思い立って、ラジカセでの録音をトツ子に頼んだのだ。

「〃カセットの中がクルクル回ってる？〃」

ルイの確認する声だ。

「〃う〜んと、大丈夫！〃」

トツ子の明るい声が答える。

思えばあのとき、トツ子がしろねこ堂のレジ前にいなかったら、ルイはきみに話しかけることはできなかった、としみじみと思った。

「〃ありがとう。じゃ、いくよ〃」

ルイの〝反省文 〜善きもの美しきもの真実なるもの〜〟のイントロがラジカセから流れでる。

やがて作詞をしたきみの歌声が静かに立ち上がる。きみの透き通った声がルイの焦燥感を癒し、乾いた心を潤していく。

貧弱なスピーカーから届けられる音は、どんな高音質のデジタル音源よりも、あの〝空間〟を表現してくれる。

次第に、ルイは〝聖バレンタイン祭〟のコンサートの追憶に浸って頭の中で再現しはじめた。

ハーモニーの瞬間に重なった三人の視線。その瞬間の高揚と陶酔。

きみの高卒認定試験の日程は八月一日、二日。それまでにヘヴィな課題は東京で片づけてしまって、ネット検索レベルで資料が揃えられそうな課題を持ち帰れば……。
ルイは諦めかけていた夏休みの帰省を実現するための計画を練りはじめた。

※この物語はフィクションです。
作中に同一あるいは類似の名称があった場合でも、実在する人物・団体等とは一切関係ありません。
※本書は、映画『きみの色』（監督 山田尚子、脚本 吉田玲子）をもとに著者が書き下ろしたものです。

JASRAC 出 2404688-401

宝島社
文庫

小説 きみの色
（しょうせつ きみのいろ）

2024年7月26日　第1刷発行

著　者　佐野 晶
原　作　「きみの色」製作委員会
発行人　関川 誠
発行所　株式会社 宝島社
〒102-8388　東京都千代田区一番町25番地
電話：営業 03(3234)4621 ／編集 03(3239)0599
https://tkj.jp

印刷・製本　株式会社広済堂ネクスト

ISBN978-4-299-05077-9